U0127795

本丛书获得北京市重点学科共建项目（XK100320461）资助

跨文化的文学对话

——中西比较文学与诗学新论

高旭东　著

比较文学与文化新视野丛书
高旭东　主编

中 华 书 局

图书在版编目(CIP)数据

跨文化的文学对话：中西比较文学与诗学新论/高旭
东著. –北京：中华书局，2006
（比较文学与文化新视野丛书）
ISBN 7 – 101 – 05043 – 3

Ⅰ. 跨… Ⅱ. 高… Ⅲ. 比较文学 – 文学研究 – 中
国、西方国家 Ⅳ. I0 – 03

中国版本图书馆 CIP 数据核字(2006)第 012397 号

书　　名	跨文化的文学对话——中西比较文学与诗学新论
丛书名	比较文学与文化新视野丛书
著　　者	高旭东
责任编辑	张彩梅
出版发行	中华书局
	（北京市丰台区太平桥西里 38 号　100073）
	http://www.zhbc.com.cn
	E – mail：zhbc@zhbc.com.cn
印　　刷	北京市白帆印务有限公司
版　　次	2006 年 4 月北京第 1 版
	2006 年 4 月北京第 1 次印刷
规　　格	开本/880×1230 毫米　1/32
	印张 9⅛　插页 2　字数 184 千字
印　　数	1 – 4000 册
国际书号	ISBN 7 – 101 – 05043 – 3/I · 687
定　　价	20.00 元

比较文学与文化新视野丛书

顾　问：**乐黛云**　北京大学教授
　　　　　　　中国比较文学学会会长
　　　　佛克马　欧洲科学院院士
　　　　　　　前国际比较文学协会主席

主　编：**高旭东**

总　序

　　文学研究从来没有像今天这样与文化研究紧密结合在一起，而由于异质于西方文化的东方各国的介入，比较文学也从来没有像今天这样与比较文化紧密联系在一起。本来，中国在文学与文化上的对话与比较意识是在与西方文化接触后被逼出来的；而今，面对西方文化的强势姿态，中国主动认同文化的多元化，并且以多元之中的一元寻求与世界各国文化的对话。中西比较文学作为跨文化的文学对话，首先应该寻找二者之间的共同话语，否则，对话就没有契合点，就会各说各的。钱锺书、叶维廉、刘若愚等学者在这方面已取得了一些成绩。不过，随着对话的深入，跨文化的中西文学展现出来的更多的将是差异性，甚至一些基本概念也具有不可翻译性。因此，如何站在当代学术的前沿，对中西文学进行整合，并从中概括出真正意义上的"总体文学"，将是跨文化的中西比较文学的主旋律，也是我们这套丛书的宗旨。

　　我们这套丛书也有拨乱反正的意图。一般来讲，文明之间的碰撞、冲突与交融，有一个规律性的过程，就是从一厢情愿的生搬硬套到较为客观的对话与比较。譬如，佛教初入中国，一般人就以道家的语汇去生搬硬套，后来才发现佛学与道家的差异。遗憾的是，中西文化的碰撞与交融已有几个世纪了，我们仿佛还没有走出文化认同的生搬硬套的"初级阶段"。在历史学与社会学领域，西方社会从奴隶制、封建制、资本主义发展而来的社会演进模式，被原封不动地照搬过来。在哲学上，西方的唯物论与唯心论之争，也成了剪贴中国哲学一套现成的方法。而文学上的生搬硬套更是无孔不入：屈原、李白被说成浪漫主义者，《诗经》与杜诗则被说成是现实主义的，在对中国叙事文学的阐释中，西方的典型、类型、悲剧、喜剧等概念简直是铺天盖地，结成一张生搬硬套的大网，使我们的受教育者无法从这张谬误之网中逃遁。问题的严重性在于，尽管在20世纪80年代，一些先觉的学者开始批判反省这种生搬硬套的学术模式，但时至今日，这张谬误之网仍在遮蔽着中国古典文学的真面目，使之难以恬然澄明，将特点呈现于受教育者之前。试想，《诗经》是中国抒情诗传统的正宗，是使中国文学在源头上就与西方形成的史诗传统不同的开山之作，而将之说成是现实主义作品，岂非有意遮蔽中国古典文学的特点？因此，以跨文化的文学对话来取代这种生搬硬套模式，已是刻不容缓的事了。

从某种意义上说，生搬硬套模式的生成与文化选择的取向并无必然的联系。胡适是"全盘西化"论的倡导者，但他却在戴震那里发现了"实验主义"，在王莽那里发现了"社会主义"。郭沫若既尊孔又推崇庄子，但他与胡适一样，在孔子那里发现了康德与歌德之人格，在庄子那里发现了"泛神论"，并以西方社会的历史演进模式来套中国古代社会。而鲁迅与梁漱溟，虽然一个具有浓重的西化倾向，一个以为世界最近之将来必是中国文化之复兴，但是二者的共同之处，则在于对中西文化和文学的差异有清醒的认识。鲁迅西化的文化选择取向并没有使他把西方的话语生搬硬套到中国的文化与文学中来。他从来没有用"封建主义"等西方词汇来解释中国古代社会，也没有用浪漫主义、现实主义来解释中国古代文学。他指出中国没有"悲剧"观念，对于林语堂得意洋洋地将 humor 译成"幽默"并在中国文学中寻找"同党"也不以为然。1932 年，针对日本人要编《世界幽默全集》，他在《致增田涉》的信中说："所谓中国的'幽默'是个难题，因'幽默'本非中国的东西。也许是书店迷信西洋话能够包罗世界一切，才想出版这种书。""中国究竟有无'幽默'作品？似乎没有。"① 就此而言，鲁迅较之生搬硬套的同代人，显然要清醒得多。可以说，生搬硬套体现了文化碰撞之初对异质文化的认同性变异。因为人们对于陌生的对象，往往喜欢从自己已有的经验去想象它；而另一方面，则是媒介者考虑到本土的便于接受而故意"误读"，就像近代那些"豪杰译"，将西方小说翻译成中国式的章回小说一样。而我们的这套丛书，就是想在纠正这种生搬硬套的学术研究模式上有所贡献。

在比较文学与文化研究领域，值得注意的另一种研究倾向是对"中西"概念的颠覆与取消。一些学人认为，"中"与"西"不是对等的，"西"有许多国家，法国与德国、英国不同，与美国更不同，把这么多不同国家的文学放在一起与中国文学比较，有什么科学性？能够把法国一个历史阶段产生的文学研究好就很不错了，现在居然将西方那么多国家的文学与中国文学相比，又有什么科学性？

---

① 《鲁迅全集》第 13 卷第 499 页，485 页，人民文学出版社 1981 年。

先看"中西"这个概念有没有使用的有效性。事实上，非但"西"有很多国家，即使"中"也不尽相同——中原文学与楚文学、北方文学与南方文学，但是，无论是中原文学还是楚文学，无论是南方文学还是北方文学，都祖述尧舜，都深受儒家与道家文化的影响并且成为其重要的组成部分，从大的方面说是一个大文化统一体之内的文学。西方虽然国家众多，但是这些国家都祖述希腊、罗马的遗产，中古以降都以基督教为国教（尽管又有罗马公教与东方正教的差异，有天主教与新教的差异），在现代都面临着"上帝死了"的文化困境，因而也是一个大的文化统一体。正如韦勒克（R. Wellek）所说的："西方文学是一个整体。我们不可能怀疑古希腊文学与罗马文学之间的连续性，西方中世纪文学与主要的现代文学之间的连续性。"① 而将中国和西方这两种大文化中的文学进行比较研究，是真正跨文化的文学对话。至于是研究一个国家的一个历史阶段的文学好，还是研究"总体文学"好，这要看各人的本领。研究一个国家一个历史阶段的文学可以研究得很细很深，也可能研究得琐碎平庸；研究"总体文学"可能大而无当，空疏浅薄，也可能成为康德、海德格尔式的学术大师。比较而言，理论大师皆出自后者，细密的专家则多出于前者。尽管如此，我们一向反对"比漂"——即古今中外，天马行空，什么都知道一点；什么都不深入。我们希望的是扩出去是学贯中西、博古通今，收回来要成为一个研究专家。这也是我们对于这套丛书作者的期待。

这套丛书得到了北京市重点学科基金的资助。我们对北京

---

① 韦勒克、沃伦：《文学理论》第 44 页，三联书店 1984 年。

市教育委员会促进学科发展与学术繁荣的用心，对北京大学乐黛云教授对北京语言大学比较文学学科发展的关怀，对国际知名学者佛克马教授对中国比较文学事业的关心，表示深深感谢。特别需要一提的是，王宁教授虽然已是清华大学外语系的学术带头人，但他作为北京语言大学比较文学研究所的名誉所长和博士生导师，对这一重点学科的发展发挥了重要作用；中华书局的张彩梅女士对于学术的热忱和认真负责的精神，令我们深深感动，在此一并表示衷心的谢忱。

高旭东

2006 年 1 月 16 日于北京天问斋

目　录

下编　中西文学与文化的对话

附录

【上编】

中西比较文学新论

　　要穿越异质文化差异的鸿沟，建立一个系统的中西比较文学架构，同时又不流于空疏，几乎和嫦娥奔月的神话一样飘渺，然而今人在月球上的漫步，激励着笔者的探索。

一 从史传与史诗概念的沟通看
中西文学的共通点

　　在现代中国有两类不同的文化人,一类是鲁迅、梁漱溟、朱光潜等,他们将中西文化看成是异质性的截然不同的文化。鲁迅与梁漱溟虽然一个西化倾向很强,一个认为未来之世界必是中国文化之复兴,但是二人都认为中国文化是早熟的自我满足的文化,与西方文化是异质的。梁漱溟甚至还将西方文化、中国文化、印度文化一一排列,并指出其实质性的差异。朱光潜在《悲剧心理学》与《诗论·中西诗在情趣上的比较》等著述中,强调的也是中西艺术的差异,他认为中国并没有悲剧,中国的诗歌在形态与美学风格上与西方诗歌差异也很大。另一类是胡适、郭沫若、吴宓、梁实秋、钱锺书等,他们认为中西文化没有本质的差异,而是大同小异。胡适认为文化作为人类生活的样法是一致的,中西的不同仅仅在于当年鞭策西方的情境与力量又来鞭策中国了。郭沫若则在孔子身上发现了康德和歌德,在庄子身上发现了泛神论,在"三个叛逆的女性"身上发现了现代的个性解放。梁实秋以西方的古典主义与孔子精神认同,以西方的浪漫主义与道家精神认同。而钱锺书则认为"东海西海，心理攸同；南学北学，道术未裂"①。当然，随着对中西文化与文学研究的深入，纯粹的差异研究与认同趋向可能都显得片面，像叶维廉等人那样，在中西不同的文化模子中看取共同的文学规律，就是另一种研究选择。笔者以为，虽然中西文化几乎是在彼此不相关的语境中成长起来的，二者的差异是主要的，但是如果二者没有任何类同性，那么也就找不到对话的共同语言。而中西文化与文学在现代之后的冲突与交融，使人们不得不对中西文化与文学进行比较，而这种比较的切入点应该是二者的类似或近似之处。

西方学者在探究西方小说的渊源时，认为长篇小说的艺术渊源是史诗。但是，这一学术构想一旦超出西方文化圈，就可能碰壁。因为汉民族并没有西方意义上的史诗，却在与西方差不多的世纪里产生了形态有所差异的长篇小说——讲史话本。在中国学术界，曾经有一段时间是以西方的批评概念来套中国的文学现象，除了典型、形象、内容、形式、主题、结构、情节等概念之外，现实主义、浪漫主义等概念也用于剪贴中国古代的文学现象。在这种文化语境中，有的学者就以《诗经·大雅》中《公刘》等五篇叙事诗为例，说明中国也有西方意义上的史诗。但是，这几首叙事短诗在中国文化结构中的位置实不能与史诗在西方文化结构中的位置相提并论。《诗经》的特色在于诗之短小与抒情，这恰与西方史诗的长篇巨制与叙事性形成了鲜明的对比。

但是，以虚构性为文学的特质之一，仅仅是晚近的事情。而在以"致中和"为特色注重整体性的中国文化中，文、史、哲向来有不分的倾向。如果我们跳出虚构文学的框子，以更广阔的文化

---

① 钱锺书：《谈艺录·序》，中华书局1984年。

视野审视中西的文体,就会看到,中国的史传文学与西方的史诗在形态与功能上倒有一定的类似之处。所谓史诗,无非就是上古的神话和初民的迁徙史、战争史等,在口传的过程中,被诗人汇成巨著,并对后来的长篇小说的发生、发展产生着巨大的影响。中国并无这种西方意义上的史诗,但若不计韵文形式,中国的史传在许多方面都可与西方史诗相比。事实上,在史诗时代的西方人看来,史诗并不像我们后世人想象的是完全出于虚构性的创作,而是其民族的战争史与迁徙史,就连其中的神话,初民也信以为真。维柯在《新科学》"寻找真正的荷马"中对初民的思维有充分的论述。中国的史传如《尚书》、《左传》、《史记》等,亦集上古神话传说(虽然中国神话本来就少)、初民的迁徙史、战争史、王朝兴衰史之大成,并且绘声绘色,颇有文学意味,后世亦将之当作文学作品看待,鲁迅就称《史记》为"无韵之《离骚》"①。与西方史诗一样,中国的早期史传也经过口传阶段,《史记》关于三皇五帝的记载,纯属口传,甚至关于汉代初年的事迹,亦有口传(其中有虚构性)成分,如《史记》对笼罩在刘邦身上的龙的描写。

西方的史诗固然对后来出现的小说产生了重要的影响,而中国的史传对后世叙事文学也产生了巨大影响,并催生了长篇小说。首先,中国的长篇小说就是从讲史话本开始的,《梦粱录》二十:"讲史书者,谓讲说《通鉴》、汉、唐历代书史文传,兴废争战之事。"②可以说,中国从先秦开始的漫长历史都是勾栏瓦舍中讲史者的取材对象,后来著名的《三国演义》等小说就是在讲史中诞生的。其次,在中国的文化传统中,虚构性的叙事文学的地位总

---

① 鲁迅:《汉文学史纲要》,《鲁迅全集》第 9 卷第 420 页,人民文学出版社 1981年,版次同下。
② 《东京梦华录(外四种)》第 313 页,上海古典文学出版社 1956 年。

是在历史之下,所以话本小说要想取得一定的文学身份,就标榜其历史的性质。明清时代的小说批评家对长篇讲史话本的批评,都是以批评对象近史为荣,并且贬斥那些对于历史进行虚构的"无稽之谈"。在这种文化语境中,罗贯中就改写了《三国志平话》那样的有更多虚构的小说,参照史书《三国志》写成讲史说部《三国演义》,并自称是史家的后学,《三国演义》不过是编次了史书,《东周列国志》的作者说他的小说篇篇从史书上来。中国的长篇小说家以其作品能与《左传》、《史记》相提并论为荣,而批评家要抬高《水浒传》的时候,也是阐发《水浒传》可比《左传》、《史记》。因此,中国的史传文学传统不但影响了非虚构文学,而且给虚构文学以巨大影响。小说被称作稗史,小说家被称作稗官。中国的史传对后来的长篇小说在人物塑造、体例、结构、技巧等方面都有很大影响,如《水浒传》类传记体,《三国演义》类编年体,虚构的小说《儒林外史》也要冠之以"史",甚至蒲松龄在谈鬼神故事的时候也不忘模仿司马迁的"太史公曰",在故事结尾来一个"异史氏曰"。

从中国的史传与西方的史诗概念的沟通中,可以发现中西文学发展的共同规律。如果说西方的叙事文学经历了从神话、史诗、骑士传奇到世情小说的过程,那么中国的叙事文学则经历了从神话、史传、英雄传奇到世情小说的发展历程。可以说,无论是中国还是西方的叙事文学,都经历了这样一个发展历程,即作品由写神——半人半神——传奇式的英雄到描写平凡的人情琐事。西方文学由希腊奥林匹斯山上以宙斯为首的众神祇对人间事务的左右,人神相杂,命运主宰,罗马后期引入希伯莱的神话——神之子基督的牺牲,中古骑士传奇,唐吉诃德,《巨人传》,一直到详细描绘人生细微之处的现实主义小说,其发展脉络甚为清晰。中国由盘古开天地,女娲造人,后羿射日、大禹治水到《史记》中的大英雄逐鹿中原,《三国演义》的英雄大战,割据称霸,《水浒传》英雄抱打不平,酒肉侠风,慷慨悲凉之结局,而且这些小说中的大英雄都具有超人的力量,譬如诸葛亮、吴用如同神明,公孙胜会仗剑作法,张飞能吼断桥梁,鲁智深能倒拔垂柳,战争中的士兵似乎毫无用处,只凭两员大将就能够决定战争的胜负,这些都有点匪夷所思。一直到《金瓶梅》和《红楼梦》,世间平凡事,世态炎凉情,才跃然纸上。从这个意义上说,《金瓶梅》显然具有以丑恶的日常琐事颠覆神性与传奇性英雄的解构意义,在《金瓶梅》中,几乎人人都在物欲与性欲的欲海里煎熬与挣扎。西门庆模仿刘关张结义的方式热结兄弟可以看成是对大英雄桃园结义的颠覆,而《金瓶梅》不断地以《三国演义》与《水浒》描写英雄大战的语言对西门庆与众女人行苟且之欢的描写,可以看成是对神性与传奇性文学的全面颠覆与解构。由此可见,走出神话传说与英雄传奇的艺术世界,来到世俗的平凡的日常生活的艺术世界里,是中西文学发展的共同规律。

在艺术表现上,中西叙事文学都由故事性强的神话、传奇走向缩短情节的描绘日常生活的小说,由类型化的艺术典型转化为个性化的艺术典型,人物性格由单一转向复杂,由宁静走向动荡,由对人物性格的外在描写转向对人物心灵的细致剖析。中西古典文学中好人与坏人往往泾渭分明,亚里士多德认为悲剧摹仿比我们好的人,而喜剧摹仿比我们坏或者和我们差不多的人,通过文体的不同就能分辨出好人和坏人;中国的文体虽然没有这种分裂,但在一出戏中通过脸谱也能分辨出好人和坏人,譬如白脸的是坏人,红脸的是好人。中国文学到了《金瓶梅》、《红楼梦》,才打破了"好人一切皆好,坏人一切皆坏"的传统格局,出现了人物性格的复杂性。西方文学发展到近代,人物好坏泾渭分明的传统格局也被打破了,在戏剧领域,首先由狄德罗提出正剧观念,反对悲剧与喜剧的严格分界,到现代派艺术,传统的英雄悲剧早已消失。

当然,中西文学是在文化历史背景相异甚巨的条件下成长起来的,因此,在所谓共同规律中也显出了深深的差异。中国文化的早熟,使中国的神话传说过早地历史实用化,或者反过来说,早熟的中国人自古就富有务实的性格,而很少真诚地拜倒在神明的脚下,所以在正统的古代中国的经典文献中,绝少神话传说。"五经"作为中国哲学、文学、历史、伦理学等方面的杰作,只有一鳞半爪的神话传说;倒是在《山海经》、《庄子》、《楚辞》、《淮南子》诸书中,保留了较多的神话传说。但较之西方正统的经典文献中的神话传说,亦黯然失色。古希腊文化第一个产儿就是荷马,在《伊利亚特》和《奥德赛》中记载了丰富的神话传说,甚至希罗多德的历史著作中也充满了神话。作为中古以来权威性的经典文献《圣经》,特别是《旧约全书》中,亦保留了丰富的希伯莱神话,因此,西方的圣教历史就萦绕着神话传说的神秘气氛。但是,孔子的"不语怪力乱神",并不能科学地证实鬼神的不存在。于是,远古的巫术,民间盛行的鬼神故事,道教与佛教中的神话传说,在朝野上下从未断绝过。因此,中国虽没有正宗的人格神的一神宗教,但是旁门歪道的宗教、神学、迷信却层出不穷。甚至到了明清,什么"神话小说"、"鬼怪小说"等,"怪力乱神"可谓飞扬跋扈,从而造成了中国文学发展轨迹的混沌模糊,而不像西方文学那样节节明了。西方文学从古希腊的多神,到中古的一神,到现代的相信科学而神的信仰摇摇欲坠,一步步地使其文化由孩童走向成人,遂促成西方文学高度发达的想象力和超越性。甚至在现代,古希

腊和希伯莱的神祇与魔鬼仍活跃在西方作品中,尽管已从真诚的
信仰降而为人的灵魂冲突与精神历史的象征。古希腊是荷马的
神祇在史诗和悲剧中活跃,中古是希伯莱的神与魔鬼左右着人的
灵魂与文学。自文艺复兴后,则是荷马传统与圣经传统的融合与
冲突。从新古典主义到现实主义、自然主义,是荷马的神祇得胜,
文学重理性,尚再现。从哥特小说、浪漫传奇到现代派,则主要是
圣经传统的变形再现,文学重直觉、象征、尚表现,具有某种非理
性色彩。用传统的宗教眼光看,现代西方人已褪尽了神性,降而
为魔。事实上,从文艺复兴之后,一部近代化和现代化的历史,就
是人们心中的神性越来越少而魔性越来越多的历史。文学由对
外在性格的刻画转向对心灵意蕴的描写,人性变得更复杂了。弗
洛伊德对超我、自我、本我及其与人的外在性格复杂关系的研究,
显示了人物性格的多重性。善恶观念的多元化导致了西方的价
值危机,传统的富有神性的英雄同上帝一起死亡了。

二 从中西民族性格的比较看月亮文学与太阳文学

正如尼采把酒神狄俄尼索斯和日神阿波罗上升为形而上学一样,笔者认为,与充满阿波罗理性光照的西方文化与文学相比,中国文化更像月亮,中国文学则是夜色朦胧的月亮文学。追溯到中国神话中,就是著名的后羿射日,嫦娥奔月。于是,柔和的月亮便成了中国人理想的缥缈的仙境,这个仙境也就是中国文学追求的佳境;而太阳则以其暴烈而为人所躲避,所以中国诗歌中很少有太阳的意象,甚至民间也把暴君与暴日相比。秋霜烈日,是为人们所躲避的,而春花明月,才是中国人向往的。也许中国远古有过太阳崇拜,但是自周代中国文化定型(孔子要复归的是周礼)之后,中国文化愈来愈趋向于月亮文化,这一点在与西方太阳文化相比后就更明显。古希腊人崇拜日神阿波罗,与日神对立的并不是月神,而是酒神狄俄尼索斯。酒神并不柔和,而一任感性欲求的狂奔滥泄,从一切目的性、计划性、规范性的束缚中解脱出来,以达到狂饮滥醉之极境。因此,酒神文化与中国文化相比亦偏于阳刚。在希腊,日神阿波罗终于制服了酒神,故施宾格勒称希腊文化为"阿波罗文化"。中国人以月亮纪年(阴历),西方人以太阳纪年(阳历),难道仅仅是一种巧合吗?

中国文化的阴柔性格与西方文化的阳刚性格是表现在很多方面的。中国是以伦理为根本的文化,但是中国的伦理却是一种阴阳关系。具体来说,夫为阳,妇为阴;父为阳,子为阴;但是父在族长面前却是阴,族长在县官面前又是阴,县官在高一级的官员面前也是阴,而包括宰相在内的全国臣民在皇帝这轮太阳面前都是月亮,都应该躬行臣妾之道。而皇帝是天子,是故在天之前皇帝也是阴,也是月亮。如果说全国的臣民都要具有阴柔性格,那么整个中国文化的性格偏于阴柔,也就不奇怪了。而西方伦理的横向关系与个人主义性质,使之不存在这样一种纵向的阴阳关系,每个人的灵魂都分享着上帝的神性。当然也可以说,在上帝面前西方人也是月亮,但是按照费尔巴哈对基督教的剖析,基督教的个人"作为个体而同时又不是个体,而是类,是一般的本质,因为他'在上帝里面获得其充分的完善性',就是说,他在自己里面获得其充分的完善性"①。

虽然中国不是以宗教为根本的文化体,但是由印度传入中国的佛教从六朝时代就具有很大的文化影响。不过,佛教的"中国化",在某种意义上也是一个"阴柔化"的过程。在思维上,那些精密与思辨的宗派逐渐退居次要地位,而注重直觉和悟性的禅宗则愈来愈占据重要的位置。尤其值得注意的是佛教诸佛的变化,随着"中国化"的展开,佛陀的地位愈来愈次要而让位于中国化了的菩萨。在六朝时代,佛陀在中国的铭文是最多的,可是自唐代之后,佛陀的铭文远远比不上观音菩萨的。譬如就建于 5 世纪至 9 世纪的龙门石窟的铭文统计来看,关于佛陀的铭文有 94 篇,

---

① 费尔巴哈:《基督教的本质》第 207 页,商务印书馆 1984 年。

而关于观音菩萨的铭文则有 197 篇。特别是中国民间，"救苦救难大慈大悲"的观音菩萨在中国百姓的心目中，简直可以与钉在十字架上的耶稣在西方人心目中的地位相提并论。而观音从印度到中国的变形尤其值得注意：在印度，观世音明明是男性，可是在中国的传播过程中却变成了女性。这位改变了性别与身份的观音菩萨，神通广大，威力无穷，能够保护妇女和儿童，医治不育症，并且能够将死者的灵魂送到极乐世界。据一些文人的描绘，这位大慈大悲的女性菩萨，是"玉面天生喜，朱唇一点红"。相比之下，耶稣基督则是一个典型的男性神，他虽救苦救难，却具有极端与激进的性格。他本无罪恶，却要以自己钉在十字架上来带走世人的罪恶。他被钉在十字架上的形象，是一个大慈悲又有大权柄的男性勇于殉道的自我献祭。如果说中国的信徒宁愿要一个慈悲女菩萨作为自己的崇拜对象，那么西方的信徒则更崇拜勇于献身殉道的阳刚男性神明。

中国文化的阴柔性格与西方文化的阳刚性格也表现在政治、军事与外交等各个领域。中国的政治基础是建立在整个民族的阴柔性格之上的，一方面是合群而柔弱的民众，一方面则是施行仁政的君主。如果是暴君当政，那么柔弱的民众会有以柔克刚的法术，正如孟姜女哭长城一样摧垮暴政的城墙。而西方民主制度的政治基础则是建立在个人人格的刚强之上的，当每个人都不容忍别人的欺侮之时，就只有在每个刚强个人之间建立一种社会契约，并且以选票来选举当政者。在军事上，中国从来不像西方那样赞美军事强人，譬如拿破仑之类的人物，因为善战者服上刑，罪当诛杀。孔子与弟子很少谈兵，孟子推崇仁政与王道，老子虽然喜欢谈兵，却认为"兵者不祥之器，物或恶之，故有道者不处"；"不得已而用之，恬淡为上，胜而不美。而美之者，是乐杀人。夫乐杀人者,则不可以得志于天下"①。老子的话在中国的文化语境中几乎成为一种预言,推崇耕战而乐杀人的秦始皇本希望千世万世地统治天下,结果却是二世而亡。而在西方,柏拉图在《理想国》中就推崇战士,尼采歌颂战争,连《费加罗的婚礼》中费加罗的咏叹调也唱道:"男子汉大丈夫应该当兵,再不要一天天谈爱情。"这同中国老百姓所说的"好铁不打钉,好男不当兵"正好相反。而且在国与国之间的关系上,中国人向来善于用怀柔政策,而不喜欢用兵,甚至将本国的美女或者皇帝自己的女儿嫁给交战国家以换取和平,名之曰"和亲"。而产生荷马两大史诗的著名的特洛伊战争,却是因为海伦这位美女而挑起的。当然,中国在汉代也产生过卫青、霍去病这样的征伐匈奴的著名战将,然而这是因为北方的游牧民族靠征伐为生,不打败匈奴汉族就不得安生。不过在更多的朝代,对付北方的游牧民族却不是靠武力,而是靠"昭君出塞"式的和亲以及宋代式的以金钱换和平。甚至连大暴君秦始皇的对外政策也是防御性的,否则就不需要倾全国之民力加修长城了。长城,作为中国文化的一个标志性建筑,表明了我们这个爱好和平的农业民族不具有进攻性与侵略性,而是以反侵略的防御性见长,这在古代的文明民族中也是罕见的。如果长城不能阻挡住北方骁勇善战之游牧民族的铁蹄,那么中国就会放弃抵抗采用以柔克刚的策略同化侵略者。中国版图的扩大,大都不是去侵略别人,而是靠以柔克刚的策略同化侵略者。西方文化却以攻击性、占有性和侵犯性见长,阿喀琉斯、中古骑士、拜伦式的英雄、尼采式的超人,都以其主动性、攻击性、占有性著称。为争夺一个美女而毁灭了一座城池的特洛伊战争,为一点小小尊

---

① 《老子》第三十一章,任继愈译注:《老子新译》,上海古籍出版社1985年,版次同下。

严而进行的决斗,为宗教纠纷而进行的十字军东征,皆为西方文学所乐道。中西文化的这种差异也表现在中西大航海上,郑和下西洋与哥伦布发现新大陆都是航海史上的伟大奇迹,但是郑和所到之处,能够对其他民族以礼相待,换句话说,炫耀中华的风采是郑和下西洋的一个重要内容;哥伦布发现新大陆却是与西方民族那种向外开拓的冒险精神相联系的,跟在哥伦布之后的西方人将当地的土著民族赶到丛林中,而自己占据土著民族的地盘,从而掀起了西方殖民的热潮。这种对他人土地的占有,正如男性对女性的占有一样。而中国人即使对于女性,也从来不像西方人那样讲求占有,而是讲求调和,男女相交正如天地"云雨",是一种阴阳和合。

事实上,指出中国文化的阴柔性格与西方文化的阳刚性格,并不是笔者的杜撰。凡是对中西文化有深刻反省的人,几乎无一不感到中国民族的阴柔性格与西方民族的阳刚性格。鲁迅曾以西方刚直、主动、独立、好动与好斗的阳刚文化精神对中国以家为本的柔弱、圆曲、好合群、好安宁与好粉饰的阴柔性格,进行了猛烈的抨击。郭沫若在《写在〈三个叛逆的女性〉后面》中也说:"中国人的好服从,中国人的好依赖,中国人的好小利,中国人的好谈人短长,中国人的除了家事以外不知道有国事……这些都是女性的特征,然而不已经完全都表现到男子的性格上来了吗?"林语堂说:"中国人的心灵在许多方面都类似女性心态。事实上,只有'女性化'这个词可以用来总结中国人心灵的各个方面。女性智慧与女性逻辑的那些特点就是中国人心灵的特点。中国人的头脑,就像女性的头脑充满了庸见。中国人的头脑羞于抽象的词藻,喜欢妇女的语言。中国人的思维方式是综合的、具体的。他们对谚语很感兴趣,它像妇女的交谈……"① 孙隆基说："中国男性有女性化的倾向"，"像中国人这种女性化了的男性，往往也是被弱化了的男性……"②

中国阴柔的民族性格、中国的月亮文化是怎样形成的呢？应该说，对中国民族性格的塑造起最大作用的，要数孔子和老子。较之老庄，孔孟还有点阳刚气。孔子"刚仁勇"并举，以为"刚毅木讷近仁"，推崇"朝闻道，夕死可矣"。孟子以"威武不能屈"为大丈夫的标准之一，赞赏"舍生取义"。但是，与推崇刚健自强的殉道精神的西方相比，孔孟有许多可以灵活变通的地方。孔子讲"天下有道则见，无道则隐"，孟子讲"可以死，可以无死"。孔子礼教的根本，是以忠孝与慈爱双向和合的"君君，臣臣，父父，子子"。按中国的阴阳观念，夫为阳，妇为阴；父为阳，子为阴；君为阳，臣为阴。于是，在君主这轮太阳面前，全国人民都是月亮，都应该躬行"臣妾之道"。尽管孔教是站在"阳"的一面说话的，但是，正因其站在"阳"的一面说话，所以才让全国臣民安于家庭、本分、老实、合群、依赖并感恩于太阳的光芒（皇恩浩荡），而不能刚硬、主动、独立、好斗以致"犯上作乱"。尽管孔教推崇"君子以自强不息"，而且孔子的得意门生子路也是一个勇士，但是后代的儒生阐发的并非是儒家刚的一面，相比于颜渊、曾参，子路也没有获得什么地位。因此，总的来看，儒家并不看重刚直僵硬的外向性格，而推崇"温、良、恭、俭、让"的内向性格，以含而不露、温文尔雅为君子的理想人格，以"温柔敦厚"为诗教。所以许慎的《说文解字》才以"柔"释"儒"。

---

① 林语堂：《中国人》（《吾土吾民》）第 62 页，浙江人民出版社 1988 年，版次下同。

② 孙隆基：《中国文化的"深层结构"》第 206—207 页，香港壹山出版社 1983年。

　　沿着"儒者,柔也"的路线,老子进一步塑造了中国阴柔的民族性格。正如孔子以安静为"仁者"的特征,老子让人守静而去动,以"清静为天下正"①。老子崇道,却以为"弱者,道之用",以贵柔守雌排斥刚强,认为"木强则折,兵强则灭","强梁者不得其死"。老子打了一个比方,来说明"静"的妙处:雌性之所以经常战胜雄性,就在于安静而居下②。老子认为,要想静而不动,就应该自然无为、雌退不争:"天之道不争而善胜"③,否则,"揣而锐之,不可常保"④,因为"枪打出头鸟"。于是,只有像雌性那样处于沟谷的地位,才能达到永恒的道德:"知其雄,守其雌","知其荣,守其辱,为天下谷。为天下谷,常德乃足。"⑤因为只有委曲才能保全,只有卑下才能充盈:"曲则全,枉则直,洼则盈。"⑥这就是"反者道之动":你想做上上人就要有下下德。因此,老子大谈柔弱的妙处,并且最爱用水作比喻来说明柔弱之高妙:"上善若水,水利万物而不争。"水柔弱不争,甘愿向低处流,甘居最卑下的地位。然而,按照"反者道之动"的原理,由于水太柔弱了,"抽刀断水水更流",所以谁也奈何不了水。相反,滴水能够穿石:"天下莫柔弱于水,而攻坚强者莫之能胜"⑦,故"天下之至柔,驰骋天下之至坚"⑧。总之,"柔弱胜刚强"⑨。这也就是"以柔克刚"、"以静制动"、"以弱胜强"。老子的道德教训化为中国人的格言:"刚

①　《老子》第四十五章。
②　《老子》第六十一章。
③　《老子》第七十三章。
④　《老子》第九章。
⑤　《老子》第二十八章。
⑥　《老子》第二十二章。
⑦　《老子》第七十八章。
⑧　《老子》第四十三章。
⑨　《老子》第三十六章。

强是惹祸之胎,柔软是立身之本。"甚至在民间,孩子取名也要取个卑下的"臭妮臭小"之类。

儒家追求的是伦理的宁静,它以人的伦理情感为基础,试图把天下国家变成一个无不平无烦恼的和乐融融的大家庭,使人不假外求而享天伦之乐,从而使中国人以家为本。一切于这个和乐融融的大家庭有威胁的"不均"、"不安"、"不平衡"、"不安分守己"、"犯上作乱"乃至向外探求,都在向内超越中消融了,从而塑造了中国人在人际关系的和谐中寻求满足的老实、本分等民族性格。老庄更进一步让个人从家庭的吵闹中走出来,进入寂静无为的道。儒道互补,入世有孔孟,出世有老庄,使中国人变通的灵活性与弹性就更大了。中国作家的人格建构也摆脱不了儒道所设计的文化格局,也是得志时入世信孔孟,失意时出世信老庄。因此,中国受儒家浸染较深的文学,或发扬安于天伦之乐的感情,歌颂太平盛世的安宁,或悲叹离乱之世的民不聊生、无家可归,此之谓"治世之音安以乐","乱世之音怨以怒"。而受道家浸染较深的文学,或寄思于远古时代的寂静无声,或到山水田园中去寻找这种宁静。在中国民间文学中,则有三教同源,三教合一,并行不悖。因此,平和宁静实为中国文学的一大特征,故鲁迅说读中国书"使人沉静下去"。而西方文化则具有不安于现状的动态心理,向外开拓的精神。

西方人自古就具有善于征服的刚强性格,古希腊人征服爱琴海世界并依靠武士建立城邦,贵族出于武士,所以希腊人不仅崇尚智慧,而且也很推崇刚勇。斯巴达的尚武精神,给柏拉图以及后来的浪漫派以持续不断的灵感。苏格拉底的殉道精神,柏拉图对勇力的推崇,中古骑士看重勇敢的传统,表明了刚勇在西方人格建构中的显赫地位。基督教在西方的传入,无疑也加强了西方人心灵的动态,灵与肉、罪与罚在西方人的心中造成了激烈的冲突。基督教特别瞧不起"文士",而推崇"有权柄的人"①(类似后来尼采之所谓"权力意志")。因此,基督教的坚信精神,耶稣以生命和鲜血为众人赎罪的殉道精神,是刚直僵硬而没有多少弹性的文化品格。近代之后,西方人向外开拓的冒险精神,推动他们发现了新大陆,把西方精神传遍了全世界。可以说,古希腊的命运悲剧、哈姆莱特骚动不安的心灵、浮士德不知餍足的追求精神,构成了一曲动态的好斗冒险的交响乐。如果说《鲁滨逊漂流记》表现的是一种向外探求、冒险的开拓精神,《罪与罚》、《卡拉玛佐夫兄弟》表现的是内在心灵的激荡,那么《浮士德》则是这两种精神的结合,既具有内在心灵的苦闷、骚动不安,又具有向外追求、探险的开拓精神。按老庄的意见,走出吵闹的家后,就可以找到一个安宁静态的处所了。但是,西方人在被上帝抛弃到无家可归的荒原之后,好动善斗以及冒险的欲望却更加膨胀起来,并在表现主义、未来主义、存在主义文学中得到了充分的表现。孔子说"危邦不入,乱邦不居",中国贪图安稳的格言比比皆是,诸如"明哲保身","知命者不立于岩墙之下","留得青山在,不怕没柴烧","好死不如赖活着",等等,而尼采则认为"要想体认一切存在之最大生产性和最高享受的秘诀就是去生活在危险之中":"将你的城市建立在维苏威火山的山坡上! 将你的船驶入浩瀚无涯的海域!"②可以说,反传统的浪漫派更强调意志的强力,从而把西方阳刚的文化性格推上了巅峰。因此,与中国人的合群性、依赖性相反,西方人具有人格的独立性和自主性;与中国人礼让、雌退的被动性相比,西方人

---

① 《新约·马可福音》第 1 章第 22 节。
② 尼采:《快乐的科学》第 190 页,中国和平出版社 1986 年。

具有勇于进取的主动性、勇于占有的攻击性,甚至是侵略性;与中国人以家为本的好安宁、好静的民族性格相反,西方人具有走出家庭的冒险精神。

中国人像女性一样爱粉饰,好面子,注重含蓄性,从而造成了弹性的文化品格;而西方人则率直、外露,具有刚直僵硬的文化品格。中国的民族性格中有一种好面子、喜欢外观上的堂而皇之的传统,而不像西方人那样率直、名实相符。中国叙事文学反映的社会现实,往往美于实际的社会状况,带有浓重的粉饰性;而西方文学则善于揭露现实的真相。这并不是说,西方文学不描绘理想境界,而是说,在西方文学中,现实是现实,理想是理想;而在中国文学中,现实与理想是交融在一起的,理想往往写入现实中,大团圆结局就是明证。华兹华斯认为,一切好诗是诗人感情的自然流露,而钱锺书先生却指出了中国诗人"为赋新词强说愁"照样能作出好诗的例子。从这个角度推断,中国抒情文学的作者所抒之情,假情假意委实不少,更毋论因明显的政治高压而产生的违心之作。中国的文人才子明明喜欢女色,却说女人先来勾引他;明明是思恋女人,却假托女人作诗来思恋自己,甚至连当皇帝的曹丕也作了脍炙人口的思妇诗《燕歌行》。这种文学现象在西方是极为罕见的。这种好面子的民族性格在艺术形式上的表现,就是中国文学特别讲求形式美。中国文学的形式不像西方文学的形式那样讲求分裂,而更重形式媒介之间的融合。但是,在中国文学中,理性和情感内容一般不突破感性形式,即所谓"情景交融";而在西方文学中,古典主义、现实主义往往是理性内容突破感性形式,浪漫主义文学则是情感内容突破了感性形式。正因为在中国文学中,理性和情感内容不突破感性形式,所以,中国文学显得蕴藉、含而不露,富有弹性和多义性、模糊性、不确定性。于是,"诗无达诂"的理论在中国最早发展起来。与此相比,理性和情感内容往往突破感性形式的西方文学,就显得外露,明晰性和确定性就较大。于是,具有科学精神的文论在西方最早发展起来。中国文学富有敏感性,对于外在自然变易的感受力非常强烈。中国文人才子那种对花落泪、对月伤感的艺术敏感性,诚为西方文学所不及。就中国文学的自身发展来看,越是具有阴柔美的文学,艺术感受力就越敏感,宋词的艺术敏感性要超过唐诗。但是,正如西方文学不如中国文学优美一样,西方文学深刻的理性力量却为中国文学所不及。

中国人不像西方人那样,对事物进行肢解的、定量的、精确的科学分析,而是善于直观地把握"现实的总和"。因此,中国人擅长总体的模糊直观,直觉思维比较发达;而西方人擅长科学,善于对具体事物进行概括抽象与逻辑分析,思辨能力强,理论思维比较发达。中国人的思想品格是庸常的(中庸之道),理论联系实际的,胸膛是贴紧大地的;而西方人则欲超越大地,思想的翅膀直欲飞向崇高的天空。中国人的理性也正如李泽厚所指出的,是一种"历史(经验)加情感(人际)的理性"①,既不像西方将感性鲜活的完满形象切碎的科学分析理性,也不像脱离了感性而在超验的理性王国自由翱翔的思辨理性。因此,实用技术为中国人的智力提供了广阔的活动场所。但是,具象较之抽象、直觉感悟较之逻辑分析,更接近艺术。因此,中国人那种模模糊糊从整体上把握事物的思维方式本身,美学的色彩就大于科学的色彩。正如歌德所说的:"妇女的天性就是这样,它跟艺术非常接近。"②因此,与西方阳性的分析的科学文化精神相比,中国阴性的综合的艺

---

① 李泽厚:《中国古代思想史论》第305页,人民出版社1986年。
② 歌德:《浮士德》第二部第三幕,上海译文出版社1982年。

术文化精神是外化于一切方面的。林语堂说："一个中国法官必不能把法律看作一个抽象体，而一定要把它看作一个可变通的量，应该具体地运用到某一个人身上"，所以，"中国的司法是一种艺术，不是科学"①。海外的文化研究者曾指出，中医与其说是一种科学，不如说是一种艺术。

西方文化崇尚逻辑和思辨性，喜欢建构体系，这一点在现代结构主义的文论中也有充分表现。因此，西方文论受科学的影响很大，每一时代文学理论的特色都与那个时代所达到的科学水平紧密联系着。而中国的文学理论意会性和直观性强，基本上是印象感悟式的。中国文论概念如"气"、"风骨"、"神韵"等等，难以进行语义分析，而只能靠直觉体悟。体悟是因人而异的，因而非常富有弹性、灵活性、不确定性、主观随意性和模糊朦胧性，而缺乏规定性、精确性和科学性。中国文学注重传神、神似，善于跳过科学抽象的分析思辨，直接体悟到事物的总体特征。而西方文学的史诗传统一直讲求细节的逼真，客观地再现外物，甚至连后现代主义的新小说作家罗布—格里耶也强调，小说家的主要任务是运用"非人格化的"、不带任何感情色调的语言，客观冷静而准确地描写世界。因此，中国文学擅长主观的体悟与意会，西方文学擅长客观的描绘。主观意会的思维指向是向内的，客观描绘的思维指向则是向外的。在中国文学中，景物上都积淀着主观感情，或者干脆就是为烘托情绪存在的，而很少有西方文学中那种与整个情节与人物脱离的大段大段的景物描写。

我们再回首天空中的太阳和月亮。太阳主动地发出热烈的光芒，使万物澄清于光明之中，骚动于白昼之中；它以理性之光驱

---

① 林语堂：《中国人》第63页。

除了模糊与混沌，委婉与含蓄；它以真实的光束充塞了世界，撕破了一切粉饰的面纱，给万物以明晰性、确定性和个性……这不正是西方文学所追求的真实而崇高的境界吗？西方文化的明晰性，西方逻辑体系式的文学批评，难道不令人想到太阳的光芒吗？与此相反，月亮被动地发光，柔和、宁静、清爽，使万物笼罩在模模糊糊、朦朦胧胧的夜色之中，同时也给一切丑恶披上了一层幽玄的天衣，在月光下，一切事物都显得优美、飘忽而没有定性……这不正是中国文学所追求的含蓄、蕴藉、清逸、淡远、宁静、空灵、妙悟的艺术境界吗？中国文化的模糊性和不确定性，中国印象感悟式的文学批评，难道不令人想到朦胧的月色吗？甚么"言有尽而意无穷"，"不著一字，尽得风流"；甚么"妙在有意无意之间"，"羚羊挂角，无迹可求"；甚么"水中之月"、"镜中之花"，"雾里看花，终隔一层"……而西方的文学批评总与时代的科学水平相联系，具有确定性、精密性和逻辑性特征。

中国月亮文学与西方太阳文学的特征，表现在诗歌、小说、戏剧等各类文体中。我们先看戏剧。戏曲作为一种综合性艺术，也综合了中国月亮文学的许多特征。从戏剧故事和人物上看，首先令人想到的是"阴盛阳衰"。从元明到清代，只有《水浒》戏中的李逵、武松与三国戏中的关云长等个别人物，尚有些阳刚气，但也正如孙隆基说的：这些人物是不近女色的"中性人物"或"无性人物"，而且沈璟的《义侠记》中的武松，经常感慨君恩未报，在逼上梁山后日夜盼招安，躬行的也是臣妾之道。而大部分戏曲所表现的都是"阴盛阳衰"。这些戏曲中的女主角，或者表现出一种女性的坚贞，这种坚贞使得男性自愧不如（《秋胡戏妻》中的梅英，《墙头马上》中的李千金，《桃花扇》中的李香君）；或者能够"以柔克刚"，而其办法不是心计（《救风尘》中的赵盼儿，《望江亭》中的谭记儿），就是孟姜女式的泪水(《窦娥冤》中的窦娥)。相比之下,戏曲中的男主角是那么微不足道,女性气十足。甚至《梧桐雨》中的唐明皇、《汉宫秋》中的汉元帝,也是一派悲秋落泪式的女性情调,简直与魏文帝的思妇诗《燕歌行》是一种情调。而像梁辰鱼《浣纱记》中的高人范蠡,则晓得功成身退的雌退软缩道理。中国戏曲中男性的主要形象,恐怕还是《西厢记》中的张君瑞这类"白面文弱书生",他们在舞台上的扮相往往是唇红齿白,面泛桃红,用一种尖细的女声演唱,道白也是柔声细气,并伴着扭捏的女性姿态。特别是中国戏曲中的角色反串,譬如京戏中的男扮女装,越剧中的女扮男装,令人感受不到一点阳刚气。从布景和舞台动作上看,中国戏曲也是虚拟的,非常富有弹性、随意性和模糊性。与此相反,从埃斯库罗斯的《被缚的普洛米修斯》盗火给人类,忍受着苦难与宙斯的抗争,到索福克勒斯的《俄狄浦斯王》的杀父妻母;从莎士比亚的《哈姆莱特》的"生还是死,这是个问题",到易卜生的《勃兰特》的"All or nothing!"——"不能完全,宁可没有!"以及《国民公敌》中以个人独战多数,阳刚的文化精神一直占居主导。从布景与舞台动作看,西方话剧也是以写实的明晰性为主导的。

我们再看小说。中国小说中的英雄,几乎是遵照老子"曲则全"的好汉不吃眼前亏的教训,以能够忍受屈辱为理想,否则就不免被讥为"不识时务"。而"识时务者为俊杰",于是,"小不忍则乱大谋"、"大丈夫能屈能伸"、"君子报仇十年不晚"等等,就成为中国英雄的美德。像韩信少时辱于胯夫,张良受兵书时辱于长者,甚至周文王为姜子牙拉车,都是中国小说所乐于描绘的。在《三国演义》和《水浒传》中,诸葛亮、吴用(智慧)与张飞、李逵(刚勇)之所以对刘备、宋江服服贴贴,就因为刘备、宋江有合群的力量,而其办法则是"温柔敦厚",善于用泪水感化人,也就是

"以柔克刚"。《三国演义》最动人的细节是刘备的三顾茅庐,正是刘备追求的殷勤,才换来诸葛亮的忠贞与尽心尽力地为其操持国务。中国小说中理想的"高人"一般应具有忍让大度、功成身退的襟怀(范蠡、张良等),否则就会像韩信那样受害遭殃。中国小说为表现英雄人物或理想人物所选择的事件,也不是主动性和进攻性的,而是礼让雌退的,如萧何月下追韩信,刘备三顾茅庐。中国的理想军师在出好主意的时候,也往往不先开口,而要等别人来问。不过,中国月亮文学的代表,在小说中要数《红楼梦》了。正如老子赞美软弱温柔的水性,宝玉把男人比作泥土,而赞美女孩儿像水一样清爽。于是,宝玉就像迷恋花丛的一只蝴蝶,为鲜花之盛而心醉,为落红之局而悲苦。大观园作为宝玉迷恋的大花园,也就是一个女儿国。《红楼梦》中的人物,也都是弱质型的:宝玉是文弱书生,宝钗也不离药物,黛玉几乎就是药物培植起来的一根纤细怕风的水草。于是,流泪、吐血,就使《红楼梦》笼罩在一种阴柔纤弱的艺术氛围中。与此相反,从中古骑士传奇到现实主义小说,西方小说中理想的主人公往往是与众不同的,甚至是独战多数的强者。作为西方小说的灵感来源,希腊史诗中的大英雄都是勇敢的具有荣誉感的强者。中古的骑士小说给读者印象最深的,一是他们对女性的衷情,那种执着的追求,一是骑士的无所畏惧的勇敢和对荣誉的看重,因为任何对骑士荣誉的伤害都可能导致决斗。这种阳刚的文化精神在浪漫主义、现实主义和现代主义小说中也被发扬光大着。莱蒙托夫《当代英雄》中的毕巧林,据说是概括了一代觉醒者的典型,而毕巧林那孤立无援的个性精神,使他不断地与人群发生冲突,他热切追求的女性到手之后就是厌腻和更深重的痛苦,后来他如骑士一样站到了与人决斗的位置。司汤达《红与黑》中的主人公于连与巴尔扎克诸多小说笔下的拉斯蒂涅,充满了主体意志的扩张性,性格上的侵略性,对所追求的女性的占有性。在纪德、黑塞、萨特、加缪等现代作家的笔下,这种文化精神在痛苦的呻吟中仍发出强力的雄声。加缪《局外人》中的主人公,可以说是一个现代的毕巧林。而在萨特的小说中,我们既发现一个人在"别人就是地狱"的厌烦中莫名其妙地枪杀同类,也看到在牢狱中即使不再为正义所动的时候那种仅仅为了自己的意志而不屈服的人物。

诗歌是以广义的意象取胜的,而朱光潜曾经对中西诗歌所采用的不同自然意象有一个简明的比较:"西方诗人所爱好的自然是大海,是狂风暴雨,是峭崖荒谷,是日景;中国诗人所爱好的自然是明溪疏柳,是微风细雨,是湖光山色,是月景。"①固然,中国也有写日的诗歌,特别是屈原不与世俗同流合污"虽九死其尤未悔"的《离骚》,就出现了对太阳意象的神话描写,但是与西方浪漫派诗人的个性精神相比,屈原也显得富有依赖性,当他依赖的楚王不用他"帮忙"时,他只好发牢骚:"荃不察余之衷情兮",这与富有依赖性的女子对遗弃她的男主人的感情几乎相似,所以后世经常以屈原笔下的"香草美人"来比喻不被君主重用反而被其疏离的文臣。正是从这个意义上,鲁迅说《离骚》充满"芳菲凄恻之音,而反抗挑战,则终其篇未能见"②。比起少之又少的写日的诗歌来,中国写月的作品几乎多得不可胜数。你看,"江上柳如烟,雁飞残月天","杨柳岸,晓风残月";你听,"月落乌啼霜满天,江枫渔火对愁眠","明月别枝惊鹊,清风半夜鸣蝉";你听,"明月松间照,清泉石上流","鸟宿池边树,僧敲月下门"……此刻,不

---

① 朱光潜:《诗论·中西诗在情趣上的比较》,三联书店1984年。
② 鲁迅:《坟·摩罗诗力说》,《鲁迅全集》第1卷第69页,人民文学出版社1981年。

由得你不感叹:"此中有真意,欲辨已忘言。"但事实上,天地并非"有大美而不言",天空中雷鸣电闪,狂风暴雨;大海里波澜壮阔,时常有惊涛骇浪;山峰高入云天,陡峭欲裂,石崩或雪崩在吞没着行人;而岩浆在地下奔突、运行,一旦发作,"玉石俱焚"……这些西方诗歌中乐于描绘的自然,在中国爱夜的月亮诗歌中是比较少见的。这那里比得上我们女性化的"春江花月夜"呢?你看,即使"连海平"的"春江潮水",也显得那样柔静、美好……

中国文学是偏于阴柔的月亮文学,但是,追求"西化"的五四文学革命却以西方的太阳文学对中国的月亮文学进行了猛烈的冲击。陈独秀说:"老尚雌退,儒崇礼让,佛论空无……充塞吾民精神界者,无一强梁敢进之思",遂造成了消极、脆弱、退缩、颓唐之国民性,因而陈独秀呼唤新青年的自强性和抵抗力[①]。鲁迅则张扬斯巴达的尚武精神,并且以拜伦、尼采等"摩罗诗力"对中国诗歌(包括屈原)进行了整体性的否定。于是,受西方文化影响的太阳诗歌在中国新诗中大量出现了,这是中国传统诗歌所没有的现象。郭沫若《女神之再生》一诗的结尾就出现了近 10 次太阳,《我们在赤光中相见》中出现了 3 次太阳,而只有 14 行的《太阳礼赞》就出现了 10 个太阳的词汇,其中 8 个是一口气喊出来的。中国传统诗歌在表达思乡之情的时候,几乎都用月亮的意象,所谓"举头望明月,低头思故乡",所谓"月是故乡明"……而闻一多的《太阳吟》则是借用太阳的意象来表达远在海外的游子思乡之情,而且在 36 行诗中太阳一词竟然出现了 24 次。艾青的诗歌中太阳的意象也非常之多,其中较为著名的有《太阳》、《向太阳》、《黎明的通知》等等,都是新诗中的佳作。尤其是《太阳》

---

① 陈独秀:《抵抗力》,《独秀文存》第 1 卷第 24—25 页,安徽人民出版社 1996 年。

一诗,不但大气磅礴,而且韵味无穷:

> 从远古的墓茔
> 从黑暗的年代
> 从人类死亡之流的那边
> 震惊沉睡的山脉
> 若火轮飞旋于沙丘之上
> 太阳向我滚来……

然而后来,太阳又变成了"天无二日"式的太阳,全国人民又都成了星星和月亮,于是就有"天上的群星向北斗,地上的葵花向太阳"之类数不清的歌功颂德的重复之辞。一些作家有感于太阳的暴烈,转而反抗太阳而回首寻找月亮——寻根。我这里指的是阿城等作家和诗人。然而,也有许多作家,打着寻找月亮的旗子,寻找到的却是以刚健、孤独、野性、自由、强力为特征的太阳。事实上,差别也许仅仅在于:中国传统文化以太阳比君主,所谓"天无二日",而现代新文化旨在使每个人都变成太阳。因此,当诗歌中只歌颂一个太阳而其他人都以星星和月光自比的时候,我们应该做的不是匆匆忙忙地回头寻找月亮,而是应该反思我们为什么转了一大圈,又回到了"天无二日"的文化语境中。

当然,如果从更广阔的世界文化视野着眼,那么,阴柔与阳刚并不代表价值的优劣。过于阴柔的民族性格容易导致忍从、内向和封闭,面对外来的挑战而无力迎战。中国的民族性格虽然和西方文化相比显得阴柔,但是在上古和汉、唐时代还具有雄健的性格,可以说是比较理想的阴阳调和,但是自宋代之后,民族性格就越来越内向、封闭和阴柔,以至于到了近代不堪西方列强的欺凌。

从这个意义上说,"五四"新文化运动以西方阳刚的文化性格冲击中国阴柔的文化性格,是完全合理的。但是,过于阳刚的民族性格,又容易导致无休止的攻击和占有,从而导致霸权主义和对其他民族的欺凌乃至侵略。英国哲学家罗素当年就曾感叹西方人的攻击性与占有欲太强了,而赞美老子"生而不有"的智慧。因此,中西文化相互学习,取长补短,在对话的基础上达到中国传统文化推崇的阴阳调和,应该是中西乃至各个民族文化融合的理想。正如美国的费诺罗萨(E. Fenollosa)在1893年发表的关于中国的长诗《东方与西方:美洲发现及其它诗》(East and West: The Discovery of America and Other Poems)的第四部《东西方未来的结合》(The Future Union of East and west)中所说:

> 你把什么谐和起来?
> 所有西方珍视的力量——
> 莽然巨大的雄性
> 百眼兽无比的紧张。
> 从何处涌出谐和的标准?
> 从东方温暖的阳光——
> 充满爱心的女性,
> 形式的肥沃花床。

三　中西文学的想象力

　　第四十八届国际笔会的议题是"作家的想象力与国家的想象力"，然而这个议题却受到了一位与会诗人的驳斥：傻瓜也知道，国家是没有想象力的。国家的确没有想象力，但国民却有想象力。一个国家的国民受地理环境、文化历史背景的限制，与其他国家的国民在想象力上也会有所差异。譬如这位诗人对国家有想象力的驳斥，正表明了个人把国家当成一种压迫自己的异己物而进行抗议，这种想象力只能出现在个人与社会对立的国家，而较少发生在个人与社会统一的国家。中西文学是在地理环境、文化历史背景差异甚巨的土壤中生长起来的，因而也为各自的想象力划定了范围。

　　首先，可以从中西神话的比较中，看中西文学想象力的异同。荣格认为，一个民族集体无意识中的"原始意象"（archetype）对后代文化的发展有决定性的影响，这种原始意象可以追溯到这个民族古老的历史神话上去。虽然这种说法是很片面的，与萨特的存在主义讲求在不断选择中赋予个人进而赋予文化以本质恰好相反，但荣格理论的合理之处在于，一旦一个民族的古文化定型，对后代文化的发展就规定了一个方向，而这个方向很难被改变。

从这个意义上说,我们到神话中去寻找中西文学想象力的"原始意象"——"原型",是顺理成章的。

鉴于希伯莱神话对西方的巨大影响,我们在提及西方神话时将涉及古希腊神话和希伯莱神话。古希腊神话是多神的,相信自然界的一切现象的背后都是神灵,而希伯莱神话是一神的。古希腊神话系统的主神宙斯也要听从必然律——命运的摆布;而希伯莱神话中的上帝是至高无上的。古希腊神话出于以幻觉把握宇宙的动机,偏于对自然的认识;而希伯莱神话出于与神沟通以求解脱的动机,偏于对现世的超越。古希腊神话是面对自然的、客观向外的,而较少现世功利目的;希伯莱神话是否定现世而希图向来世超越的,但中国神话却具有鲜明的现世功利目的,或为现世造福、或救现世的灾难,诸如补天、射日、治水等等。在伦理实践的侧重上,中国神话近于希伯莱而与希腊迥异,但是希伯莱神话对现世的超越精神却为中国所无。在现世的生活态度上,中国神话近于古希腊而不似希伯莱,但是古希腊神话那种对人间事务的冷漠而探究自然的精神,却为中国所无。在古希腊神话中,因潘多拉的罪过而使得人间充满了痛苦,只有希望留在盒底;在希伯莱神话中,由夏娃的过失而使得人间充满了罪恶(原罪),只有劳心苦志地赎罪以使救世主的降临,才有可能重返乐园,但在中国神话中,理想境界却是现世的人兽率舞、人神同乐。

中西神话的想象力在对超人的想象上也有明显的差异。在古希腊神话中,伟大的受难者、殉道者是普罗米修斯,他盗火以解救人类,被宙斯捆绑在高加索的悬崖上,遭受鹰啄肝脏的永恒的苦难。在希伯莱神话中,作为神之子的基督,是一个伟大的受难者与殉道者,为了解救人类的罪恶而不惜被钉死在十字架上。中国神话中缺乏这种受难者与殉道者的文化超人,鲧盗息壤以治理洪水本来也应获得普罗米修斯盗火式的殉道主义，但鲧却变成了一头灰溜溜的黄熊，其他有关鲧的神话对鲧的形象也大有损伤。墨子以形劳天下的大禹为大圣，使后世之墨者，日夜不休，以自苦为极，本来也近乎耶稣受难的殉道精神，但墨学显耀了不长时间，就失传了。实际上，中国并不看重女娲、后羿、鲧这样的文化超人，而更看重现世平凡的文化圣人。这种文化圣人并没有多少崇高伟大的地方，孔子穷贱过，也爱财，到处谋官职，甚至为会见南子事而向弟子子路赌咒，孔子自己也不避讳这一点："十室之邑，必有忠信如丘者焉，不如丘之好学也。"①

中国神话没有建构一个统一的宇宙框架，把宇宙开辟、神祇谱系、人神之交等系统而有序地镶嵌在里面。中国天地开辟的神话就有好几种，如女娲创世、盘古开天地等。实际上，中国人对宇宙起源这种不着边际的问题并不感兴趣，中国神话过早地历史化倾向，也表明这种务实性。这样，中国人就好像生活在一种不断流变的历史中，人一生下来所面对的就是历史与现实，并从历史中看取于现实有用的东西。古希腊人对于宇宙起源的浓厚兴趣，以及庞大有序的神话系统，也为中古基督教笼罩欧洲开了先河。基督教神话把宇宙看成是一个由上帝创造的有机整体，有开端、过程，终而导向一个目标。于是，每个人一生下来，就要赎罪以待末日的审判。在这里，历史循环的流动性让位于与上帝沟通的永恒性。所以中国文学的想象力几乎是在时间与历史之中，不是感时忧国，就是伤春悲秋；而西方文学的想象力则经常超越于时间与历史之外，探究一种永恒性的罪恶与救赎，具有超时代的永恒性。从根本上说，中国就是一个不看重神话的民族。伊列德（M.

---

① 《论语·公冶长》，杨伯峻译注：《论语译注》，中华书局1980年，版次下同。

Eliade)认为,日常的时间是生生流变、一去不返的世俗与历史的时间,而神话则使时间得以神圣而永恒,"当叙述者讲述神话时,世俗的历史的时间就被象征性地废除、淹没和超越,取而代之的是神话永恒性的显明,一种神圣的时光"①。

就形式而言,中国神话是零散、片断和一鳞半爪的;而西方神话——无论是古希腊罗马神话,还是基督教神话,都富有系统性和体系性。中西神话的差异,决定了中西文学想象力的差异:中国文学想象力不丰,西方文学则具有高度发达的想象力;中国文学的想象力囿于现世,西方文学的想象力则偏于对现世的超越;中国文学的想象力具有平凡的人间味,西方文学的想象力则追求一种超现世的崇高境界;中国诗学多是一些零打碎敲的感想、格言、语录之类的东西,西方诗学则善于建立体系。

中西神话的差异也预示了中西文学想象力的差异。中国文学想象力不丰,囿于现世今生;西方文学的想象力偏于对现世的超越,因而形成了高度发达的想象力。中国文学以现世的兴、观、群、怨为文学的目的,以天伦之爱、亲朋赠答、时事政治之作为多,在日常生活中体味人生的妙处,甚少世外之音。偏于道家出世一派的文学,想象力较为发达,具有世外之音,但也多在自然中求得解脱。为文人搜集加工的中国民间文学,如《搜神记》、《聊斋志异》等,是中国民间不成系统的迷信故事在文学上的反映,虽然有对现实的超越要求,但此类文学受儒风影响甚巨,想象力也并不发达。《西游记》、《封神演义》等想象力较为发达的作品,与佛教的传入以及来自本土的反动有关。但是,此类作品一向不是中国文学的正宗,而且即使在非正宗文学中,比起抹煞想象力从而把

---

① M. Eliade, *Images and Symbols.* Princeton University Press, 1991, p. 218.

小说与史传相比的传统来,这类作品也没有多少地盘。而西方文学的想象力则不满于现世今生,而欲向来世超越,所以,西方文学的想象力不但不囿于现世,而且具有否定现世的世外之音。如果说希腊文学的想象力具有向外开拓而欲支配自然力的品格,那么,中古以后西方文学则具有与神沟通而向来世超越的品格。在希腊文学中,人与人斗争的背后是神与神的斗争,但是,一切神,包括宙斯,都要接受一种必然律——命运的左右。在基督教文学中,人、神与魔鬼的斗争几乎贯穿于西方文学,但丁的《神曲》、弥尔顿的《失乐园》、歌德的《浮士德》,一直到现代叶芝式的神话系统,高度发达的想象力已经形成了一种传统。

中国文学的想象力具有世俗平凡的人间味,西方文学的想象力则追求一种超现世的崇高境界。中国文学囿于现世,必然是肯定现世的人生情怀,在平凡的人际关系中消磨艺术想象,甚至中国的鬼神故事以及道教一类的文学,也没有多少超越现世的想象力,更多的却是对于现世的补充或者延伸;如人死了成神仙,享尽福乐等等。而西方文学对现世的超越是追求一种现世所不存在的境界,或者现世的崇高境界,与众不同的境界。因此,中国的艺术天才多是平凡的人,倒是倾向于道家思想的李白一类的诗人有点狂味;而西方的艺术天才则多是疯子、狂人、神经质者。就善恶而言,中国文学的想象力是向善避恶的,人善,神也善,叙事文学的结局多是大团圆;而西方文学从希腊悲剧开始,就具有正视邪恶的惨厉品格。

中国文学的想象力偏于感时忧国的时代性,西方文学的想象力则偏于超越感性流变的永恒性。中国文学的理想不在超越感性流变的宗教圣境,而在现世今生的家庭之乐、国家之安,或者向古代看取于现世今生有用的经验,因此,中国文学感时忧国的时代感较强,所谓"治世之音安以乐","乱世之音怨以怒","亡国之音哀以思"。中国文学对季节交替的敏感性也很强,正如陆机在《文赋》中所说:"遵四时以叹逝,瞻万物而思纷;悲落叶于劲秋,喜柔条于芳春。"所以中国文学中充斥着大量的伤春悲秋之作。而西方文学的想象力则追求一种超越现世感性流变的无限绝对的永恒性,并试图以文学艺术与神的彼岸世界相沟通,因而与中国文学相比,感时忧国的色彩就不强,而原罪理论又把西方人带到一个人性的赎罪、反抗、挣扎的永恒的深渊中。因此,也许弗莱(Northrop Frye)原型批评的春夏秋冬之循环的理论更适合于中国文学。

西方文学高度发达的想象力与西方人的超越要求,在古希腊表现为阿波罗恬然澄明的境界,在中古表现为宗教的圣境,在近代表现为认识到有限相对而向无限绝对探索的浮士德精神,在现代则表现为神与魔在激烈的斗争中败北从而使恶魔猖獗。中国文学的想象力之所以囿于现世,就是因为中国人没有西方人那种迫切的超越要求,而满足于历史的和审美的人生情怀之中。孔子的"不语怪力乱神","未知生焉知死"等语录,反对人们进行超功利、超现世的探索,求仁得仁,当下即是,涂之人可以为禹,人人皆可以为尧舜,无限绝对就在此有限相对之中,在现象界的生生不息的演变之中,脱离现世而去追求无限绝对,不着边际地想象来世,都有点好高骛远。不满于儒家设计的现世人生的道家,也并没有脱离感性世界的超越要求,只能在自然之中求超越,或者向"人兽杂居"的往古超越。但是,在痛苦中生存的小百姓总需要点"精神鸦片",于是,原始巫术、鬼神迷信、道教、佛教等就成了小百姓的神话或者宗教,而这正是为正统的儒生所容忍却瞧不起的。而越向上追溯,西方文学的想象力就越是一种对客体的认识和支配,而并不置重主体,但中国文学的想象力却是放在主体——人伦上。当西方现代哲学、心理学对主体进行深入探索的时候,西方文学的想象力也转到主体上来了。这并不是说,西方文学的想象力也满足于现世的伦常人生了,而是说在"上帝死了"的真空中,西方文学在寻求超越现世人生的新药。

探究中西文学想象力的差异,并不是说中西文学的想象力没有类似之处。事实上,追求福乐与永恒是人类的天性,就此而言,中西文学的想象力在很大程度上都是类似的,只不过追求的方式不同,使得中西文学的想象力出现了明显的差异。譬如中西文学都试图超越时间,而西方的超越方式是个体性的,是宗教的;而中国的超越方式是群体的,伦理的,是将个体纳入伦理整体之中,伦理整体永恒,个体也就获得了永恒;或者是审美的,即个体与天地万物融为一体,"天地与我并生,而万物与我为一"。虽然超越方式的不同导致了想象力的差异,但是试图超越时间而追求永恒则是中西文学共通的。

四　中西文学的审美理想

　　中西文学的审美理想是相似的,但是又各自具有不同的表现形式。对和谐、圆满的追求,是人类文学的共同理想,但比较而言,中国文学更偏于中和,西方文学则偏于分裂。就外在的和谐而言,在中国文学中,人与自然、物与我、情与景是和谐统一的;而在西方文学中,人与自然、物与我、情与景则是分裂的。

　　中国儒家天人合一的宇宙观,让人敬天礼地,与大自然和谐相处,特别是道家的自然主义,反对任何人为而崇尚自然,让人效法自然回归自然。所以在中国文学中,人与自然、物与我是合一的,"感时花溅泪,恨别鸟惊心","人有悲欢离合,月有阴晴圆缺",都把人与自然相映照,从自然中看到人,从人中看到自然。因此,中国诗论所谓的意境,追求的就是主观与客观、人与自然、物与我、情与景的完美融合,浑然一体。这种极境就是人消融到自然中,达到物我两忘:"相看两不厌,只有敬亭山","此中有真意,欲辨已忘言"。而基督教认为人是上帝按自己的形象造出来的,人高于自然。这种天人相分、人高于自然并且应该征服自然的理想,是西方文化的传统。当然,西方从卢梭开始也有反文明回归自然的倾向,华兹华斯、雪莱、济慈等诗人也都写出了与自然亲近的诗歌,但是他们是以自然来对抗人世的邪恶,仍然具有对立冲突的破坏性,这与道家的个人遁出人世完全消融于自然中的理想是不同的。在西方现代派文学中,人与自然、物与我对立与分裂就更明显了。

就人与人、人与社会的关系而言,中国文学强调的是"经夫妇、厚人伦、美教化",也就是以凝聚族类的和谐为文学的审美理想,正是在这个意义上,"美"又等于"善"。而外出于社会的个人,在道家的教示下,要与天地万物这一更大的整体合一,而不要对人伦与族类有任何的破坏性。基督教文化中的个人固然也有"爱邻人"的道德训条,但是基督教是真正个人的宗教,它排斥人与人、人与群体过于亲近的关系。耶稣就说:"我来是叫人与父亲生疏,女儿与母亲生疏,媳妇与婆婆生疏。人的仇敌就是自己家里的人。"①因为若是与别人太亲近,或者完全融入群体中,而没有一种孤独感受,那么相信上帝与耶稣的人必然会减少。而西方近代所谓人的解放其实是个人的解放,这种解放的极致就是像尼采那样以个人取代上帝,因而必然会导致人与人、人与社会更为激烈的冲突。从《鲁滨逊漂流记》中去众离群的思想,易卜生所谓的"世界上最强有力的人就是那最孤独的人",到萨特的"别人就是我的地狱",人与人、个人与社会的分裂与冲突日益严重。而萨特甚至还以其"自由哲学"将这种西方文化的特征加以普世化与永恒化,他认为不可能有一种互为主体的认知关系,当我认知别人的时候就是把别人当作对象与客体,当作一种"自在的存在",别人认知我时亦然,所以我就不能不觉察到别人与我一样是"自为的存在"。因为有这种觉察,别人就永远成为威胁着我的

---

① 《新约全书·马太福音》第10章第35—36节。

自由主体的东西——尽管我可以把别人化为我的客体，但是别人也随时可以把我化为他的对象与客体。因此，人与人关系的基础就是主奴关系——别人就是我的地狱。

就文学内在的和谐而言，中国文学是悲与喜、哀与乐、情与理、灵与肉的和谐，而在西方文学中则是二者的分裂。

中国文学讲求"乐而不淫，哀而不伤"，无论悲怆的情感还是喜悦的情感都不能过度，而应该"致中和"。《中庸》把"致中和"上升为"参天地，赞化育"的高度，孔子也认为"无过与不及"的"中庸"是最高的道德。这表现在戏曲中，就是悲剧之后来一个大团圆结局，使得悲中有喜，喜中有悲，而避免使悲与喜的任何一方走向极端。但是在古希腊文学中，悲怆之情与喜悦之情就分裂得较充分，从而产生了悲剧和喜剧。所以哲学家罗素认为，尽管希腊人有什么也不过分的格言，亚里士多德也推崇形式的和谐，"但是事实上，他们什么都是过分的——在纯粹思想上，在诗歌上，在宗教上，以及在犯罪上"[1]。

中国文学讲求"以理制情"、"以道制欲"，但又承认情欲的合理性，因而造成了中国文学情与理、灵与肉的和谐。而在古希腊，澄清高明的阿波罗与狂热沉醉的狄俄尼索斯的对立，就造成了西方文学中情与理、灵与肉的分裂。情感在基督教传入后的西方更是具有二重性，圣洁的宗教情感近乎理和灵，而堕落的情感则近乎肉和欲；中国有"人情入理"之说，倾向于情与理的和谐。因此，柏拉图那种飞翔于感性和肉欲之上的纯粹精神式的恋爱，正是西方灵与肉分裂的产物。而在中国文学中，不管是《西厢记》还是《牡丹亭》，肉、情、理总是和谐地统一在一起的，仿佛情深似

---

① 罗素：《西方哲学史》上册第 46 页，商务印书馆 1982 年。

海的人不"云雨一番"总不能"合情合理"。于是,中国文学对肉欲的描写也极尽美艳之词汇,而这一点在西方文学中是极为少见的。在西方文学中,灵魂总要摆脱了肉体的感性形式,才能与神沟通;而在中国,即使庄子式的个人超越也决没有摆脱感性形式。

西方古典文学以理性抹煞情欲、以灵魂蔑视肉体的反面,则是情感与肉欲在近代个人解放的旗帜下的狂奔乱泄,所以西方文学总爱走极端。而在中国文学中,情与理总是保持不远不近的那么一段距离。中国小说中有回评、眉批、夹批等,这种评点方式正是一种不让人进入角色从而保持一定的审美距离的表现,也是一种"以理制情"的间离效果。中国人也不会把脸谱化、程序化的以歌咏为主的戏曲与现实等同,戏毕竟是戏,总与一定的做作分不开;而西方话剧则讲求戏剧与事实的吻合,让人进入角色。

在文学的审美形态上,中国文学是主观与客观、现实与理想、再现与表现的合一,而西方文学则是主观与客观、现实与理想、再现与表现的对立。中国文学内在的情与理的合一与外在的人与自然、人与社会的和谐,必然导致主观与客观的统一;而在希腊文学中,沉醉的酒神与恬然澄明的日神就是激烈对立的。基督教文化延续了这种对立冲突的文化传统,使灵与肉、感性与理性、上帝与魔鬼的对立更加白热化,这尤其表现在最能够体现基督教文化精神的歌德的《浮士德》与陀思妥耶夫斯基的小说中。与情与理、感性与理性、主观与客观的统一相适应,中国文学中的现实与理想也是统一的,就是理想不在现实之外,而在现实之中。换句话说,中国文学的理想是现实的延伸与补充,而不是现实的对立面,中国小说与戏曲的结局几乎清一色的大团圆就充分表明了这一点。而在西方文学中,现实与理想往往是对立的,譬如现实主义是偏重于摹写与批判现实,而浪漫主义则偏重于表现理想,但是浪漫主义文学的理想不是在现实之中，而是在现实之外，并且以这种理想激烈地否定现实。

中西文学对表现和再现各有侧重，但比较而言，中国文学偏于表现与再现的融合，西方文学偏于表现与再现的分裂。《乐记》讲表情，也讲"象成"，强调表现与再现的统一。王维提倡"画中有诗，诗中有画"，强调画的再现与诗的表现合一，于是，"画是有形诗"、"画是无声诗"、"诗是无形画"。因此，在中国文学中，主观与客观、表现与再现几乎总是统一的。即使不统一，讲中庸之道的中国作家也往往能和平共处，而不对立分裂，如李白和杜甫。所以，中国文学史上几乎没有出现过以再现或者表现为特色的较大的文学流派，像明中叶以表现为特色的公安派、竟陵派，就算显眼的了。西方尽管也有诗画合一论，但是西方文学从古希腊开始，酒神与日神的分裂对立，就使得表现与再现分离开来。阿波罗巨大的理性力量终于制住了狄俄尼索斯的狂饮滥醉，所以施宾格勒把希腊文化称为阿波罗文化，就是说希腊文化偏重于理性与静穆，文学上的荷马传统则偏于摹仿、再现。希伯莱的文化精神进入西方之后，西方文学则更偏于表现。文艺复兴之后，西方文化在希腊精神与希伯莱精神之间冲突、激荡，在文学则为荷马的摹仿、再现传统与圣经的神秘、表现传统的分裂、对立。因此，在西方，当理智、理性在某一历史阶段占据文学领域的主导地位时，就会出现偏重客观再现的文学流派，如古典主义、新古典主义、现实主义、自然主义，当情感、直觉在某一阶段占据文学领域的主导地位的时候，就会出现偏重主观表现的文学流派，如浪漫主义、现代主义。西方虽然也有诗画合一的说法，但这不是西方文论的特色，与中国相比，像莱辛在《拉奥孔》中那样将诗与画的界限分析得非常清楚的论著，倒是西方文化的特色。

中国文学的中和之美是与中国中庸的文化传统相联系的。亚里士多德虽然也有中庸之道，但是，西方的文化传统却不是中庸，而是偏至。西方人的理智、情感、意志总在不断地冲突和斗争，西方的精神也是一部偏至的历史。中古宗教抹煞人的世俗情欲，而近代人有放纵情欲的倾向。从斯宾诺莎到启蒙运动，是以人的理智反对宗教的情感和想象，而浪漫主义运动既是对理智主义的反叛，又有以世俗的情欲反叛宗教的倾向。中国则不然，从先秦到明清，中庸之道总在调和人的理智、情感和意志的冲突。因此，所谓中国文学的美，就是围绕着"厚人伦、美教化、移风俗"（儒），或者个人超脱（道）的伦理实践的情感与理智统一的中和之美。

中西文化与文学的二元中和与二元对立之差异，即使到了现代也没有发生根本性的变化。从严复的《天演论》，尤其是从"五四"新文化运动之后，西方二元对立的文化模式与审美情趣就输入了中国，但是到改革开放的新时期，中国已经放弃了西方的二元对立和阶级斗争，转而强调传统的安定团结与和谐社会。也就是说，西方的二元对立模式在中国实验了多半个世纪，又被中国的二元中和理想所取代。而随着上帝观念的摇摇欲坠，西方传统的道德价值与审美理想都面临着巨大的危机，然而奇怪的是，西方二元对立的文化模式与审美理想却没有发生根本的动摇。20世纪的文学批评流派如女性主义、解构主义等都不是寻求与对立面的和合，而是从边缘向中心移动进而颠覆中心。当两个超级大国中的一个解体而全球的政治意识形态的对立暂时告一段落时，亨廷顿却又以文化上的二元对立取代了政治上的二元对立，并提出了"文明冲突论"。即使像后殖民批评家霍米·巴巴那样强调文化的混杂性与二元对立的中间地带，但是其理论仍然是建立在二元对立的基础之上的："理论的作用应当是积极地挑战与质疑固有的思维模式,在传统与常规中发现缝隙,进而打破整体化的统治,占据二元对立之间的那片空间,从而促成二者之间的对话。"①

中西文学都追求真、善、美的统一,但中国文学偏于美与善结合,西方文学偏于美与真结合。中国神话是伦理型的,功利目的很强;西方神话是认知型的,是以幻觉的形式对自然的认知,所以,自然界的一切无一不是神灵。中国文学和西方古典主义文学都以和谐为美,但是,中国文学偏于伦理情感的和谐,而西方古典主义文学则偏于形式上的和谐。偏于伦理情感的和谐者近善,偏于形式上的和谐者近真。要确切地认识事物,非从认识事物固有的形式入手不可,所以,亚里士多德极为推崇形式,认为积极的形式是使消极的质料成为某物的本质规定性。

孔子的美学理想是"尽善尽美",主张美与善的结合,强调文学的教化作用。《诗大序》将诗的功能说成是"经夫妇,成孝敬,厚人伦,美教化,移风俗",就是对孔子美学思想向伦理教化方向的阐发。这种对善的强调,有时成为一种沾沾于用的极端功利主义,孔子所谓"诵诗三百,授之以政,不达;使于四方,不能专对;虽多,亦奚以为?"白居易所谓"为君、为臣、为事而作"等,都是这种以善为美的文学观的典型表现。因此,明道、贯道、载道就成为中国文学必须承载的使命。而西方美学则强调美与真的结合,强调文学的认识作用,把文学看成是一面认识人生的镜子,现实主义美学则强调真实地不加粉饰地再现社会生活。现代主义文学向内转的审美倾向是明显的,但是詹姆逊(F. Jameson)却认为,必

---

① Gary Olson and lynn Worsham eds., *Race, Rhetoric, and the Postcolonial*. State University of New York Press,1999,p. 13.

须把现代主义的主观看成是一种客观,一种对主观深层意识与心理底蕴之开掘的客观展示。当然,基督教对西方的影响,一方面给西方文学对真的追求中加入了一种善的成分,所以希腊的哲人(如毕达哥拉斯、柏拉图等)心目中的神往往是纯粹理性的化身,而基督教的神则具有心理上纯洁而向善的意蕴;但是,基督教在另一方面又为西方提供了一种正视人生的观念,每个人必须真诚而严肃地透视其现世的罪恶,否则就得不到上帝的宽恕。这使得对人的深层罪恶心理的审视有了宗教的依据,譬如弗洛伊德对人的意识深层之"本我"(id)的审视,就是基督教强调原罪文化背景的产物,因为"本我"中充满了唯乐原则的性欲、乱伦与破坏欲等,都是邪恶的东西。如果在"人之初、性本善"的中国人看来,也许"本我"中充满了"恻隐之心"、"羞恶之心"等天然的善性。

与古希腊的纯粹理性精神和基督教的忏悔赎罪精神有关,西方文学对于人生的探索是真诚的,而没有什么保留的,从而产生了令人惊心动魄的陀思妥耶夫斯基式的恶毒而深刻的真实。中国非宗教的顾惜现世生命并且追求适度快乐的文化,使中国文学对人生的探索并不严肃。中国文学的传统是为了一种伦理和政治目的宁可忽视真,甚至抹煞真。道家虽然反对礼教,但道家(尤其是道教)对人生的探索也并不真诚严肃,往往是儿戏式的,并有耍小聪明的味道,或者醉生梦死,到自然中寻求解脱,以便保身全生。中国受佛教影响的民间文学关于现世和来世的因果报应说,并非是一种真诚的信仰或者对人生的严肃探索,而主要想以这种报应让人们少干坏事、多做好事,可以说完全是为了一种伦理目的。因此,西方文学与真理靠得近,善于深切地剖析人生;中国文学则与伦理靠得近,善于通过情感的宣泄保持人的心理平衡,而缺乏一种真诚的忏悔意识。

　　中国文学强调的是在现世做个好人,因而具有更多的娱乐性和消遣性。中国诗歌中多的是对女性体态美的描写,即使悲苦也多是闲愁。但是,娱乐与消遣不能走向极端,否则就会"惑而不乐",所以又要"以理制情"、"以道制欲"。因此,中国文学悲情不丰,缺乏崇高型的悲剧。而西方文学给人以更多的痛感,古希腊文学中与命运的搏斗,基督教文学对人的罪恶的深入剖析和忏悔,现代西方文学中人被上帝抛弃在荒原上的困境,都令人不快,从而陷入对人的命运和处境的深思。因此,对人生真诚而深刻的探索的代价是痛苦。罗丹说,真实的就是美的。事实上,真实的不一定是美的,西方人对人生的真实求索,已经使西方的美学变成了丑学,艺术的美变成了艺术的丑。这样,就导致了知的、伦理的与美的分裂。

　　中西文学的审美理想在方向上也有差异,就是中国文学的审美理想是反身向后的,而西方文学的审美理想则是向前超越的。尽管古希腊诗人从不顾及渺不可及的未来,在神话与史诗中,均将他们的过去历历在目地呈现,作为他们永远常新的基础,但是古希腊人作为人类正常发展的孩童,总的来说是向前的;而早熟的中国人的理想基本上是向后的,守成的。基督教传入欧洲之后,西方人把历史想象成一种"末世论",把世界史看成是有一定长度的宇宙剧,叙述创世与堕落、上帝与魔鬼、灵与肉的斗争,而以救世主的降临为全剧的高潮。这样,就将历史视为一个目标的展现过程,并指向人类的终极目标。与中国循环论的历史观相比,基督教的历史观是直线的。基督教的原罪说,使人既不会向往堕落的历史,也不会满足于罪恶的现世生活、尘世幸福,而只有为赎罪不断向前,以接受末日救世主的审判。这尤其表现在施宾格勒称之为"浮士德文化"的浮士德身上。现实主义文学对现世罪孽的剖析和揭露,也是否定现世而朝向末日的审判。象征主义则试图以文学与神秘的彼岸相沟通,存在主义主要执着于对人生在世的超越。

从柏拉图开始,西方人就开始构筑他们未来理想的乌托邦,但是,中国最著名的文化先哲几乎都是向后看的,并且以自己更为向后来取得发言权。因为在中国占主导地位的人性学说是"性本善",所以,中国人不但肯定现世的人生伦常,而且把理想指向往古。孔子"述而不作,信而好古",心目中的黄金时代是西周,墨子则"背周道而用夏礼",比孔子又向后倒退了两个朝代,老子比墨子更向后,要倒退到"民至老死不相往来"的"小国寡民"的时代,而庄子则要回到人兽杂居、物我不分的原始时代。由于儒道在中国的文学传统中占据主导的文化地位,所以中国文学的审美理想几乎都是向后的,往往把理想寄托给古人,怀恋祖宗住过的昆仑山,甚至假托古人而著述。中国多的是吊古伤怀的诗歌,或者陶渊明《桃花源记并诗》中描绘的那种"不知有汉,无论魏晋"的乌托邦,历史小说也非常发达。

五 中国文学的世俗自然与西方
文学的宗教澄明

　　一个研究印度教和佛教的西方学者,感觉印度是世界上宗教信仰最虔诚(为其牺牲金钱与生命者多)的国度时,联想到视这种态度为过分行为的中国人与欧洲人,并认为中国人与欧洲人是"实事求是的人们"①。但是,与信仰印度教的印度人、信仰伊斯兰教的阿拉伯人和信仰基督教的欧洲人相比,中国人大概是所有文明中最世俗化的。尽管中国有印度传入的佛教,有本土产生的道教,还有数不尽的民间教门与怪力乱神,然而主导中国人生活的却不是宗教,而是以伦理为主以审美为辅——这不是说西方文化没有伦理道德和审美意识,相反,作为独立的研究性的学科,伦理学与美学最早都是在西方文化中产生的。但是,伦理在中国具有准宗教的意味,是整个中国文化的灵魂,而在西方,伦理是从属于宗教的。西方文学中也不是没有田园山水诗歌,但是就西方文化与文学的总体倾向而言,自然是与作为主体的人对峙的,而在中国自然是与人互为主体的。

　　如果说跨文化的文学比较在某种意义上是比较文学与比较

---

　　① 查尔斯·伊里亚德:《印度教与佛教史纲》第64—65页,商务印书馆1982年。

文化的紧密结合,那么,中国文学的世俗性与中国文化的世俗性也是一致的。一般认为中国文化是以儒道为主导的,尤其是儒家的伦理,构成了中国文化的核心内容。儒家也被称为儒教,但是这个教不是宗教,而是一种伦理教化。无论在中国还是西方,都有将儒教看成是一种宗教的说法。基督教有神耶和华,这些学者就从"六经"中找寻,从《诗经·皇矣》的"皇矣上帝,临下有赫",以及《尚书·汤诰》的"惟皇上帝,降衷下民"等儒家经典中找到了上帝,但是他们却忽视了这个上帝与基督教上帝的本质不同。有一段公案值得重新提起,就是明末清初西方传教士来华,也是将儒家典籍中的上帝、天与基督教的上帝加以比附,但是罗马教廷召集学者的研究,发现儒家典籍中的"天"与"上帝"和基督教的神不是一回事,非但不是无所不能的绝对实体,而且物质的成分也很明显,于是下令给中国的基督教传教士,"不许用天字,亦不许用上帝字眼,只称呼天地万物之主"①。事实上,孔子在"天道迩,人道近"的先秦理性思潮的语境中,对"六经"进行了理性的传述,如对《诗经》不取其"天命玄鸟,降而生商"以及"皇矣上帝,临下有赫"的一面,而取其疏导人的性情的一面;对《周易》不取其算卦占卜的一面,而取其为儒学的伦理秩序提供天命之依据的一面,所谓"善《易》者不卦",《易传》就是儒者为儒家伦理提供天命的一种理性阐发。这个"天命",不是上帝的绝对律令,而是一种以阴阳观念崇敬自然秩序的外化。所以儒家敬天礼地,这个"天"绝对不是基督教的上帝,而是人头上的天空,因为天经常有雷鸣电闪,仿佛也具有像男人一般的主体性,而与这个主体相适应的是"大地",作为天的配偶,大地静静地接受天的阳光雨露,

---

① 《康熙与罗马使节关系文书》,转引自朱谦之:《中国哲学对于欧洲的影响》第125页,福建人民出版社1985年。

抚育万物成长，就像接受男人的雨露而生养并且抚育孩子一样。在这里，天地虽然具有同人一样的主体性，甚至作为人的效法与崇敬对象而具有一些奖赏与惩戒人的功能，但是，天地始终就没有摆脱其物质性与自然性，与西方的上帝根本就不是一回事——在基督教，上帝高于人，人高于自然，上帝是无所不能并且是超越时间的绝对实体，而自然——无论是天空还是大地，都属于人的支配范围。

儒家在天与地之间的世俗世界，建构了一个其他宗教依赖上帝与彼岸才能够获得的精神乐园。其他一切宗教——无论是佛教、印度教、伊斯兰教、犹太教、基督教，都是靠着佛、真主、上帝等神明，加上自身的修行，才能够进入彼岸福乐的世界，而且这些宗教对现世的世俗生活无一例外地都加以否定，换句话说，否定现世的世俗生活正是进入彼岸福乐世界的必要条件。基督教就认为，现世生活是人的堕落——经不起引诱犯了原罪而被上帝驱逐出伊甸园的结果，于是上帝派他的独生子耶稣基督道成肉身，教示人们脱离现世生活的大法，并且以自身被钉在十字架上来达成人与神之间的和解，人只有遵从耶稣基督的训诫信从上帝并刻苦修身行善，在现世终结末日来临的时候，才能够进入永恒福乐的天国。但是儒家却认为，幸福的生活不在彼岸，不在来世，就在你我他的现世人伦之中，就在享受天伦之乐的日常生活之中。抚慰孤独个体的情感是宗教的一个重要功能，但是儒家却让人在现世的伦理生活以及由伦理延伸出去的政治生活中，加以抚慰并且能够达到同样的效果。超越死亡也许是宗教比抚慰个体情感更为重要的功能，但是儒家也为个人设计好了超越死亡的方法，而且这种设计是不需要离弃现世的世俗生活而进入彼岸世界，就在此生此世就可以获得超越而达到永恒的大法。当人一旦被纳入伦理整体之中,就成为父慈子孝、上崇拜祖先下生育子女的生命链条上的一个环节,只要族类生生不息的长河永远流淌,那么就会超越时间而进入永恒,个人作为族类绵延的一个环节、作为生命长河的一滴水也就都获得了永恒。由此也能够理解孟子为什么在"不孝有三"中以"无后为大"。而作为传承族类文化生命的士大夫,更应该造福于族类,以天下为己任,"为往圣继绝学,为万世开太平"。因此,尽管孔子并没有完全排斥鬼神,也没有排斥审美的超越,但是维护这个伦理整体显然比信鬼神与审美更重要,换句话说,这种伦理的超越对于儒家而言是压倒一切的。也正是从这点出发,孔子对于一切鬼神崇拜都不是很感兴趣,所谓"子不语怪力乱神"①,所谓"未能事人,焉能事鬼"②,所谓"务民之义,敬鬼神而远之,可谓知矣"③。事实上,孔子非但对鬼神不感兴趣,而且对于"天道"等问题也很少谈或避而不谈,《论语》中谈得最多的是怎样修身做人等伦理政治问题。

儒家文化对现世生活的执着,使得世俗性成为中国文学最重要的特征。《诗经》中虽然有"上帝",有"天命玄鸟,降而生商"的奇迹,但是就实质性而言,《诗经》对来世、彼岸没有任何兴趣。《诗经》中表现最多的是人民与王公大人的现世生活,所谓"劳者歌其事,饥者歌其食",其中包括作为一个农业文明的节令、耕作、收藏等,一些朝代的由来,战争导致的民怨,男女之间的恋情等等。由《诗经》开其先河的民歌与采风成为中国文学的一个传统,汉代的乐府民歌,六朝时期的民歌,不但对于中国的文人文学影响甚大,而且是唐诗、宋词等各种文体的渊源。后来出现的中

---

① 《论语·述而》。
② 《论语·先进》。
③ 《论语·雍也》。

国文人文学连《诗经》中的"上帝"字样也没有了,而是将眼光紧紧注视在现世的国事民生。柏拉图曾经有过哲学家与国王一体才有公正的想法,不过这仅仅是一个想法,而在中国,文学家与士大夫官僚几乎是一体的。士大夫所运用的文体主要是诗歌与散文,诗歌抒发的是士大夫的志意——包括济世兴国的志向,亲朋即兴的赠答,吊古伤怀的悲情,伤春悲秋的感怀,当然也有太平盛世的颂歌,离乱之世的感慨,但更多的是对国事民生的忧患,对现实不公正现象的愤慨与谴责;而散文则可以记叙身边的琐事,可以纪游与写景,也可以借寓言以明志,不过即使在纪游与写景中,也可以达到"天下兴亡,匹夫有责"、"先天下之忧而忧,后天下之乐而乐"的关心国事民生的境界。但无论是诗歌还是散文,几乎都没有超出现世生活的范围。中国文学以强烈的忧患意识和对天下兴亡的关注,成为一个重要的文学传统,这一传统一直到向西方学习的"五四"新文化运动之后,也并没有多少改变。所谓五四新文学,仅仅是看取于中国兴国利民的西方文化——民主科学与个性自由,而西方基督教文化的丰富性与深层意蕴并没有被引入新文学之中。中国文学的世俗性特征,非常典型地表现在苏轼的一首词中:

> 明月几时有,把酒问青天。
> 不知天上宫阙,今夕是何年。
> 我欲乘风归去,又恐琼楼玉宇,高处不胜寒。
> 起舞弄清影,何似在人间![1]

----

[1] 苏轼:《水调歌头》,《宋词选》第64页,上海古籍出版社1984年。

当然，中国古代的士大夫入则达官贵人，出则广有田产，忙则为民操劳，闲则赋诗作画，享尽人间欢情，因而尽管苏轼既信儒家，也信佛老，但是他在词中流露出对现世今生的强烈执着，并不出人意料。出人意料的是中国民间文学的主导倾向，也是执着于现世今生。只不过与士大夫文学相比，更加世俗——士大夫文学的所谓高雅是因其尚情并且注重文的格调，而中国的民间文学则更加物质化，尽管贫穷，但是他们的春联上不是写着"招财进宝"，就是写着"日进斗金"。佛教进入中国之后，在中国民间的拜物教变形也很能说明这一点。可以说，中国的民间对现世今生的留恋一点也不亚于文人。牛郎织女的故事，说织女不堪天上的寂寞，到人间与牛郎结婚生子；"天仙配"的故事，说七仙女也不堪天上的生活，到人间与董永相配："你耕田来我织布，你挑水来我浇园。从此再不受那奴役的苦，夫妻恩爱苦也甜……"因此，不是否定生生不息的感性世间而向往虚无缥缈的天国、来世、真如、净土等彼岸世界，而是"怀乡乐土"地执着于现世今生，才是中国文化与文学的根本特征。

相比之下，西方文学的宗教性特征就尤为明显。如果说儒教文学将关注的焦点放在国计民生上，那么，基督教文学则将关注的焦点放在人的救赎上。但丁的《神曲》、歌德的《浮士德》、托尔斯泰的《复活》等西方文学巨著，都体现了基督教文化的精神，关注人的终极救赎。当然，从文艺复兴之后，西方的世俗化也与现代化几乎同步而行，但是这种世俗化并没有动摇西方文学中原罪的观念与来世的福乐，而确保这种观念的就只有上帝与耶稣。这里的关键，还是西方文化是注重个人的文化，能够给孤立无援的个人以反抗群体与社会力量的源泉，仍是上帝与耶稣基督。西方文学与基督教文化的这种密切联系，可以从反证中看出来。

第一，从文艺复兴开始的反对宗教迷狂而向世俗化方向迈进的西方文学，很少去动摇上帝的观念。这些文学文本多数仅仅是认为传统的理解误读了上帝，与他们心目中的上帝不同。卜迦丘的《十日谈》具有非常鲜明的世俗立场，对于人的世俗情欲也给予了充分的同情与理解，相反，对于那些禁欲的教士与修女，则以辛辣的笔触嘲笑其虚伪，"将魔鬼打入地狱"的修士，严管修女而自己却将男人的裤衩当作头巾戴出来的女修士，都无一例外地在文本中受到了嘲弄，但是卜迦丘仅仅是反对教廷的腐败与教士的虚伪，并不反对上帝以及真正纯洁的生活。这就正如《儒林外史》嘲笑了日夜应付科举考试的那些腐儒，却并不反对儒家思想并且以真儒标榜一样。卢梭是现代思想的先驱，并且受到了教会的迫害，但是卢梭其实非但不反对基督教，而且觉得没有上帝人可能就难以生存，他的这种以个人情感的需要来呼唤上帝的思想，被康德加以理论化。在康德看来，尽管上帝不能从理性中推理出来，不能从科学的公式中论证出来，但是如果没有上帝，连自由、不朽等最重要的生命要义都不能保证，所以生命价值的航船如果不想被颠覆，就仍然需要上帝来护航。拜伦对上帝的反叛是大胆而激烈的，他的《该隐》、《天地》等诗歌就是反叛上帝的宣言，《曼弗雷特》等诗歌表现了其不受任何外物包括上帝左右的强力意志，而《唐璜》则以其玩世不恭来嘲弄一切，但是拜伦的悖论在于，他反叛上帝的前提是上帝的存在，如果上帝不存在，那么他的反叛就是虚空，这是他不能容忍的，所以他宁肯将自己与雪莱小姨子私通所生的私生子送给修道院也不送给雪莱夫妇，因为雪莱是个无神论者。

第二，即使是去动摇上帝观念的文学文本，也难以摆脱基督教的影响，尤其是基督教文化为其创新划定的范围。雪莱在牛津大学读书时就因写了《无神论的必然性》而遭难,后来因宣讲无神论吃了不少苦头,连好朋友拜伦也因其相信无神论而不愿意将孩子送给他抚养;但是雪莱对柏拉图哲学的理念本体世界的认同,对爱与美的彼岸世界的肯定,看不出与基督教文化有实质性的差别。雪莱在《伊斯兰的起义·序言》中说:"人们对于上帝所抱的谬误而卑下的概念,在诗中是受到谴责的,但被谴责的并不是上帝本身。出现在我诗中的一些迷信者,他们对于神的信仰,实在是玷污了神的仁慈性格。"事实上,将上帝进行独特的理解并且反对流行见解,正是基督教文化的一个传统,耶稣就是这一传统的缔造者,他当年就对上帝进行了独特的理解以反对法利赛人的流行见解,马丁·路德的宗教改革也是这一传统的弘扬者,甚至解构主义大师德里达,也认为马丁·路德是自己的精神先驱。启蒙运动既是一场哲学运动,也是一场文学运动,而伏尔泰、霍尔巴赫等启蒙学者对上帝与基督教极尽讽刺挖苦之能事,但是萨特在《存在主义是一种人道主义》中认为,在启蒙学者用以反叛上帝的理性概念中,又容纳了上帝的概念。尼采是西方反叛上帝最激烈的哲人,但是,尼采不同于孔子那样的文化圣人,更类似耶稣那样的文化超人,他也经常将自己与耶稣相提并论,连那种教训人的口气都很类似。正是在这种意义上,T. S. 艾略特在《基督教与文化》中说:"只有基督教文化,才能造就伏尔泰与尼采。"

第三,西方的传统文学与基督教的血肉联系可以不予论证,那么,抛弃基督教而走向荒原的现代主义文学与基督教就没有联系了吗?答案也是否定的。西方文化在某种意义上可以叫做基督教文化,用 T. S. 艾略特的话来说,如果没有了基督教,那么西方人要在荒原上等青草长高了,羊吃了青草长出羊毛来,并以羊毛再做一件文明的衣裳,可是那样一来,就要经过许多野蛮的世纪。尼采曾经认为在上帝死后人们可以为快乐而自由地走向永恒轮回的大地而欢呼，但是存在主义文学所揭示的生存困境，即现代人的焦虑、恶心、畏惧、烦恼、孤独，却都是因为"上帝死了"才产生的。于是一些新神学家就利用现代主义文学所揭示的这种生存困境，认为只要重新投入上帝的怀抱，就可以使现代人消除这些痛苦。可以说，从文艺复兴以来，对宗教与上帝的反叛一直被认为是一种进步的表现，可是到了现代，等上帝真正被杀死的时候，西方人才发现自己站在了没有任何价值依托的文化荒原，并且以绝望的心理在"等待戈多"。陀思妥耶夫斯基的伟大，就在于他在那些所谓"先觉之士"以反叛基督教为时髦的时候，更加先觉而且沉重地感受到如果没有上帝，基督教的文化大厦就会倾覆，西方人就会在荒诞的价值真空中焦虑痛苦。因此，尽管陀思妥耶夫斯基笔下的伊凡等人以雄辩的科学理性将基督教批驳得体无完肤，但同时佐西马长老等又指出了这种辩驳在价值论上的苍白，以及没有基督教所导致的西方人精神生活的巨大危机。从这个意义上说，现代主义文学一方面确实表现了对基督教文化传统的破坏与颠覆，但是另一方面却又在文化价值的瓦砾场发出了怀古念旧的哀叹，这就是为什么写作《荒原》等经典现代主义作品的 T. S. 艾略特，偏偏要说自己在艺术上是一个古典主义者。从五四新文化运动之后，向西方学习是一种文学上的时髦，可是为什么中国的作家学习西方的现代主义总是学不像而被称为"伪现代主义"？因为中国文化一直就不需要什么上帝与来世，从先秦以来，中国文学关注的就是现世今生的国计民生。五四新文化运动向西方学习的也不是基督教的原罪与救赎，而是能够为现世救亡服务的人伦价值与政治体制，譬如个性解放、自由民主等。在这种文化语境中，让中国作家去体验西方作家在没有上帝才能够感受到的巨大价值危机与精神痛苦,怎么能够学得像呢?

儒家文明是一种世俗性的文明,而且这种文明也并不导向与自然的对立,而是敬天礼地,与山川草木友好相处。儒家一方面注重现世的人伦秩序,让人奋发有为,所谓"发愤忘食,乐以忘忧,不知老之将至"①;另一方面又将这种人伦秩序推延到天地万物之中,让人自然而然,并以为天并没有言说,然而四时的更替与百物的生长却在有条不紊地进行。道家,尤其是庄子学说将这种自然天成的思想向反文明的方向发展,成就了中国"出世"的思想。但是,即使是站在个人的生命存活与精神解脱的立场将出世学说发展完备的庄学,也并没有否弃感性生活,而是认为在感性流转的天地自然之中,能够达到精神的解脱与生命的不朽。如果说孔子是在现世的伦理中给人以宗教性的超越,那么,庄子则在视觉所见的自然中给人以宗教性的解脱,但是二者都不是宗教,都没有以来世与彼岸世界来否弃现世与此岸,都执着于一种感性生活。可以说,道家庄学是在儒家的伦理与政治生活之外,在田园生活与山水自然中如鱼得水般地与自然融为一体,从而超越个体生命的痛苦与短暂。由此可见,庄学的"出世"思想与中国文学的世俗性特征并不对立,而是中国文学世俗性的一种补充和扩大。儒道之所以学说不同,却能够互补而不导向对立,其根源也在这里。

儒家敬重天地万物,老子主张"人法地,地法天,天法道,道法自然",庄子超越生命的自然主义,使中国人与自然的关系非常亲近,因而中国的自然文学就特别发达。中国的自然文学以道家倾

①《论语·述而》。

向为主的田园山水诗歌与纪游之文为多,而且这也是中国文学中最美的。但是,即使在偏于儒家的文人笔下,写山水自然的作品也是非常之多。田园山水在陶渊明、王维等诗人的笔下固然生机勃勃,但是在"每饭不忘君"的偏于儒家的文人杜甫那里,又何尝不是另有一番春色:"两个黄鹂鸣翠柳,一行白鹭上青天。窗含西岭千秋雪,门泊东吴万里船。"(《绝句》之三)这首人人皆知的自然诗歌也许被更为人熟知的"三吏"、"三别"等给淹没了,其实杜甫还有许多吟咏田园山水的自然诗歌名篇:"懒漫无堪不出村,呼儿日在掩柴门。苍苔浊酒林中静,碧水春风野外昏。"(《漫兴》)"细草微风岸,危樯独夜舟。星垂平野阔,月涌大江流。"(《旅夜书怀》)"天寒鸟已归,月出山更静。土室延白光,松门耿疏影。"(《西枝村寻置草堂地夜宿赞公土室》之二)再如杜甫写"晴":"皇天久不雨,既雨晴亦佳。出郭眺西郊,萧萧春增华。"(《喜晴》)杜甫写雨:"好雨知时节,当春乃发生。随风潜入夜,润物细无声。"(《春夜喜雨》)杜甫写月:"光细弦欲上,影斜轮未安。微升古塞外,已隐暮云端。河汉不改色,关山空自寒。庭前有白露,暗满菊花团。"(《初月》)杜甫笔下的自然,往往是人的好朋友,与人有共通的感受:"感时花溅泪,恨别鸟惊心。"(《春望》)"风吹紫荆树,色与春庭暮。花落辞故枝,风回返无处。"(《得舍弟消息》)"江碧鸟逾白,山青花欲燃。今春看又过,何日是归年。"(《绝句》之一)杜甫描写自然的名句与佳句是很多的:"会当凌绝顶,一览众山小。"(《望岳》)"无边落木萧萧下,不尽长江滚滚来。"(《登高》)"细雨鱼儿出,微风燕子斜。"(《水槛遣心》)……唐代以诗胜,在唐代诗人中,杜甫是最有忧患意识的诗人,因而写人事的诗歌特别多,而不像孟浩然、王维、李白、韦应物、杜牧等诗人那样经常醉心于自然之中,乃至在自然的陶醉中忘却尘世的烦忧。但是,即使在最关心国事民生的杜甫那里,吟咏山水自然的诗歌也是非常之多的,这就反证了中国的自然文学特征。如果我们选取偏于描写自然的文学加以讨论,那么几乎就要描述整个的中国文学史,正如要讨论基督教与西方文学的关系,也要描述整个的西方文学史一样,所以我们选取偏重写人事的杜甫为讨论的对象,正如在讨论西方文学与基督教的关系时选取反叛基督教的文学为讨论的对象一样,从而更能够凸显中国的自然文学特征。

当然,西方的浪漫主义文学也具有浓重的反文明的原始主义与自然主义特征,但是浪漫主义的自然文学特征,并不能改变中西文学比较时中国偏重于自然文学的观念。首先,西方的浪漫主义仅仅是西方文学的一个阶段,其前的古典主义以及其后的现实主义、现代主义等文学流派都是以写人事为主导的,因而自然文学也就难以构成西方文学的主流;而在中国,从老庄对自然的极端推崇,从六朝山水诗文的兴起,自然文学构成了整个中国文学的突出特征。其次,西方浪漫主义文学对自然的推崇与中国文学喜爱自然确实有很大的相似之处,但是中国自然文学中那种"以物观物"的审美倾向在西方的自然文学中很难见到,即使在华兹华斯的田园山水诗歌中,也有智性的因素介入,这一点在朱光潜的《诗论》与叶维廉的《寻找跨中西文化的共同文学规律》二书中都有充分的论述。再次,中国文学对自然的爱好是素朴的、天然的,一切都仿佛是自然天成,但是西方自然文学却往往在自然中发现神的灵性,在山水中发现神秘的力量,尤其是受泛神论影响的西方文学的这一特征就尤其明显,而这又与西方文学的宗教性有关。

西方文学的偏重于人事与中国文学的偏重自然有着深刻的宗教与哲学原因。如上所述,主导中国的儒道两家都是爱自然的,老庄自不必说,孔子所要敬奉的"天地"虽然有其主宰性的一面,如孔子"畏天命",并说"获罪于天,无所祷也",但是另一方面又始终不曾与自然属性的天地分开。而在基督教,人是根据神的形象被神创造出来的,神造的天上的鸟、地上的兽、海里的鱼并天地一切,都归人管理和支配。正如费尔巴哈所说:"跟属人的灵魂相比,太阳、月亮和地球算得了什么呢?世界正在消失,惟独人是永恒的。基督徒使人跟自然毫无共通之处,因而陷入鹤立鸡群式的极端,反对把人跟动物作任何细小的比较,认为这样的比较是对人的尊严的亵渎。"①在庄子看来,一切人为都是"偏"、"亏",一切自然都是美好的,所谓"牛马四足,是为天;落马蹄,穿牛鼻,是为人",可以说,庄子的美学就是排斥一切人为的自然主义美学。与庄子美学相反,黑格尔美学则认为一切人为的都是美学的研究对象,而一切自然的东西都应该排除在美学的研究范围之外。正如费尔巴哈所说与人相比太阳、月亮和地球算得了什么一样,黑格尔说:"像太阳这种自然物,对它本身是无足轻重的,它本身不是自由的,没有自意识的;我们只就它和其他事物的必然关系来看待它,并不把它作为独立自为的东西来看待,这就是,不把它作为美的东西来看待。"②因此,黑格尔认为"只有心灵才是真实的,只有心灵才涵盖一切",一切事物只有打上心灵的烙印,才可能成为美学研究的对象,而未经心灵化的自然显然不具备这一条件,因而也就不构成美学研究的对象③。

或许有人会说,中国有印度传来的佛教,有本土产生的道教,还有白莲教等数不清的教门,难道它们对中国文学就毫无影响

① 费尔巴哈:《基督教的本质》第 206 页,商务印书馆 1984 年。
② 黑格尔:《美学》第 1 卷第 4 页,商务印书馆 1982 年。
③ 黑格尔:《美学》第 1 卷第 5 页,商务印书馆 1982 年。

吗？不能说中国文学不受宗教的影响，尤其是佛教对中国的白话文学、通俗文学乃至文人的山水自然文学，都有很大的影响，而中国民间的想象力与道教也有很大关系。但是，这都改变不了中国文学世俗自然的特征。第一，中国文化的世俗性，使中国人一般不迷恋宗教信仰，而是以人生经验理性地处理问题，对宗教中合理的东西，中国人也并不排斥，这就是中国教门多而中国却不是一个以信仰为重的民族的原因。第二，从印度传入中国的佛教也在向着世俗性的方向演变，从否定世间法变而肯定世间法，将遥远的彼岸世界从天上拉下来塞进人的心中，而禅宗的审美化倾向使之又成为庄学的补充，进一步完善了中国的山水自然文学。而在中国民间，佛教则进一步向着物质化的方向演变，"贝塔尼对华北尤其是北京祭祀偶像神的一些特点有过如下描述：'一切铜像、铁像、木像或泥像，通常都要配制内脏器官，不过这是根据中国不完全正确的解剖学概念，然而这些偶像的头却是空的(!)。腹腔器官由一块写有祈语或咒文的布裹着，是一个装有金、银、珍珠、五谷的口袋。'"①第三，中国本土产生的道教是中国文化世俗性的一种极端表现，而不是否定世俗生活。这也是道教不同于世界上所有其他宗教之处，即道教并不否定感性的现世生活，恰恰相反，道教希望这种现世生活能够无限延伸，能够使人长生不老。无论是道教的内丹还是外丹，都是以人的长生久视为追求目标。

----

① 约·阿·克雷维列夫：《宗教史》下卷第344—345页，中国社会科学出版社1984年。

六 中西文化与文学的发展模式

施宾格勒把西方文化分成阿波罗文化、马日文化和浮士德文化，认为每一种文化都有其生长、成熟、解体的规律。这种分类不是没有道理的，譬如阿波罗文化就经历了一个从偏重客体到偏重主体的过程，而苏格拉底正是这种转折的标志。但是，正如个体的人的诞生、生长、成熟、死亡的过程，并不能排除由个体的人构成的文化也有其诞生、生长、成熟与死亡一样，把阿波罗、马日、浮士德作为单个文化单位，并不妨碍把西方文化看成是由这诸种文化构成的大文化单位。

如果我们把从希腊到今天的西方看成是一个文化整体，就可以看出其清晰的发展脉络。马克思在《〈政治经济学批判〉导言》中认为："有粗野的儿童，有早熟的儿童。古代民族中有许多是属于这一类的。希腊人是正常的儿童。"①而希腊神话就是人类童年发展最完备的作品。中古的西方人告别了童年时代的神话幻想与天真无邪，基督教的传入使西方人像一个有了信从目标而努力学习的少年。文艺复兴作为西方文化的大转折，标志着学有所

----

① 《马克思恩格斯选集》第 2 卷第 114 页，人民出版社 1972 年。

成的青年步入社会,希腊与中世纪的"为知识而知识"变成了培根的"知识就是力量"。在莎士比亚到浪漫主义的文本中,我们都能感受到青春期的浪漫激情。施宾格勒认为歌德和康德是西方文化成熟的标志,事实上,从启蒙运动开始,西方文化确实在一步步走向成熟。但是,中国文化在先秦已经成熟,其标志是孔子和老子。然后,中国文化就进入漫长的守成阶段。早熟而又能够防止解体和衰亡,具有巨大的稳定性和连续性,是中国文化的特点。如果说西方文化是从不务实而好幻想的孩童时代,步入讲求实际而热爱科学的成熟形态,那么,中国文化自古就务实而少幻想,可以说是少年老成。当然,梁漱溟在《东西文化及其哲学》中,就已经指出了中国文化的早熟,但是我们并不同意梁漱溟所谓世界文化发展的三阶段说(即从少年与青年的西方文化,进入意欲调和持中的中国文化,最后进入意欲反身向后的印度文化),我们对中西文化不同发展模式的论证也与之不同。

西方古代神话、宗教发达,伴随着上帝之死而兴起的人学思潮,是十九世纪以后的事;而中国古代神话少而零散,从先秦时代兴起的,就是"天道远、人道近"的人学思潮,所以在孔孟和老庄哲学中,历史经验、伦理情感和审美的人生态度就使得宗教无立足之地。与希腊庞大的神话系统相比,中国的神话少而且不成系统,甚至连保存神话比较多的《山海经》,近代以来的一些学者都怀疑其为外来之书。研究中国小说的鲁迅在论及神话时说:"中国古代的神话材料很少,所有者,只是片段的、没有长篇的,而且似乎也并非后来散亡,是本来的少有。"[①]可以说,中国人自古就少幻想,尚功用,务实际。

---

① 鲁迅:《中国小说的历史的变迁》第一讲,《鲁迅全集》第 9 卷。

西方哲学是从形而上学的纯粹理论探讨转向实用哲学、实证哲学和生命哲学,从本体论的探讨、认识论的探讨转向人学本体的探讨,从具有浓重虚构性的类似神学的哲学,到摆脱虚构的科学哲学和人本哲学,体现了其正常发展的轨迹。但是,中国哲学自古就很少神学和形而上学的意味,而更多是切中时事政务、为人处事的道德训条。从某种意义上说,中国哲学是现世的以伦理理性调理情欲的生命哲学,是注重主体内省和人格完善的哲学的人学。因此,先秦诸子的思想是中国古代文化成熟的标志。汤因比认为,孔子的“现世智慧和他的同时代人物另一位哲学家老子的出世无为思想,都足以证明他们两位都认识到,在他们社会的历史上,兴旺的时代已经过去了。孔子对于这个社会的过去每怀敬意,而老子则转身离开了它”[①]。

中国文化在孔子与老子时代的成熟可以从两个方面来理解,第一,除了从印度传来的佛教,中国整整两千多年的文化没有打破孔子与老子等人所建立的思想范式,中国文化被西方人看成是一种静止不动的停滞的文化。而一种文化若是在发展期,是会时时出新,不断有新的思想范式出现的。第二,儒道两家基本上规定了中国文化的运行模式,然而这种运行的趋势却不是向前发展,而是向后复古。孔子是“述而不作,信而好古”[②],孟子的理想是“先王之治”,老子的理想是更古的“小国寡民”,庄子则想让人回到混沌未开、人兽杂居的原始时代。在一个青春的蓬勃发展的文化中,是不会出现这种以向后退缩为指归的现象的。这只能解释为,中国的先贤圣哲已经感受到文化的成熟,用老子的话说,就是感受到“物壮则老”的危机,从而竭力阻止文化的进化发展。

――――――――――――――――

① 汤因比:《历史研究》上册第 27 页,上海人民出版社 1986 年。
② 《论语·述而》。

这种畏惧衰亡的心理,是不会出现在一个富有活力、一心向往成熟的孩童身上的,只能出现在已经成熟而又畏惧衰亡的文化中,因为孩童都想长大,成年人才会留恋青春的往事。而在西方,意识到"物壮则老"并激起了西方人共鸣的"西方文化没落论"(施宾格勒《西方的没落》),是第一次世界大战之后的事情。因此,意识到文化的成熟并竭力防止其衰亡,使得文化最终没有衰亡并且达到了"超稳定"状态,就是中国文化的特点。

中国文化的早熟,使得许多西方现代的文化思潮在中国古代是古已有之,只是不像西方现代的那样精确,而是点到为止。如果说马克思主义哲学与弗洛伊德的精神分析哲学可以作为现代西方哲学的重要代表之一,那么,这两种对现代的精神文化影响比任何学院派哲学都大的哲学,所解决的问题中国古人几乎都画龙点睛地指出过。恩格斯曾经盖棺论定性地评论马克思学说的精华:"正像达尔文发现有机界的发展规律一样,马克思发现了人类历史的发展规律,即历来为繁茂芜杂的意识形态所掩盖的一个简单事实:人们首先必须吃、喝、住、穿,然后才能从事政治、科学、艺术、宗教等等",简言之就是经济是基础①。弗洛伊德则在天花乱坠与五彩缤纷的宗教、神学、哲学等意识形态下面,发现最为根底的是性本能。而中国古人从来没有让意识形态的五彩缤纷与天花乱坠迷住眼睛,简明扼要地指出了经济与性欲之为人的根本:"食、色,性也"②,"饮食男女,人之大欲存焉"③。

在科学上,西方古代发达的是理论科学和逻辑学,到近代才

---

① 恩格斯:《在马克思墓前的讲话》,《马克思恩格斯选集》第 3 卷第 574 页,人民出版社 1972 年。

② 《孟子·告子上》,《四书章句集注》第 326 页,中华书局 1983 年。

③ 《礼记·礼运》,《四书五经》中册第 126 页,中国书店 1987 年。

由理论科学的发达转向实用科学和技术的繁荣。如果说"为知识而知识"而注重纯粹理论的科学是西方文化的春天，由"知识就是力量"而转向实用科学，是西方文化的夏天，那么，由此而带来的技术繁荣，则是西方文化的秋收季节。人类在孩童阶段注重学习知识，到了成熟阶段转向实用，是一种正常的发展模式。但是，中国一向忽视理论科学，注重实用科学和技术，中国比较发达的一般是与农业、手工业或者生命的延续本身有关的学科，而一旦达到实用目的，也并不进行刨根问底的深究。根据统计，在中国科学技术的结构中，技术成果就占了80%，而理论成果与实验成果相加才占20%——四大发明全是技术成果。根浅则叶不茂，叶不茂则果不硕。尽管中国在一千多年的时间里在技术上都是世界领先的，但是中国近代的科技落后，决非偶然的——没有灿烂的理论成果之花，很难结出丰硕的实用技术之果，这是早熟而非真正成熟的代价。

与哲学、科学一样，中西文学的发展也表现了这种特征。西方古代兴起的是史诗，到近代才转向抒情诗。西方古代文化崇尚客观、理性、理智，是向外认知型的，因而必然导致文学摹拟或者再现自然、社会和人生。尽管希伯莱文化以其浓重的抒情性与象征性进入西方文学之中，但是，西方文学的摹仿传统并没有被根本改变。文艺复兴之后，作家更强调理性，把文学当成映照人生的镜子。从荷马史诗，一直到新古典主义、现实主义、自然主义，在西方文学中占统治地位的是史诗的传统，而不是抒情诗。巴尔扎克要充当法国社会的书记官，就是很典型的例证。西方史诗的发达，使文学与历史的关系素为西方文学家所瞩目。用西方传统眼光看，史书与文学都再现历史，但是，史诗所再现的历史具有必然性、普遍性，与理念世界相隔还不是太远；而史书所载的历史却往往是偶然的、个别的、纯粹感性世界的流变。但是，史诗也有局限，它不能摆脱感性形式而像哲学一样直接向理念世界飞翔。于是，文学的地位就介乎历史与哲学之间。当然这并不是说，西方古代没有抒情诗，从希腊的萨福到中古的颂歌，都是地地道道的抒情诗。但是，西方古代的抒情诗也带有客观的、神的色彩，与先验的理念论和有神论是一致的。只有在"上帝死了"之后，西方人认识到理性并非先验存在的宇宙精神，而不过是附着在物欲、性欲、意志上面的解释性的藤蔓，主观的浪漫抒情才在文学大潮中成为主流。在文学的发展上，这种主观的浪漫抒情至少可以追溯到卢梭，经过拜伦、尼采、波德莱尔的开拓，到19世纪末才汇成文学的大潮。

在西方，文学被看成是一种语言艺术，与其他艺术门类是相通的。西方文学从史诗向抒情诗的转折，可从绘画中看出来。西方传统的绘画讲求客观地描绘外物，使之成为社会、人生的一面镜子。但是到印象主义绘画，表现的已非外在的真实，而更多是主观心灵的真实。从后期印象派到抽象派，画家更注重的是"有意味的形式"，在线条、图形上表现内在心灵的意趣，而不再具体地描摹外在事物了。文学也是如此，譬如小说的直接渊源是史诗，较之抒情诗和戏剧，小说更是一种再现的文体。但是，在意识流和超现实主义小说中，作家更感兴趣的已非复制外在的生活，而是着力于开发人的心灵的秘密和梦幻世界，通过剖析下意识表现人的原始情欲，任生命之流在小说中潮动。传统小说所注意的时空是物理的，而现代派小说注重的是主观的心理的时空。这就使小说变成了抒情诗，导致了散文的诗化。

西方文学的这种转折在叙事文学中也表现为叙事角度的转换。西方传统作家自以为再现的是纯然真实的客观世界，其实是与他们承认有一个外在的神的理念世界相适应。所以,西方传统文学多是全知的叙事角度。到了现代,虽然现象学要把世界放到括号里,以便真实地格物致知,但是,把世界放在括号里实际上是难以做到的,不存在纯然客观的真实,任何真实都是通过具有"先入之见"的人的认识得来的,是戴着文化教养与时代精神的有色眼镜制造出来的,因为人是在时间与历史之中的,而不可能像神那样置身于时间与历史之外。于是,西方现代作家便以主观使客观变形,或者从主体视觉感受的角度去描绘事物。就连标榜客观真实的"新小说派"(颇有点现象学的意味),也认为作者只能看见眼前的东西,不可能像巴尔扎克小说那样,由作家事先决定了小说世界中的过去、现在和未来。这样,叙事中的全知角度就渐趋消失。

如果从发生学的角度看西方文学,从希腊神话,史诗,到新古典主义、浪漫主义、现实主义、现代主义、后现代主义,文学发展的历程是节节明了的。从这个角度宏观地俯视西方文学,对于具体文本的解释才可能有效。譬如,为什么新古典主义之前的文学是美的,而希腊文学正如歌德所说,通体都是美的?因为希腊人是西方文化的童年,而孩童眼里的世界就是美好的。从莎士比亚到浪漫主义,标志着西方文化青春的觉醒与激情,但同时丑的东西已经开始纳入艺术审视的视野之中,雨果的《〈克伦威尔〉序言》已经要求艺术不避丑,其《巴黎圣母院》中的加西莫多的形象已经为新古典主义所不容。现实主义源于库尔贝的绘画,其绘画遭画院拒绝的理由就是"真实还不要紧,关键是丑"。现实主义文学的确将以金钱与市场为核心的丑恶的现实关系描绘得淋漓尽致。而现代主义又将剖析丑恶的笔锋从外在的社会关系转向人的内心。在现代主义笔下,一切都变得丑陋不堪,蓝天是尸布,大地是坟墓或荒原,一对夫妇互道早安,心里却说愿对方早死……为什么在现代西方文学的视野中,到处都是丑恶呢?因为在成年人的眼里,美好的东西确实是很少的,这其实也是西方文化成熟的表现。

反观中国文学,自古发达的就不是史诗,而是抒情诗。我们前面已经说过,就严格意义上讲,中国并没有西方意义上的史诗。中国自古发达的是抒情诗,无论是中原文学的《诗经》,还是楚文学的《离骚》,都以抒情见长,这两种文学的融合,就使中国形成了一种抒情的传统,这一传统在唐诗、宋词、元曲中结出了丰硕的果实。而且中国诗歌一开始就不避丑,《诗经》中就有许多篇章描写了丑恶的现实,而不像西方的新古典主义那样,回避丑的字眼而尽用典雅的词汇,如汤匙不能说汤匙而要说送液体饮食品入口的工具,刀叉不能说刀叉而要说送固体饮食品入口的工具。中国素以抒情诗为文学的正宗,小说作为偏于再现的文体,一直不登大雅之堂,而被看成是史家的补充。中国戏曲以其象征性、抽象性、抒情性,与西方传统戏剧相异;中国绘画也不像西方传统油画那样逼真地描摹外物,而重神似轻形似。苏轼所说的"论画以形似,见与儿童邻",《世说新语》中所谓"传神写照"靠的是眼睛而非四肢眉毛,表明的都是这个道理。因此,中国传统文学有许多可与西方现代文学认同的处所,中国诗歌直接催生了现代西方的意象派诗歌。

中国文学从一开始就具有的抒情性,令人不能不注意中国文学的音乐精神。儒家的最高理想是建构一个和乐融融的大家庭,在这个群而有序的大家庭中,最终以音乐精神融合人群,所谓"兴于诗,立于礼,成于乐"。乐尚同,礼别异,和而不同的礼乐之国,就是儒家的礼治思想。因此,中国文学偏向于表意抒情的音乐精神。尼采认为,抒情诗的原始形式即民歌,真正是"世界的音乐镜子"。中国自古民歌就很发达,《诗经》是一部民歌总集,楚辞中也有不少民歌,乐府民歌、南北朝民歌、明代民歌,汇成了中国文学民歌的海洋,甚至中国小说中也汇集了大量的民歌。中国各种文学体裁中几乎都渗透着音乐精神。中国戏曲以歌咏为主,中国小说是说书人讲唱出来的,在讲述的同时往往也配上了音乐。而西方传统文学的"摹仿说"、"镜子说",使西方传统文学更偏于绘画和造型艺术。尼采虽认为悲剧诞生于音乐精神,但实际上,尼采的意义在于他发思古之幽情,试图使偏于造型艺术的阿波罗文学之光暗淡,而代之以富有音乐精神的文学。

西方古代文学总是钟情于多个或一个外在的神,其诗学的理论支点则是外在于人的理念或形式,只是到近代,才将这个本体放到人心之中,而推之为"意志"、"生命力"、"本能"、"本我"等。而中国文学从古就认为世界的本体是人喜怒哀乐的"志意",《中庸》就将"喜怒哀乐"看成是"天下之大本",文学的功能就是疏导这种"喜怒哀乐"的志意与情欲,将之引入合理的伦理渠道之中。从言志到缘情,宣泄情感,疏导欲望,饥者歌其食,劳者歌其事,就成为中国文学的一个重要特点。这都朝着一个方向,即人的饮食男女之欲,喜怒哀乐之情,是不能压抑的,而应该借助文学宣泄出来,只要加以节制而不过度就行。但是,在西方传统文学中,对理性和上帝的崇拜不能不导致对饮食男女之欲的压抑、抹煞。只是到了现代,物欲、性欲、意志、情感等感性生命的欲求,才一度成为文学热衷表现的对象,譬如现实主义与食,意识流与性,表现主义与意志等。从这个意义上讲,中国文学与西方现代文学在对生命的认识上是有相通之处的,只是西方的解放大潮导致了感性欲求的狂奔乱泄,而中国文学则是泄欲导情而不逾矩的文学。也正是从这个视角，梁漱溟认为中国文化是早熟的文化，将来能够领导世界文化的新潮流。

事实上，如果将中西的文论与诗学加以比较，中西文学的早熟与正常发展可以看得更为清楚。古代希腊的哲人论文，几乎无一例外地都认为文学是摹仿。赫拉克利特就认为文学是对自然的摹仿，德谟克利特认为从天鹅和黄莺等歌唱的鸟我们学会了唱歌。柏拉图与亚里士多德一个否定摹仿文学，一个肯定摹仿文学，但都认为文学的本质是摹仿。柏拉图认为，感性世界是对理念的摹仿，文学是对感性世界的摹仿，因此，文学是影子的影子，摹仿的摹仿。但柏拉图推崇灵感论以及文学创作的迷狂境界，称许颂神和赞美好人的诗歌，多少含有诗人可以与理念沟通的意思。在亚里士多德看来，文学无论就起源还是本质讲，都是摹仿。史诗是以韵文对大规模的严肃的行动的摹仿，悲剧是对于一个严肃、完整、有一定长度的行动的摹仿。柏拉图、亚里士多德对普罗提诺、奥古斯丁、阿奎那等人的文艺观产生了巨大的影响。普罗提诺修正了柏拉图，认为艺术既摹仿感性流变的世界，也摹仿永恒的理念世界，所以艺术高于自然。到了黑格尔，才认为美是理念的感性显现，真正使艺术获得了崇高的地位。在基督教思想的全部发展过程中，哲学家和神学家们并未在上帝创造的形象里看到任何关于创造力的暗示，上帝才是惟一的创造者，诗人将主要以摹仿者的身份出现。虽然摹仿者有几分制造的意味，但他们仍将寻找被神的法令坚决认可并受到自然进程的永久特征维护的事物秩序的原型。文艺复兴之后，达·芬奇认为画家的心灵像一面真实反映面前一切的镜子，就是对摹仿说的形象化运用。

不过，西方文学也在逐渐摆脱传统的摹仿，并且开始以镜子、再现等词汇对摹仿加以修正。当康德在《判断力批判》中将审美放到介于纯粹理性与实践理性之间的桥梁位置，而以情感、自由和创造来界定艺术时，摹仿说就已经开始衰落了。到上帝死了之后，西方文学才真正以其主体的表现取代了对客体的摹仿。尼采说：如果有上帝，我在哪儿？正如萨特的存在先于本质是对传统的本质先于存在的颠倒一样，王尔德的不是艺术摹仿生活而是生活摹仿艺术，也是对传统的"摹仿说"的颠倒，从而突出了文学的主体性。但是，也正如海德格尔不满于萨特的命题仍受传统框子的束缚，王尔德的命题也还在摹仿上做文章。到克罗齐、柯林武德、苏姗·朗格，西方许多著名哲人强调艺术就是抒情的表现，或者是情感的形式。

中国文论自古就强调主体的言志与表情，从《尚书》的"诗言志"开始，就将诗的表现指向内心。尽管现代学术界对"诗言志"有不同的解释，但是如果参以《诗经》的抒情文本和《诗大序》对"诗言志"的阐释，一些基本的理论架构还是清晰的。《诗大序》认为"诗者，志之所之也，在心为志，发言为诗"，并进一步认为诗是"情动于中而形于言"的结果。无论是诗所要表现的是志还是情，都是主体之内而向外抒发的，尽管这种抒发要被纳入儒家的伦理渠道之内。至于道家一派的诗论，则是属于独抒性灵的。换句话说，中国诗论的主潮，不看重对外在世界的摹仿、再现，而是注重主体志意和情感的发抒。虽然在中国的诗论本身的发展过程中也有所偏重，中唐之前，在强调发抒志意与感情的同时，也强调"象成"，中唐之后更偏于主观写意，但是，即使强调"象成"的中国诗论，与西方古代的摹仿论相比，也具有明显的主观表现特征。事实上，古代希腊人所强调的"摹仿论"，正是希腊诗学作为人类童年的标志性特征。亚里士多德认为："从孩提时候起人就有摹仿的本能。人和动物的一个区别就在于人最善摹仿，并通过摹仿获得了最初的知识。"①这真是一语中的:相比于具有主体性而不尚摹仿的成年人而言,人在童年阶段最显著的特征就是摹仿。西方文学的摹仿阶段,正是西方文化的少儿阶段。而中国诗论自古就不尚摹仿,而是注重主体的志意和情感的发抒,的确体现了中国文化的早熟与少年老成。

早熟而从防止衰老的角度保持文化整体的灵活性、模糊性,而不让整体结构的任何一部分达到专化,从而在整体结构各部分的均衡、调和与相反相成中运行,注重继承性、连续性、传述性而排斥批判性、否定性、跳跃性,就构成了中国文化与文学的发展模式。而西方文化与文学的发展则恰恰相反,是以偏至为特征在整体结构各部分的精确性、片面性、极端性、对立斗争性中,以批判性、否定性与跳跃性的形式发展起来的。

中国直觉体悟的印象主义批评,注重传神地点出批评对象的总体特征,而不是靠精确概念的片面深化或者逻辑演绎进行体系的建构。中国诗学的这种整体性、模糊性和灵活性,可以使后起的诗学在对前者的注释、扩充中,一以贯之地发展,而并不需要批判性地否定,这与中国文化的整体发展模式是完全一致的。中国的一些诗学概念,如志、志意、气、气韵、风骨、神韵,并未作任何语义上的界定,你可以有你的理解,我可以有我的意会,时代变更了,也并不需要创造新概念,而只需根据新的时代精神对原来的概念进行新的理解、意会就行了。于是,所谓创新也就是新的体悟对原来概念的偏离、附会。但是,语言形式并不纯然是被动的,它不仅是新的诗学内容的载体,而且新的诗学内容必然积淀在语言形式上。这就规定了创新的限度,给创新划定了一个范围。而

① 亚里士多德:《诗学》第 47 页,商务印书馆 1996 年。

且由于概念模糊而缺乏规定性,那个时代的文学观念也发展得不充分。于是,这种扩充式的诗学发展模式,虽然具有巨大的稳定性、连续性和肯定性等特点,但是一个最大的缺点就是发展缓慢。西方诗学发展的片面性和定量分析的严密性、精确性、科学性,使后期的诗学对专化的前者必然采取否定的态度,否则便无法进步而只有灭亡。西方诗学概念的明晰性、论证的精确性,是可以穷尽某一时代的文学精神的。但是,概念对文学现象的抽象是相对静止的,而文学现象却是流变不息的。于是,一种文学观念发展充分之后,必然被后起的新观念代替,从而使西方诗学的发展具有巨大的跳跃性和突进性。

当然,继承与批判、复古与创新作为对立统一的一般原理,既适应于对中国文学的解释,也适应于对西方文学的解释。譬如中国的风骚、汉赋、唐诗、宋词、元曲、明清小说,几乎每一个朝代都有与前朝不同的典型性的代表文体,而在西方文学发展的历程中,则有大规模的复古运动,譬如中世纪末期西方人从世俗的文化立场对宗教迷狂的批判就是援引希腊罗马的文化资源,由此而形成了声势浩大的文艺复兴运动。但是,中西文学对于继承与批判、复古与创新的侧重是不同的。中国文学侧重于在继承、复古中求发展,而西方文学侧重于在批判、否定中求发展。

中国虽然没有从文艺复兴到新古典主义那种大规模的文学复古运动,但是,怀古在中国已成为一种文学传统。尊崇典范、强调文学权威,在中国很少被彻底地动摇过。人们遵从的,是孔子"述而不作,信而好古"的教训。所以,仿古之风,托古之作,在中国很盛行。《列子》明明是魏晋六朝时期的著作,可是著作人却偏偏要假托是先秦时期的杨朱所作。这并不是一个偶然的现象,现代学术界已经发现了大量的假托古人之作。甚至儒学大部分以孔子之名发生影响的经典,也被发现多是孔子之后的儒者所作。因此,在中国每当一位大诗人出现,后世就会有许多文人摹仿他的作品;一本好小说问世,就会有没完没了的续书,以致到了明清,还以师法唐宋的诗文为荣,还把小说与《左传》、《史记》相提并论,还有写不完的《新世说》、《新语林》。而在西方,中古文学是对古希腊罗马文学的否定,文艺复兴和新古典主义对中古文学进行了冲击,浪漫主义又对新古典主义开刀,现实主义又从浪漫主义的主观抒情走向了客观写实,先锋派文学几乎是以否定所有传统——反文化的面目出现的。所以,西方文学发展的阶段性很强,甚而可以用文艺思潮的更迭来表明文学发展的轨迹。中国文学虽然也可以用某种文体的发达来表明一个时代的文学特征,但是,新起的文体只是从旧有文体中演化而来,虽然在演化的过程中也有变异。从《诗经》开始的中国诗歌的正统地位,从来没有动摇过,词、曲只有作为诗歌的变体,才能登上大雅之堂。因此,中国文学不是在批判性的否定中开辟生路,而是在继承性的扩充中求发展,所以文学发展的阶段性相当模糊。

在崇尚文学典范、强调服从权威上,中国文学与西方新古典主义文学是相似的。但是,同是歌颂君主,强调服从权威,在法国的新古典主义那里具有一定的反封建、反教会的意义;而在中国则与维护古老的君主专制传统相联系,并无什么进步意义。同是崇尚理性,崇尚文学典范,在中国是与儒学的道统相吻合的,而在法国新古典主义那里,却具有对宗教迷狂反拨的意义。因此,新古典主义是以整体上肯定希腊罗马文学,进而大规模地批判和否定中古文学。复古的目的是为了批判文学现状,走出中世纪宗教的迷狂,这与中国文学一以贯之的传述与怀古传统是不同的。

中西文学有一个共同的发展规律,就是内面向民间文学摄取营养,外面向异域文学摄取精华,以利于文学传统的更新,譬如西方的浪漫主义文学重视民歌与民间的文化传统,而中国文学也受到来自印度的佛教文化与文学的影响。但是,与中国文化向内超越和西方文化向外开拓的精神有关,中国文学更多的是摄取民间文学的营养,以融合的方法滋养文学有机体。中国民歌特别发达,自古就有"采风"之说,诗、词、曲、小说,几乎都是从民间兴起的,因而一部文学史,几乎有半部是俗文学史。而西方文学的发展更多是摄取异域文学的营养,以与本土文学对立的姿态促进本土文学的更新与发展。古希腊的发达与埃及文明、腓尼基文明有密切关系,希伯莱文化对中古的西方文学产生了巨大的影响,特别是从浪漫主义运动之后,西方各国文学更是相互渗透,相互影响,以致孤立地撰写国别文学史已成为不可能。偏于向内吸取民间文学的中国文学,不是以否定前人的姿态出现的,而是给文坛输送一点新鲜血液,这就强化了中国文学发展的扩充性和肯定性。而西方文学的发展往往是以异域文学来批判与否定本国文学的传统,从而开辟文学发展的新局面。在启蒙运动时代,中国的文化与文学甚至都被伏尔泰等人作为对抗基督教文学传统的资源。

中国文学发展的连续性、传承性、扩充性、肯定性与西方文学发展的否定性、批判性、跳跃性都是有其深刻的文化渊源的。中国文化作为一种早熟的文化,必然以向后看的方式来防止文化整体的衰亡。老子的"物壮则老",孔子的"述而不作,信而好古",所表现的正是强壮成熟时对潜伏的衰亡危机的恐惧。因此,认识到文化整体的早熟,而以扩充和肯定的方式使之保持巨大的稳定性和连续性,便构成了中国文化的特色。而西方文化作为一种正常发展的文化,必须时时否定旧有,才能由小到大,由幼稚到成熟。中国文化的早熟也为传承性的扩充提供了条件,中国诗学认为情感的抒发是诗歌的起因,虽然这是一种群体性和模糊性的表现,但是只要扩充得好,也可以变成一种个性和明晰的表现,譬如明代中叶出现的"公安派"与"竟陵派"文学,就与西方近代的浪漫主义文学思潮有很大的类似之处。而西方古代的摹仿说,无论如何也不能扩充成一种表现说,而只有在被表现说否定与批判了之后,才能走向主体表现的成熟。

中西文化与文学发展模式的差异必然表现在语言上。汉语较少制造新名词,而惯于用旧瓶装新酒的办法给富有弹性与模糊性的词汇灌注生气,进行新的直觉体悟。中国的文字起源于象形,从甲骨文、篆书、隶书,一直发展到今天可以输入计算机的简化汉字,仅仅是根据新的时代的需要进行了局部的变革,而并没有从根本上否定这种文字,所以即使在今天的简化汉字中也仍然保存着象形文字的雏形。因此,汉语的优点是语言的持久性,今天受过中等教育的人,读两千年前的《史记》不会有什么问题,然而其缺点就是造成了中国语言的模糊性,难以精确地了解一种事物。汉字至今保持着极大的灵活性,譬如为了接受西方文化的挑战,汉字就从竖排变为横排,但是,西方的文字却只能横排,一旦竖排就会变成谁也看不懂的蟹形符号。可以说,与西方文化与文学的批判性、否定性与跳跃性相适应,西方的语言是最能制造新名词的了。但是其缺点是历时一久,过去的语言就很难懂,在中古成为欧洲各国文言的拉丁文,如今已成死文字,除了专家和僧侣外已无人能懂;然而其突出的优点是以语言的精确性而穷尽每一时代的精神。

七　从中西文学比较看文学的
　　使命感

在 20 世纪 90 年代以来,在"淡化"、"玩玩"与"消解"的声浪中,"使命感"在新潮批评中已倍受冷落。然而,似乎谁也没有认真地对文学的使命感加以理论上的探究与清理。文学究竟应该是个人高兴时的游戏和失意时的消遣,还是应该正视人生、承担民族与人类的忧患? 我们不妨从艺术的本质以及中西文学的比较来加以反思。

1　从艺术的审美本质看使命感

对文学的使命感持非议的人,往往以使命感与艺术性不相容为论据,以为使命感会妨碍艺术之宫的建造,使艺术套上外在的枷锁,而跳不出自由的令人忘乎一切的唯美的舞蹈来。

如果不是简单地肯定或否定,而是辩证地看问题,就可以看到,在这种对文学的使命感的非议背后,确实潜藏着一种对文学的审美本质的把握,即如马克思所指出的,艺术的目的就是艺术本身。因为审美创造活动是人的种种外在束缚的解除,是通向人类解放的坦途。在马克思理想的共产主义社会中,审美创造活动使每个人都获得了自由解放。于是,一切工作都仿佛是作诗、看电影。因为,当劳动者在自己的劳动成果中观照到自己的本质力量时,劳动本身就是人幸福愉快的审美物化活动了。于是,劳动已经不再是一种令人生厌的谋生手段,而是一种令人愉快的创造性活动,一种审美观照。而在共产主义社会之前,纵使劳动还是一种谋生的手段,纵使人们还受社会的外在束缚与功利心的内在束缚,那么,也可以摆脱内外的种种束缚,而到艺术中获得暂时的解放。因此,对文学使命感的非议旨在表明,如果连艺术之鹰也捆上使命感的枷锁,而无法自由自在地展翅飞翔,那么,文学本身也会成为不自由的侍女,因而就决不会唱出甜美的歌来。在文学史上,大凡文学要从传统的束缚中挣脱出来的时候,譬如西方的现代主义时代与中国的"五四"时代,都会在某种程度上出现排斥使命感,而标榜"为艺术而艺术"。

然而,对外在束缚的摆脱而到艺术中求得暂时的审美陶醉,却很容易滑向鲁迅所批评的"瞒和骗的大泽中",并将大泽美化为留恋忘返的仙境,而不再去"直面惨淡的人生"。这样,艺术从审美上所给人的暂时解放,却从更大范围上阻碍了人类对自由解放的争取。"五四"新文学对传统的道家"山林文学"的批判,就不在于"山林文学"不美,更不在于"山林文学"不排斥使命感,不标榜"为艺术而艺术"。相反,在古今中外文学中,中国的"山林文学"是从人生战场上撤离而到审美中求得陶醉的文学范例。开始是由于人生的不幸与痛苦而到山水林木中去"玩玩",然而愈玩愈开始感到"玩玩"的乐趣,后来也就忘却了不幸与痛苦,甚至对不幸与痛苦再也无动于衷。因此,这种文学作品所给人的审美陶醉,只是让人们无视外在的强暴与内心的痛苦,以幻化的内在自由排斥了对外在自由的追求。其文化导向,必然是庄子式的"心斋"、"坐忘"或者阿Q式的"精神胜利法"。

事实上,西方浪漫主义时代与中国"五四"时代的作家与"山林文学"家的重大不同,就在于前者并没有陶醉于艺术之宫中,而忘乎社会人生。相反,在他们排斥使命感、标榜"为艺术而艺术"的背后,却表现出强烈的使命感。这种使命感与传统的使命感的不同,就在于它不是外加于作家的,而是发自于作家的内心。被马克思誉为英国诗坛上的"双星"的拜伦和雪莱,就将诗歌当作争自由的武器。而拜伦放弃诗歌创作投身于为希腊人争取民族解放的壮举,成了浪漫主义时代诗人的楷模。在中国,崇"天才"重"神会",标榜艺术"无目的"的创造社,却悲愤激越地反抗社会。要求"除去一切功利的打算,专求文学的全 Perfection 与美Beauty"的成仿吾,在同一篇文章中又强调"文学是时代的良心,文学家便应当是良心的战士":"我们要在冰冷而麻痹了的良心,吹起烘烘的炎火,招起摇摇的激震。对于时代的虚伪与它的罪孽,我们要不惜加以猛烈的炮火。"①值得注意的是,在西方文学的古典主义时代,文学是排斥丑怪因素的。丑怪因素被文学的接纳,是浪漫主义和现实主义兴起之后的事。在中国,也是从"五四"开始批判古典时代的"十景病"、"大团圆",要求作家正视社会的丑恶与人生的痛苦。可以说,当文学摆脱了其侍女地位后,并没有躲进山林自我陶醉,而是立刻加入到争取人类自由解放的行列中。

文学是人的以情感为中介的认知与意志的感性外化。而人是社会中的人,正如马克思在《〈政治经济学批判〉导言》中指出的,人的独立也只有在社会中才能独立。人,或者对家国负责(儒家)以与群体建立联系,或者对上帝负责(西方)以与群体建立联

①　成仿吾:《新文学之使命》,《文学运动史料》第 1 册第 214—217 页,上海教育出版社 1979 年。

系,或者对自己负责(存在主义)以与群体建立联系。而没有使命感、不负责任的人也并非与群体没有联系,但却是一种消极的联系,即损人利己的懒汉、小偷、强盗、社会渣滓、贪官污吏。因此,设想一位有人格、有良心而没有使命感、没有责任感的人,是虚妄的。同理,设想一位有人格、有良心而没有使命感、没有责任感的作家,也是虚妄的,因为作家并非"特殊公民"。而作家的使命感与责任感必然会以各种不同的形式外化到作品中,甚至在纯然写实的或荒诞不经的作品中,也可以感到作家的使命感。

真理再向前迈一步往往就会变成谬误。如果将作家的使命感强调得过了头,甚至以外在的使命感强加于作家,那么,所产生的文学作品很可能就不复是美的花朵,而是"明道"、"贯道"、"载道"的工具,甚至会产生一些毫无艺术价值的宣传品。中国儒家一派的末流文学以及"四人帮"时代的作品,许多就因为被当成"载道"的工具而成为缺乏艺术价值的宣传品。比较而言,过于强调使命感的儒家"廊庙文学",就不如排斥使命感的道家"山林文学"来得美。然而,儒家一派的作家那种以天下为己任的使命感,关心国计民生的忧患意识,比起"山林文学"那种游离人生的飘飘然来,却来得正气浩然,在中国,杜甫的文学地位总是排在李白之上,原因就在这里。而兼得儒道善、美之妙的是屈原,他的《离骚》,既具有儒家以天下为己任的使命感和忧患意识,又具有道家的洒脱精神和想象力。

可以看出,过于强调文学的使命感固然是危险的,有时它能将作品推向非艺术之宣传品的深渊;但是,以淡化使命感为作家的天职,以玩玩为艺术追求的至境,却是一种更不足取的逃避人生和自我麻醉的态度。因为,即使作家在自己建造的"全"与"美"的艺术之宫中玩得再开心,也与宫外的社会人生无关,甚至麻醉人们的意志,而"麻醉性的作品,是将与麻醉者和被麻醉者同归于尽的"[1]。

2 从中西文学比较看使命感

排斥文学的使命感的人认为,使命感是中国的,儒家的,西方文学就不讲使命感。果真如此吗?

儒家一派的文学确实注重作品的社会作用,强调文学的使命感。从《诗经》、杜甫,到近代的谴责小说,作家以天下为己任的使命感和关心国事民生的忧患意识,作品有感而发、不平则鸣的优良传统,是直到今天也应该被我们批判地继承的,不必因其产生于儒家文化的背景下而予以排斥。事实上,从"五四"以来的中国新文学,在批判传统文学的背后,都自觉或不自觉地继承了中国文学的这一传统。因此,尽管"五四"时期文学界张扬个性主义,但是,中国新文学张扬的个性主义,不但与易卜生的在船快要沉了的时候重要的是救出自己不同,而且与宁可牺牲庸人而培植超人的尼采也不同,它是将个性主义当成了兴邦治国的启蒙良药。换句话说,新文学张扬个性主义的动因,正是基于一种以天下为己任的使命感和救国救民的忧患意识。用鲁迅在《文化偏至论》中的话说,就是"国人之自觉至,个性张,沙聚之邦,由是转为人国"。

但是,儒家对文学的使命感的强调,却是不无缺憾的。

首先,儒家文论的一部分,将文学的使命感强调得过分,急功近利地将文学当成了实用品。孔子在《论语》中说:"诵诗三百,授之以政,不达;使于四方,不能专对,虽多,亦奚以为?"似乎读

---

[1] 鲁迅:《南腔北调集·小品文的危机》,《鲁迅全集》第4卷第576页。

诗若不能对政事外交有帮助,就不必读一样。这就完全抹煞了艺术审美的独立品格,将文学的使命感简单地与文学的社会效果划了等号。其次,后世有的儒者为了进行伦理教化,将文学当成了"明道"、"贯道"、"载道"的工具,当成是宣传一种道理的形象化工具,这无疑是对艺术的审美特性的抹煞。

如果对文学使命感的排斥旨在批评儒家强调使命感的负面影响,强调文学的独立品格,原是无可厚非的。然而,当他们泼污水的时候,却连同孩子一起泼掉了。因为强调文学的使命感与张扬"文以载道"绝非一回事,这不但表现在使命感是一种情感方式,而"道"是一种理念教条;而且表现在使命感是个人选择的责任感,而"道"则是一种定型的道理。只有当"文以载道"被当作一种责任感成为作家的自觉选择的时候,使命感才可能玷污艺术女神。事实上,即使在偏于儒家的文人当中,具有强烈的使命感而不受"文以载道"的消极影响的也大有人在。杜甫诗歌中贯穿着感时忧国的使命感,却不失为千古之绝唱。《儒林外史》如果没有一种去伪存真的责任感,就不会揭破一个个假道学伪君子的嘴脸,而希冀"真儒"的现世。因此,正是一种现实责任感和历史使命感,给他们的作品增添了艺术光彩。设想一下,假如屈原没有一种执着理想而上下求索的使命感,整部《离骚》不就是一种哀怨切切的"嘲风雪、弄花草"之作了吗?

笔者在这里想与排斥使命感的人唱一个反调,儒家固然强调文学的使命感,但却并没有将使命感贯彻到底,没有使之与殉道精神紧密地结合起来。因此,孔子一边宣讲治国平天下的大道理,一边赞赏曾点自得其乐的隐逸的审美人生观;一边说"朝闻道,夕死可矣",一边又说"天下有道则见,无道则隐"。这也就是孟子的"达则兼善天下,穷则独善其身"。于是,"廊庙文学"家在春风得意的时候，就以为天下兴亡全在己身，然而，一旦在现实中碰壁，却并不努力去反抗现实社会，而是掉头就跑，跑到山水林木中摇身一变，就成了恬然自得的"山林文学"家。"不在其位，不谋其政"，于是就"淡化"使命感以至于无。"久在樊笼里，复得返自然"，"山气日夕佳，飞鸟相与还。此中有真意，欲辨已忘言"……世事一无可为，就到山林中玩玩吧。而愈玩愈开心，觉得先前积极入世的抱负不过是一个扰乱身心的荒唐梦。这种儒道互补的文化原型，几乎在大部分中国古代作家身上都有所体现。例外的只有屈原等个别诗人。尽管屈原的作品还是"不得帮忙的不平"（鲁迅语），但是，当屈原"帮忙"不成时，并没有像其他诗人一样，甘作"帮闲"或隐居山林，而是执着于自己的信念和历史使命：在苦闷彷徨中上下求索、问天究地，"虽九死其尤未悔"。这就把使命感与殉道精神结合起来了。

与儒家文学并不执着于使命感相比，西方文学不但执着于使命感，而且与屈原一样，将使命感与殉道精神结合起来了。正如孔子是中国知识分子的原型一样，耶稣是西方知识分子的文化原型。然而，耶稣到世上来，并不是来"淡化"使命感、开心地"玩玩"的，而是以拯救世界而不惜受苦受难为己任的。尽管耶稣被家国驱逐和迫害，自己连枕头大的地方都没有，连地上的狐狸和空中的飞鸟都不如，但是，耶稣自甘受苦受难，他是以自己的受难来拯救世界的。耶稣说："我到世界上来，乃是光，叫凡信我的不住在黑暗里。若有人听见我的话不遵守，我不审判他。我来本不是要审判世界，乃是要拯救世界。"[1]作为"神的独生子"，耶稣明明知道去耶路撒冷要被治死，但他毅然决定去赴死，以自己的血

---

[1] 《新约全书·约翰福音》第 12 章第 47 页。

带走世人的罪恶,使人与神和好。在"最后的晚餐"上,耶稣拿起饼递给门徒说:"你们拿着吃,这是我的身体。"又拿起葡萄汁杯递给门徒说:"你们都喝这个,因为这是我立约的血,为多人流出来,使罪得赦。"①于是,耶稣在众人的辱骂、戏弄、唾弃之下,被钉上了十字架。而耶稣却认为,他以自己钉十字架来为万民赎罪,以肉身被钉死式的殉道来为他的道发扬光大。用他自己的话说:"一粒麦子不落在地里死了,仍旧是一粒;若是死了,就结出许多子粒来。"②

西方人接受基督教决不是偶然的,希腊人就不缺乏耶稣那样的执着于使命感的受难者和殉道者。作为人的苏格拉底,并不希图被解救,他临刑前慷慨陈词,把智慧和道德留给雅典人,而甘愿被雅典人处死。作为神的普罗米修斯,不顾宙斯的禁令,盗火以解救人类,被宙斯捆绑在高加索的悬崖上,遭受着鹰啄肝脏的苦难……普罗米修斯、苏格拉底、耶稣等执着于使命感的殉道者,不断地被后世的艺术家写成诗歌,编成戏剧,绘成图画,谱成音乐,成为艺术家们常新的取材源泉。

也许排斥文学的使命感的人会说,你举的都是古代西方的例子,而我们的"淡化"与"玩玩"是师法于西方现代文学。那么,我们就以宣布"上帝死了"的尼采为例,看看这位现代西方哲学和文学的先驱是怎样对待使命感的。尼采是在西方面临着一场巨大的价值危机的前夜,以类似于耶稣式的救世主(查拉图斯特拉)的身份来教训人的,并且也自诩为只发光而不索取的太阳。尼采认为,人必须跨过系在兽与超人之间的软索,而进向超人。为此,尼采也推崇受苦受难,以一个人所能忍受痛苦的程度检验

---

① 《新约全书·马太福音》第 26 章第 26—28 节。
② 《新约全书·约翰福音》第 12 章第 24 节。

他的强力意志。尼采像执着于救世人的耶稣一样，虽遭冷遇和不理解，却还是不能躲在山上"独善其身"，而是要下山散发自己智慧的光热。有趣的是，尼采虽然猛烈攻击耶稣，却又经常自比耶稣，将其自传定名为《瞧！这个人》。尼采发疯时，他给勃兰兑斯写了一封信，署名为"钉在十字架上的人"。固然，随着现代西方价值危机的加深，确实出现了"玩文学"的现象。然而，这是一种感到世界末日降临的病态的堕落现象，与中国人的"玩文学"并不相似。现代西方文学的主流，绝非是没有使命感的"玩玩"所能概括的。存在主义文学在揭示了人类的困境之后，仍然张扬人的自我选择，并且认为人必须对自己的选择负责。

从某种意义上说，文学的使命感也就是正视人生的责任感。与西方文学中正视人生的强烈责任感相比，中国文学颇多的是对人生的逃避。在元稹《莺莺传》中，明明是张生先勾引的莺莺，并成就了一番风流韵事，然而事过之后，张生却说莺莺是"尤物"、"不妖其身，必妖其人"，并讲了一番女人亡国败事的大道理，最后说："予之德不足以胜妖孽，是用忍情。"元稹以张生自喻，"文过饰非，差不多是一篇辩解文字"[1]。列夫·托尔斯泰的《复活》，描写聂赫留朵夫先勾引玛丝洛娃，二人有过一段愉快的时光。后来玛丝洛娃生了孩子，聂赫留朵夫给了她一些钱。聂赫留朵夫与张生抛弃了莺莺一样，也无情地抛弃了玛丝洛娃。但是，聂赫留朵夫却没有像张生一样一走了事，甚至反过来说是玛丝洛娃这个"尤物"勾引了他。面对着玛丝洛娃走上犯罪的道路，聂赫留朵夫深感罪恶的深重，从而以忏悔、赎罪求得心灵的净化与上帝的救赎。

---

[1] 鲁迅：《中国小说的历史的变迁》，《鲁迅全集》第 9 卷第 316 页。

张生逃避人生的责任只求自己的心静,与聂赫留朵夫正视人生的责任而自我折磨,这种对比是太明显了。甚至《红楼梦》中的贾宝玉,在众女子的不幸命运和悲惨结局到来之时,也是一走了事,遁入空门求心静去了。《水浒传》中的英雄杀了人,就逃到梁山上躲避,"大碗吃酒,大块吃肉";而《三国演义》中的曹操,简直是"宁使我负天下人,不使天下人负我"。而在陀思妥耶夫斯基的《罪与罚》中,大学生只因杀了一个在他看来不配活的"虫子",就百感交集,终日心灵不得安宁,终于去自首赎罪以求得心灵的净化。而在中国,罪恶之人如果不被发觉,也就文过饰非,或者逃之夭夭,似乎并没有什么自己该负的责任以及由此而生的罪恶感。因此,中国人的做人准则受外在的舆论和礼法规范的约束很大,缺乏一种内在的正视人生的责任感,这也充分表现在文学作品中。

3 "玩玩"的终结与复活

中国道家一派的作家基于对社会现实的不满而隐居山林后,开始排斥使命感而开心地玩玩。而中国人将小说视为"闲书",也就是把小说当成了忙乱之余"玩玩"的对象。但是,中国这一"淡化"和"玩玩"的文学传统,在"五四"时期受到了猛烈的冲击。"五四"新文学家高举"文学为人生"的大旗,宣判了"玩文学"的死刑。

鲁迅痛恨中国过去的将小说视为"闲书"的观点,以为文学必须是为人生,"而且要改良这人生"。"所以我的取材,多采自病态社会的不幸的人们中,意思是在揭出病苦,引起疗救的注意。"①鲁迅说："中国人向来因为不敢正视人生,只好瞒和骗,由此也生出瞒和骗的文艺来,由这文艺,更令中国人更深地陷入瞒和骗的大泽中,甚而至于已经自己不觉得。世界日日改变,我们的作家取下假面,真诚地,深入地,大胆地看取人生并且写出他的血和肉来的时候早到了;早就应该有一片崭新的文场,早就应该有几个凶猛的闯将!"②文学研究会的成立宣言也宣布了"玩文学"的终结:"将文艺当作高兴时的游戏或失意时的消遣的时候,现在已经过去了。我们相信文学是一种工作,而且又是于人生很切要的一种工作。"因此,文学研究会诸作家对鸳鸯蝴蝶派的"玩文学"倾向,进行了激烈的批判。茅盾在《自然主义和中国现代小说》中认为,鸳鸯蝴蝶派"思想上的一个最大的错误就是游戏的消遣的金钱主义的文学观念"。郑振铎在《血和泪的文学》中,批判了鸳鸯蝴蝶派"玩文学"的冷血行径之后,认为"我们需要的是血的文学,泪的文学!"

然而,事实上"玩文学"并未终结。这里指的不是鸳鸯蝴蝶派一类偏于通俗的文学,而是新文学阵营的分化。随着"五四"的退潮和国民党独裁统治的高压政策,一部分新文学作家觉得"兼善天下"不如"独善其身"来得安全和痛快,或放弃使命感而躲进书斋中藏起来(许多人放弃创作而搞起考据来),或以一种道家式的恬淡的诗意去冲淡使命感(废名等),而"二者得兼"以"玩玩"标榜的,是林语堂、周作人等人的"论语派"。"论语派"声言"不谈政治",提倡"以自我为中心,以闲适为格调"的小品文。此派认为人生在世"还不是有时给人家笑笑,有时笑笑人家",叫青年趁"青春年少","吃吃喝喝","玩玩笑笑";而小品文就可以

---

① 鲁迅:《南腔北调集·我怎么做起小说来》,《鲁迅全集》第 4 卷第 512 页。
② 鲁迅:《坟·论睁了眼看》,《鲁迅全集》第 1 卷第 240—241 页。

助这样的"雅兴","无关社会学意识形态鸟事,亦不关兴国亡国鸟事"。鲁迅认为"论语派"的小品文是麻痹人们斗志的精神鸦片,是将"屠户的凶残,使大家化为一笑,收场大吉"①。而以鲁迅、茅盾、老舍、巴金等作家所代表的中国文学的现代传统,始终具有感时忧国的使命感和忧患意识。

对中国当代文学至今有影响的,基本上是三种文学传统,一种是中国文学的古代传统,一种是西方文学的传统,一种是中西文学撞击之后产生的中国文学的现代传统。玩文学的人不顾及这三种文学传统,却召唤大家一同去开心地玩,恐怕是于己于人于家于国有害无益。固然,今天的批评家不必以外在的使命感强加于作家,让作家去生产一些毫无艺术价值的宣传品,而且在评析具体作品时更应注意艺术品的复杂性,因为一些以"玩玩"甚至"荒诞"面目出现的作品,其强烈的使命感可能并不亚于表面上看来严肃的作品。但是,对于那些"玩"进去且"玩"得很开心的作品,如果批评家不想沉入"玩玩"的浊流中,对社会人生与自己负责的话,就应该加以批评。因为作品若无一点使命感,恰如做人失去了正气,管理者不负责任,做工的偷懒一样,是应该受到批评的。否则,正如吸毒于己于家于国有害,而人们为了贪图一时的快活想方设法地去吸一样,"玩文学"之风将更盛。不错,现代西方也有"玩文学"的现象,但那并不是一种好现象,而是如施宾格勒所说的,是"西方的没落"的表现,这正如西方有吸毒者而我们不必模仿西方人去吸毒一样。

笔者已经指出,中国当代的"玩文学"与现代西方的"玩文学"并不相似。现代西方的"玩文学",是作家出于对西方传统的

---

① 鲁迅:《南腔北调集·"论语一年"》,《鲁迅全集》第 4 卷第 567 页。

宗教和道德基础的全盘怀疑，在彻底地感伤和颓废之余，以"玩玩"来打发惨淡的时光，迎接迟早要来的死亡。而中国当代的"玩文学"者，却以为中国人活得太"累"，要轻轻松松地"玩玩"；或以为"玩玩"可以不去正视人生，从而解脱了人生的烦恼；更有甚者，是以为只有放心地去玩，才找到了通向"艺术之宫"的坦途。因此，当代中国的"玩文学"，说到底，是中国道家文学传统的复活，是中国古代以小说为"闲书"传统的复活。

八　中西文学的悲剧精神

悲剧精神不同于悲剧,是一种通过对人生悲剧性的表现而在痛感中引起快感的艺术精神,它不仅表现于古典悲剧中,而且也表现于诗歌、小说等其他文体中。因此,我们将探讨的问题是:随着古希腊和近代欧洲悲剧的衰亡,悲剧精神衰亡了没有?在中西两种不同文化系统的文学中,悲剧精神又是怎样表现的?如果说悲剧精神是一种至今仍令人推崇的艺术精神,那么,怎样才能使作品具有感人的悲剧精神?

朱光潜在论述悲剧衰亡时,是将悲剧作为一种人生态度或文化来看待的。他认为一个民族必须深刻,才能认识人生悲剧性的一面,又必须坚强,才能忍受。较弱的心灵更容易逃避到宗教信仰和哲学教条中去,但希腊人却不是那么容易满足于宗教和哲学,他们拥有积极进取、向多方面追求的心灵。他们面对宇宙之谜时,内心感到理想和现实间的激烈冲突,正是这种内心的冲突,产生了希腊悲剧。因此,悲剧这种戏剧形式和这个术语,起源于希腊。无论中国、印度、希伯莱和罗马,都没有产生过一部严格意义上的悲剧。假如没有希腊悲剧流传下来而形成的悠久的令人崇敬的文学传统,那么近代欧洲悲剧能不能产生,还是一个值得考虑的问题。因为基督教与悲剧精神是完全敌对的,悲剧表现人和命运的搏斗,常常因展示无法解释的邪恶和不该遭受的苦难而带有渎神的意味。因此,近代欧洲悲剧惟一有点独创性的地方,就是它表明了异教精神对于基督教的胜利。在朱光潜看来,莎士比亚在悲剧里几乎完全活动在一个异教的世界,而高乃依以其基督教道学家的面孔,成为一个"最没有悲剧意味的悲剧诗人"。但是,当基督教走向没落而异教精神可以发扬的时候,科学占领了统治地位,命运和天意都退缩了,于是悲剧也不得不随之衰亡①。

的确,在世界文学史上,只有发源于希腊的"悲剧"概念,而没有在其他文体中形成与此对应的概念,如"悲诗"、"悲小说"、"悲散文"等等。如果小说还可以因其出现较晚为理由,那么,比悲剧的出现还要古老的文体诗歌,也没有"悲诗"、"喜诗"之分。从这个狭义的角度说,发源于古希腊而流播于欧洲近代的一种特定的悲剧文体,确是衰亡了。狄德罗的戏剧理论加速了悲剧衰亡的进程,而在西方现代的荒诞派戏剧中,也是悲中有喜,喜中有悲,而且在现代的戏剧舞台上,取代悲剧中的英雄的,是戈多式的丑陋而渺小无能的小人物。从历史的发展看,悲剧的衰亡自有其必然性。因为人们对神、天意、命运的信仰淡薄了,性格复杂的平凡的人取代了好人与坏人的简单分类,甚至悲剧表现的对象——英雄,也消亡了。正如弗莱所说的,在现代文学的舞台上,英雄消失了,渺小无能的小人物正扮演着主角。但是,悲剧这一特定文体的消亡,并不表明艺术中的悲剧精神的消亡。相反,比起古典悲剧来,现代文学中的悲剧精神更加深化,并在小说、诗歌、戏剧

---

① 朱光潜:《悲剧心理学》第十二章,人民文学出版社1985年,版次下同。

等文体中体现出来,成为艺术欣赏中最具有魅力、最感人的东西。

在悲剧已经走向衰亡的 19 世纪初,浪漫主义文学在欧洲汇为大潮。较之新古典主义的悲剧作品,浪漫主义文学具有更多的感伤、忧郁和悲观情调,因为浪漫主义文学就是基于对工业文明与法国大革命所带来的社会现实的失望乃至绝望而产生的。新古典主义的理性原则和必然性,被浪漫主义的感伤颓废和偶然性所取代了。美好的事物愈来愈少,丑已经介入艺术;美好的东西只存在于边远的乡村、无人的自然、异域和过去的时代中。因此,从艺术接受者的角度看,浪漫主义比新古典主义给人更多的痛感。而浪漫主义者也以忧伤、悲怆为自己的艺术追求。雪莱说:"最甜美的诗歌就是那些诉说最忧伤的思想的"(《致云雀》)。缪塞说:"最美丽的诗歌就是最绝望的,有些不朽的篇章是纯粹的眼泪"(《五月之夜》)。而且诗神告诉诗人:"为了生活和感受,人需要流泪";人们爱过去的艺术家,是因为其中有"往昔的泪痕"(《十月之夜》)。裴多菲认为诗人应该是"苦恼的夜莺":"苛待他罢,使他因此常常唱出甜美的歌来。"因此,朱光潜认为,忧郁对于浪漫主义者来说,"是一种宗教,一种精神安慰"①。浪漫主义者笔下的人物,如歌德的维特,拜伦的恰尔德·哈罗尔德,普希金的奥涅金,他们那多愁善感的忧郁心灵,在对人生悲观绝望的情境充满了悲叹、哀伤和幻灭。现实主义作家尽管不像浪漫主义者那样多愁善感,但是,他们对现实的悲剧意识却比浪漫主义者来得深刻、沉重,现实的一切丑恶都逃不过现实主义者的眼睛。福楼拜以为珠子是牡蛎生病所结成的,而作家的文笔却是更深沉的痛苦的流露。

---

① 朱光潜:《悲剧心理学》,第 155 页。

罗丹的巴尔扎克塑像,就充分显示了这位现实主义者对于人生深刻的悲剧意识。而现代主义几乎就成了"世纪末"思潮、颓废主义以及因全盘怀疑西方文化的宗教道德基础而深感环境的冷酷无情和人生的悲剧性的同义语。荒诞派戏剧中尽管悲喜剧因素混杂,但是较之古典悲剧,荒诞派戏剧中的喜剧因素却更令人绝望,是苦恼者和绝望者的笑。因为在古典悲剧中,人生的意义和价值的存在还是不成问题的,然而在荒诞派戏剧中,人的存在的偶然性、荒诞性以及由此产生的无依无靠、冷酷无情,却笼罩了戏剧的舞台。认识到工业文明带来的深重灾难和上帝对人的遗弃带来的价值真空,才产生了这种具有深刻悲剧性的现代主义文学,因而从波德莱尔的《恶之花》到艾略特的《荒原》,从陀思妥耶夫斯基的《地下室手记》到卡夫卡的《城堡》,艺术的悲剧精神达到了前所未有的深度。

尽管李泽厚认为中国文化是"乐感文化",但是,当中国人乐生之余,亦推崇"穷愁之言",压低"欢愉之辞",从而将文化担当上的忧患意识转化为艺术中的悲剧精神,并形成了一种文学传统。司马迁认为,古之名篇巨著都是人在逆境中悲愤郁结时所作的:"盖文王拘而演《周易》;仲尼厄而作《春秋》;屈原放逐,乃赋《离骚》;左丘失明,厥有《国语》;孙子膑脚,《兵法》修列;不韦迁蜀,世传《吕览》;韩非囚秦,《说难》《孤愤》;诗三百篇,大底贤圣发愤之所为作也。此人皆意有所郁结,不得通其道,故述往事,思来者。"①李贽说得更极端:"古之圣贤不愤则不作矣。不愤而作,譬如不寒而颤,不病而呻也。虽作何观乎?"②如果说司马迁、李贽关于人在悲苦之时发愤而作才有佳作不仅仅是指文学作品,那

① 司马迁:《报任安书》,《古文观止》上册第225—226页,中华书局1981年。
② 李贽:《焚书》卷三《忠义水浒传》序。

么,在中国的诗论中,"欢愉之词难工,愁苦之词易好","诗必穷而后工"等,几乎成了人人皆知的俗语①。许多人认为中国文学缺乏悲剧观念,只是在《红楼梦》出现之后,才以其悲剧精神打破了大团圆的结尾。这个论断就中国叙事文学来说自然不错,然而倘若细加分析,就会感到《红楼梦》所体现的悲剧精神与宋词中的悲凉情调非常相似。而宋词缺乏力度充满"娘娘腔"却具有历久不衰的艺术魅力,就因为宋词对人生悲苦的一面有更敏锐的感受力,"残照"、"闲愁"、"泪眼"、"断肠"、"伤春"、"悲秋"等,成为宋词中最常用的词汇。

当然,按照中国"乐极生悲"、"否极泰来"的文化观念,任何东西过了头就会走向它的反面,因而就应该"致中和":不要太乐,也不必太悲——"乐而不淫,哀而不伤"(孔子),甚至达到一种不悲不乐、无喜无哀的境界(庄子)。这种"乐天知命"的文化观念,自然不能不对中国的文学产生影响。因此,尽管中国也有推崇"悲剧精神"的文学传统,然而这种推崇是有限度的。希腊悲剧所表现的人的苦难、命运的盲目、神的专横和残忍以及结局的悲惨场面,是中国人所不能容忍的。譬如《俄底浦斯王》中由于命运的播弄而杀父妻母,导致了母亲的自杀和儿子挖出眼睛的结局,就难以得到中国人审美的认同,而西方近现代文学所表达的个人极度哀伤乃至无边无际的宇宙悲哀,也不见于中国传统文学。在叙事文学中,中国人更推崇善有善报、恶有恶报的乐观主义和大团圆结尾。

然而,中国叙事文学的这种乐观特征,在"五四"文学革命中却遭到了新文学家的攻击。胡适认为,"中国文学最缺乏的是悲

---

① 详见钱锺书:《诗可以怨》,《文学评论》1981 年第 1 期。

剧的观念。无论是小说,是戏曲,总是一个美满的团圆"。"这种'团圆的迷信'乃是中国人思想薄弱的铁证。做书的人明知世上的真事都是不如意的居大部分,他明知世上的事不是颠倒是非,便是生离死别,他却偏要使'天下有情人都成了眷属,偏要说善恶分明,报应昭彰。他闭着眼睛不肯看天下的悲剧惨剧,不肯老老实实写天工的颠倒惨酷,他只图说一个纸上的大快人心。这便是说谎的文学。"①鲁迅说:"凡有缺陷,一经作者粉饰,后半便大抵改观,使读者落诬妄中,以为世间委实尽够光明,谁有不幸,便是自作,自受。"②所以,"凡历史上不团圆的,在小说里往往给他团圆;没有报应的,给他报应,互相骗骗"③。于是,鲁迅批判"大团圆"、"十景病",批判不敢正视人生的"瞒和骗",要作家深刻感受人生的悲剧性,使"悲凉之雾,遍被华林",从而出现具有悲剧精神的"真的新文艺"。为此,鲁迅赞美"哀情涌于毫素"的"摩罗诗人",赞美"以不可见之泪痕悲色振其邦人"的果戈理,甚至将阿尔志跋绥夫的颓废主义作品译介到中国,因为鲁迅宁要"活人的颓废",也不要"僵尸的乐观"。鲁迅笔下的吕韦甫、魏连殳、涓生等,都体现着个性毁灭的悲剧精神,他们或悲凉地忏悔,或"像一匹受伤的狼,当暗夜在旷野里嗥叫,惨伤里夹杂着愤怒和悲哀"。在描写传统的中国人时,鲁迅就将笔触深入到中国人的灵魂深处,在"几乎无事的悲剧"中显露出"不可见之泪痕悲色",并沉痛反省造成中国人心灵悲剧的文化历史原因,使作品显得"忧愤深广"。在鲁迅的小说面前,传统小说的和谐理想与团圆主义显得

----

① 胡适:《文学进化观与戏剧改良》,《胡适文集》第3卷第97—98页,人民文学出版社1998年。

② 鲁迅:《坟·论睁了眼看》,《鲁迅全集》第1卷第240—241页。

③ 鲁迅:《中国小说的历史的变迁》,《鲁迅全集》第9卷第316页。

顿然失色。

我们通过对中西古今文学的考察,获得这样一种认识:西方文学中的悲剧精神与个人命运及其冲突有着密切的联系,理性深度也较强;中国文学中的"怨"与"群"关系密切,执着于感性的伤怀,具有极度的敏感性。在西方古代文学中,能体现悲剧精神的是英雄,到了近代,悲剧精神就逐渐转移到古代只有"喜剧资格"的小人物身上。在中国古代文学中,悲剧精神主要体现在文人创作的雅文学——诗歌中,而不是体现在俗文学——小说、戏剧中,因为中国的戏剧和小说始终为民间所好,不登大雅之堂,第一流的文人大都不屑于去写小说和戏剧,演员和剧作家被认为与小丑、杂耍卖艺者同属一类。而中国小说、戏剧中悲剧精神较强的作品,如《红楼梦》、《梧桐雨》、《桃花扇》等,皆为文人所作。因此,现代与古代的中国文学的错位,在于现代中国文学的悲剧精神主要是以史诗的形式(小说、戏剧)继承了古代中国的抒情诗传统,从而将小说、戏剧扶上了大雅之堂。捷克的普实克就看到了这一点,他认为鲁迅的小说是中国抒情诗——旧诗传统的产物。当然,由于受西方文学悲剧精神的影响,中国现代文学的悲剧精神就更强烈。而中国俗文学的阵地也没有被文人完全夺过来,而是留下了团圆主义的一角给鸳鸯蝴蝶派。因此,虽然中西古今文学的悲剧精神有着不同的表现形式,但是,在推崇悲剧精神这一点上是一致的。

既然悲剧精神为古今中外文学所推崇,那么,作家应该怎样做才能使作品具有感人的悲剧精神呢?

钱锺书在《诗可以怨》中说,既然"穷苦之言易好","蚌病"方能"成珠",而没有人愿意饱尝愁苦的滋味,于是就出现这样一种情况,即人们既不想愁苦又想作出好诗,就可能无病呻吟。钱先生说:"假病能不能装来像真,假珠子能不能造得乱真,这也许要看各人的本领和艺术。"这固然揭示了一个隐蔽着的值得人们重视的创作心理现象,而且在一定的范围内也是符合事实的。但是,假病即使装得像真,也难以有真病人的痛切感受;假珠子即使造得能够乱真,有眼光的珠宝商也能识别出来。那些"无病呻吟"的作者,一旦"呻吟"出痛苦来,这痛苦就不是假的,而是为了唱出"甜美的歌"而自我选择的,或者至少是意识到了的。正如《围城》中的方鸿渐并不就是钱锺书——钱锺书和杨绛的关系一直很好,然而,方鸿渐与孙柔嘉之间婚姻的围城,钱锺书至少是意识了的,也许正是看透了人生的这种围城的悲剧性,才使自己安于城内。而且方鸿渐那种好高谈阔论、耍嘴皮子的俏皮劲与钱锺书的性格也极为相似,小说中方鸿渐一行去三闾大学的长途旅行,就与钱锺书本人在抗战的烽火中奔湖南安化的国立师范学院有关,而方鸿渐在三闾大学孤立无援最终出走,也很像钱锺书在西南联大的遭遇。因此,即使在描绘别人的叙事文学中,也不可能没有作者本人的生命体验。一个快乐的作家,也可以写出苦闷彷徨的主人公,但这恰好反证了这位作家不仅曾经苦闷彷徨过,而且在创作中又将过去尝过的苦味重尝了一遍。若无这种痛苦体验为外推的心理基础,让焦大去写林妹妹,罗贯中去写奥涅金,是很难成功的。从某种意义上说,作家所揭示的人生悲剧性的深度,取决于作家对存在的感知程度;而作家对存在的感知深度又取决于心灵痛苦的程度。而且钱先生的"没有人愿意饱尝愁苦"的假定,也并不尽然。呼唤"悲剧的诞生"的尼采,不就是一位痛苦的赞美者吗?而推崇"不满"的鲁迅,也就会肯定由"不满"而生的苦痛,所以鲁迅让人"直面惨淡的人生","记得一切深广和久远的苦痛,正视一切重叠淤积的凝血"①。因此,作品要具有撼动人心的悲剧精神,作家就应该有一种悲凉和痛苦的心境,用具有文化担当的语言来说,就是要对国家和人类有一种大忧患与大悲悯之心,而这就需要在人生的旅途中不断地选择逆境。

人所面对的逆境可分两种,一种是客观环境对人的挑战,可称为客观造成的逆境;一种是人对现状的不满而向更高境界的追求,可称为主体选择的逆境。虽然前者可以影响并制约后者,但二者却有巨大的差异。客观环境对人类社会的挑战,曾使人类迎接挑战创造出灿烂的文明,假如北非的大部分地区不被沙漠覆盖,黄河流域没有巨大的干旱(射日神话)和水灾(治水神话),会出现伟大的埃及和中国文明吗?而赤道附近的黑人不劳而有野果吃,也就没有产生文明。因此,伟大的文明都是逆境挑战的产物。但是客观的逆境对人类文明的积极作用,必须有一个前提,就是人对来自外界的挑战有迎战的能力。假如人对外来的逆境无力迎战,就会造成文明的消亡。而且人类有了足够的应付自然的能力之后,客观环境没有变异性的挑战,那么文明就会停滞。这就是除了不断地主动对自己的文明挑战而形成了一种反省批判传统的西方文明外,其他各大文明不是衰亡(埃及)就是停滞(中国)的原因。因此,更值得我们推崇的,是主体选择的逆境——就是对此刻当下之存在的批判怀疑精神。当然,客观的逆境仅就中国来说便造就了屈原、司马迁、曹雪芹等文豪,但是客观逆境的挑战应该是有限度的,否则,如果一个作家连生存也无法维持,怎么会有精力从事创作!而且客观造成的逆境需要机遇,一个作家难道会等到遭难之后再去创作?不仅如此,以客观的不

① 鲁迅:《野草·淡淡的血痕中》,《鲁迅全集》第2卷第221页。

幸遭遇为逆境,本身就具有主体选择的意味,一个对什么都很满足的人,他的面前就没有逆境,而且在别人看来的逆境,到他那里也会幻化成顺境,从而避免了主体的心灵痛苦,就像鲁迅笔下的阿Q。即以屈原为例,假定被放逐的不是屈原,而是孔子之徒,那么,按照"不在其位,不谋其政"以及"天下有道则见,无道则隐"的道德训条做人,就去"独善其身"而不会哀怨发牢骚了。假定被放逐的不是屈原,而是老庄之徒,那么,按照知足常乐无是非等道家之说做人,就不但不应痛苦烦恼,而且应该庆幸自己从政事的牢笼里解脱出来,绝圣弃知,飘然世外。但是,被放逐的偏是执着于自己的信念而没有学会"精神胜利法"的屈原,于是就不能不感到一种美的毁灭的悲愤和苍凉。因此,说到底,屈原之为屈原,关键在于他敢于正视人生,选择逆境,而绝不以遗忘、逃避、幻化、旷达等麻醉自己。否则,我们也读不到充满悲剧精神的《离骚》。因而从根本上说,逆境是主体与客体发生的一种关系,只有创作主体对逆境的选择,才会催生艺术的悲剧精神。

　　中国古代文论往往以文人的"穷困"为好作品出世的条件,但是,穷困的人并不一定具有悲凉与痛苦的心境,也未必写出具有悲剧精神的作品。因为心灵的悲凉、痛苦与否,与财富的多寡没有什么关系。关于这一点,中国古代哲学阐发得很精辟。老子认为,无论在什么境遇中,只要善于满足就会快乐而无痛苦,这就是"知足者富","知足之足,常足矣。"①所以孔子说:"不患寡而患不均,不患贫而患不安。"②即使普通地贫穷,也不妨害生命的自适安乐:"一箪食,一瓢饮,在陋巷,人不堪其忧,回也不改其

---

① 《老子》第四十六章。
② 《论语·季氏》。

乐。"①因为心灵的悲凉与痛苦在于主体的不满,而心灵的欢愉与欢乐在于主体的满足。因此,悲剧精神之有无深浅,与富有穷困并无关系。

从纵向的文学发展来看,现代人的物质生活条件肯定要比古代人好,但是,在文学作品展现出来的人类生活图画中,越向古代追溯,就越显得和谐、宁静、欢乐,近代以后却愈加苦闷骚动起来。鲁迅就认为,"19 世纪以后的文艺,和 18 世纪以前的文艺大不相同"。19 世纪以后的文艺,由于对人生苦难的深切描绘,"我们看了,总觉得十二分的不舒服";"18 世纪的英国小说,他的目的就在供给太太小姐们的消遣,所讲的都是愉快风趣的话"②。在中国,从汉赋、唐诗到宋词,从宋元话本到《红楼梦》,悲凉的艺术情调也在日渐加深。

从横向的比较来看,实现了现代化的西方人自然比传统的中国人富有,但是正如梁漱溟说的,"西方人风驰电掣地向前追求","所得虽多",然而他们"精神沦丧苦闷","生活上吃了苦"。相反,"虽然中国人的车不如西洋人的车,中国人的船不如西洋人的船……中国人的一切起居享用都不如西洋人,而中国人在物质上所享乐的幸福,实在倒比西洋人多。盖我们的幸福乐趣,在我们能享受的一面,而不在所享受的东西上——穿锦绣的未必便愉快,穿破布的或许很乐"③。因此,西方现代文学所表现的存在的偶然性和荒诞性,以及在冷酷无情的荒原上的苦闷彷徨和焦虑挣扎,就绝不见于中国传统文学。即使在中国传统社会内部,也有

---

① 《论语·雍也》。
② 鲁迅:《集外集·文艺与政治的歧途》,《鲁迅全集》第 7 卷第 118 页。
③ 梁漱溟:《东西文化及其哲学》,《梁漱溟选集》第 115 页,吉林人民出版社 2005 年。

类似的情况。中国的文人雅士无论多么"穷困潦倒",也比老百姓富有。他们不劳而食,按理说应该在闲散的时光里寻欢作乐吧,但他们却充满了"闲愁",而且据辛弃疾在《摸鱼儿》中说:"闲愁最苦"。于是便"伤春悲秋":不是"对月伤心",就是"对花落泪"……中国老百姓喜闻乐见的,却是充满乐观精神和团圆主义的小说和戏曲。因此,钱锺书是从中国文人的诗歌中发现了推崇悲剧精神的文学传统,而鲁迅、胡适对"大团圆"的批判却是针对民间所爱好的小说和戏曲的。由此可见,物质上的穷困和客观外在的逆境,并不一定使作家写出充满悲剧精神的作品来;只有主体对逆境的选择而导致的心灵痛苦,才能使作家的创作具有感人的悲剧精神。

艺术是精神产品,只对物质生活感到不满还不够,在物质生活丰富的情况下还是不满,就是更高的精神追求,就更能造就深广的悲剧精神。譬如,作为贵族的拜伦的"世界悲哀",就绝不是生活穷苦或者地位不够高的缘故,而是他对正义的执着以及对生命本体的无穷忧患使然。因此,一个作家必须进行永不知足的逆境选择,不断地追求与探索,才能使悲剧精神在他的作品中永不衰竭。当然,要使作品中的悲剧精神显得深广,还须有博大的不自满,一种对民族、人类乃至整个宇宙的忧患意识。否则,纵使作家选择了逆境,也可能产生一些咀嚼身边小悲愁的"嘲风雪、弄花草"之作。

当然,正如文明本身就引起了反文明思潮一样,文学中的悲剧精神也受到了当代生态批评家的置疑与批判。米克(J. W. Meeker)在《生存的喜剧:文学生态学研究》中,全盘追问了西方文化崇尚悲剧所导致的悲剧。在米克看来,无论是从文学形式还是哲学思想来看,悲剧似乎向来就是西方文化的独特发明,其源头则是古希腊的悲剧传统。尽管米克对中国文化并不很熟悉,但是中国人与自然和谐相处的天人合一,从米克的批评理论看无疑是不导向悲剧这一文学形式的,因为悲剧是人的精神提高到自然环境之上所导致的。而希腊人就是从自然的怀抱中脱离,以自己的崇高悲壮与自然对立冲突,甚至不惜以自身的毁灭来证实主宰自然的强力意志。米克认为,在人类的生态灾难面前,不应该再盲目地崇拜悲剧了,而应该以喜剧的生存模式取代悲剧模式。米克所崇尚的喜剧与鲁迅所说的"将人生无价值的东西撕破给人看"意义上的喜剧大不相同,因为鲁迅所定义的喜剧仍然具有破坏性与否定性,而米克所定义的喜剧则更接近中国传统文学那种大团圆的艺术形式,就是讲求整体的有机平衡、祥和安定、知足常乐,能够与大自然友好相处,与生态环境和谐共存。米克说:"拒斥悲剧的生命观对于结束人与自然之间漫长的灾难性争斗是必须的,拒斥对悲剧的渴求是避免生态灾难的重要前提。"①

西方生态批评家的悖论就在于,他们往往在文明之中反文明,从人类利益出发反对人类中心。这种批评在人类的生态灾难面前不是没有意义的,而且对于重新估价中国文化也具有相当的价值;然而如果是以平庸的苟活换取暂时的平安,从悲剧的眼光看还不如欣赏生命壮丽腾飞时的毁灭。从人类的利益着眼,究竟是悲剧性的争天抗俗还是喜剧性的顺世和乐能够拯救人类,仍然是一个问题,因为中国顺世和乐的人生观与艺术观在同西方文化的较量中显然居于下风,如果外星生命是可能存在的话,那么也许西方式的人生观与艺术观仍然有拯救地球人类的价值。从艺术的实践来看,无论是西方还是中国,具有悲剧精神的文学文本

---

① J. W. Meeker, *The Comedy of Survival*: *Studies in Literature Ecology*. Charles Scribner's Sons, New York, 1972, p.59.

确实比较感人,具有持久的艺术魅力;即使是否定悲剧而崇尚喜剧的米克,也举不出什么经典的喜剧巨著来。当然,就中西文化未来发展的侧重点而言,对于工具理性过盛而悲剧观念太强的西方文化来说,米克的批评确实不失为醒世良言;但是对于知天乐命、穷神达化的中国人来说,悲剧性的争天抗俗仍然需要。而这,也符合中西文化双向交流的原则,恰如我们在第二章所说的中国需要采阳而西方需要补阴一样。就中国当代文学的现状而言,我们的作家确实很容易知足常乐,满足现状,恰如米克所说的已经率先"喜剧化",他们需要承担更多的忧患,需要更多的悲天悯人的情怀。

九　中西文学中的雅与俗

　　文学研究应该以高雅文学为研究对象，还是应该以包括通俗文学在内的一切文学现象为研究对象？历来就有不同的看法。中国文章之学的注疏与研究向来以经书为主，以史、子、集为辅，而现代意义上的文学则散布在经、史、子、集不同种类的书籍中。于是，一方面通俗文学如小说、戏曲等文体几乎被古代学术界排斥于注疏与研究的视野之外，另一方面，即使在经书中，也存在着在今天看来是通俗文学的文本，譬如《诗经》中的《国风》。在西方学术界，观点也比较驳杂。在利维斯（F. R. Leavis）看来，不但文学研究的对象应该是高雅文学，研究主体也只能是少数精英，因为在一个大众构成的文明中只有少数人是有"文化"的："在任何时代具有洞察力的艺术欣赏与文学欣赏都有赖于少数人。"[1]即使在倾向于马克思主义的西方批评家那里，态度也不统一。法兰克福学派显然具有精英文化的立场，他们对消费异化的批判在某种意义上也是对大众文化的批判；而英国伯明翰学派从研究文学出发的所谓"文化研究"，显然包含了以图像为主的影视乃至

---

① F. R. Leavis, *Mass Civilization and Minority Culture.* Cambridge：The Minority Press, 1933, p. 13.

传媒与网络,因而就是将文学研究的范围进行扩大的一种尝试。

笔者认为,作为存在于每个民族文化圈中的雅文学和俗文学,理应都得到应有的重视与关注。然而,以往我们对俗文学并未加以应有的关注,常常在贬之为"下里巴人"、"不登大雅之堂"的同时也导致了研究上的薄弱和理论上的偏颇。实际上,雅文学与俗文学本是相对而言的两个范畴,没有了"俗",也就失去了"雅"存在的价值和意义。如果说雅文学代表着一个民族的审美情调和艺术水准,那么从俗文学中则更能看出一个民族广大民众的精神状态。鲁迅少读正史而多读野史,并且以为野史更能够看出国民的魂灵,就是一个典型的例证。因此,我们试图从中西比较文学的角度,简略地探讨一下俗文学与雅文学的关系及俗文学的发展态势。

1 雅与俗:同源而异流

什么是雅文学,什么是俗文学,这两者是很难做出严格界定的,大概只可相对而言。笔者认为,能为大众所接受、具有较强的趣味性、读起来明白晓畅、对人的原欲直接显示的文学作品是俗文学,而读者文化层次较高、阅读中需要不断思考和回味并且能够表现本我的升华和对社会人生的思考的文学作品是雅文学。精英文学与大众文学、文人文学与民间文学、雅文学与通俗文学,这几乎是每个民族都具有的两个文化圈;然而,如果从文学的本源上来考察,我们就会发现雅文学和俗文学在本源上是同一的。像中国的《诗经》、古希腊的《荷马史诗》、俄罗斯的《伊戈尔远征记》等,它们既是雅文学,又是俗文学,既为文人所青睐,又为民众所喜爱,而且最早可能就是民间吟唱出来的。

意大利美学家维柯在《新科学》之"发现真正的荷马"中,认为荷马是希腊人民的一个原型和英雄人物性格,因为这些人民用诗歌来叙述他们的历史。他反对荷马是一个实在的个别诗人的说法,把荷马史诗说成是希腊人民的集体创作。"为什么希腊各族人民都争着要取得荷马故乡的荣誉呢?理由就在于希腊各族人民自己就是荷马。"①无论荷马是单个的行吟诗人还是希腊人民的一个集合名词,就《荷马史诗》产生的语境而言,俗文学与雅文学是合一的。尽管《荷马史诗》来自民间,但它那场景宏丽、气势雄浑的英雄史诗的体裁,豪迈奔放、无所畏惧、充溢着阳刚雄浑之气的文化品格,滋养了后世无数文学家的心灵和才智,至今仍令人惊叹不已。《荷马史诗》呈现了整个早期希腊文化,要研究早期希腊文化就得读荷马史诗。在中国最早的诗歌总集《诗经》中,既收入了达官贵人的雅颂之作,也有平民百姓的民歌,而且无论是思想性还是艺术性,最令人称道的是160篇"十五国风"。孔子把"国风"这类民歌收入其中,置于首位,把下里巴人的作品抬入了大雅之堂;同时儒家把《诗》与《书》、《礼》、《易》、《乐》、《春秋》并称为"六经",成了后世士子们的必读书。

从文学的本源上来看,雅文学和俗文学本来是一体的,只是后来随着历史的发展,社会分工的越来越细,才出现了雅与俗的分野。因此,每个民族在其发轫之初,往往都是俗文学与雅文学合一的——像中国最早的《诗经》与西方最早的《荷马史诗》,到了希腊的悲剧与中国的《楚辞》,也仍然体现了俗文学与雅文学一体的特征,希腊的悲剧演出是每个公民都要参与的带有宗教性质的活动,而《楚辞》的《九歌》明显带有民歌的色调,只是在《离骚》中,才向着文人高雅的方向发展。因此,俗文学虽然比较原始

---

① 维柯:《新科学》第443页,人民文学出版社1986年。

与粗糙,但却是雅文学成长的土壤与基础,从这个意义上说,我们实在应该对俗文学给予充分的重视。

要想了解一个民族、一个时代的国民精神,更不能不注意研究俗文学。因为一个民族的精神,是整个国民精神的表现,国民既包括文人,也包括绝大多数的俗人,而且最能体现民族精神的则往往是俗人。鲁迅既是雅文学的代表,又是俗文学研究的倡导者。他认为:"我们所要求的美术家,是能引路的先觉,不是'公民团'的首领。我们所要求的美术品,是表记中国民族智能最高点的标本,不是水平线以下的思想的平均数。"①他的《野草》、《呐喊》、《彷徨》等作品都是雅文学的代表,但他在剖析国民性时所选取的典型,既不是文人雅士,更不是达官贵人,而是平民百姓阿Q! 鲁迅认为:"从小说来看民族性,也就是一个好题目。""但我们国民的学问,大多数却实在靠着小说,甚至于还靠着从小说编出来的戏文。虽是崇奉关、岳的大人先生们,倘问他心目中的这两位'武圣'的仪表,怕总不免是细着眼睛的红脸大汉和五绺长须的白面书生,或者还穿着绣金的缎甲,脊梁上还插着四张尖角旗。"②这里所说的小说和戏文都是通俗文学。周作人对此也深有同感,认为"今后大家研究文学,应将文学的范围扩大,不要仅仅注意到最高级的一部分,而要注意到它的全体"。因为"影响中国社会的力量最大的,不是孔子和老子,不是纯粹文学,而是道教(不是老庄的道家)和通俗文学。因此研究中国文学,更不能置通俗文学于不顾③。鲁迅甚至认为我国的正史"涂饰太厚,废话太多",很不容易看出里面所写着的"中国的灵魂"和指示着的

---

① 鲁迅:《热风·四十三》,《鲁迅全集》第 1 卷第 330 页。
② 鲁迅:《华盖集续编·马上支日记》,《鲁迅全集》第 3 卷第 333—334 页。
③ 周作人:《中国新文学的源流》第 15 页,人文书店 1932 年。

"将来的命运","但如看野史和杂记,可更容易了然了,因为他们究竟不必太摆史官的架子"①。因此,通俗文学比雅文学更可看出国民性,大概也正如从野史中更能看出中国的灵魂是一个道理吧。

2 雅俗文学的对立与互渗

作为同源而异流的雅文学和俗文学,既在不同的时代呈现出不同的特点,又始终相互作用和影响,既分离,又合流。因此,雅文学与俗文学,文人文学与民间文学的相互影响,就成了比较文学的研究对象和重要课题。比较文学原则上应该是跨国家与民族、跨语言与文化乃至跨学科的文学研究,但就雅俗文学的影响而言,即使是同一国家,雅文学与俗文学也承担着不同的文化,使用着不同的话语,因而也理应纳入比较文学之中。

主题学及其母题(motifs)研究是比较文学所探讨的重要课题之一,而主题学最早产生于对民间传说之演变的研究,也可以说产生于对通俗文学的研究。在研究过程中,从口传阶段到形成文字,从民间传说进入文人文学,就涉及到俗文学对雅文学的影响,譬如西方对唐·璜主题的研究。学者们经过大量的研究认为,唐·璜最初是流传于意大利、葡萄牙和德国的民间传说,后来才被文人从民间传说运用到自己的作品中。第一部塑造唐·璜形象的剧本是西班牙戏剧家德·莫里纳1630年写的《赛维里亚的诱惑者,或石象客》,此后有许多作家都以此为题材创作过,如法国作家莫里哀、高乃依和意大利的哥尔多尼等。到了浪漫主义时代,描写唐·璜的作家就更多了:英国拜伦的讽刺长诗《唐·

---

① 鲁迅:《华盖集·忽然想到(四)》,《鲁迅全集》第3卷第17页。

璜》,俄国普希金的悲剧《石客》,法国大仲马的幻想剧《马兰的唐·璜,或天使的堕落》,以及莫扎特和理查德·施特劳斯的音乐作品等。从比较文学的角度研究唐·璜从民间走进文人作品的演变过程,我们就会发现这同一个人物在不同的国家、不同的作家笔下被抹上了不同的色彩,被赋予了不同的个性,或是败坏风俗的诱惑者,或是玩世不恭的浪荡子,或是缘木求鱼的寻梦者,或是欲壑难填的享乐者,或是嘲弄社会的颠覆者……在中国,人们对潘金莲主题的研究,在最初流传民间的小本《水浒》以及戏曲中的"武松杀嫂",非常投合大众口味,后来的书会才人根据小本《水浒》及杂剧等写成的《水浒传》,也仍然没有摆脱民俗色调,所以鲁迅说《水浒传》"为市井细民写心"。到《金瓶梅》,虽然采用《水浒》故事,但是却被赋予了更多的文人味,"雅"与"俗"同时兼有。到了欧阳予倩笔下,潘金莲成了争取婚姻自主、个性解放的叛逆女性的形象,与五四知识女性的追求是一致的,人物不但文人化,而且也具有明显的西化特征。而当代剧作家魏明伦笔下的潘金莲,则成了贾宝玉、安娜、吕莎莎等不同时代、不同人物的审视对象,对她或愤慨,或同情,或赞赏,与当时的拨乱反正、思想解放的时代精神相呼应。因此,从主题学和母题的角度来研究同一主题从民间文学到文人文学,从俗文学到雅文学的演变过程,既可以看到雅俗文学略有不同的文学话语以及不同作家的处理方式和审美心态的独特之处,又可看出不同时代的精神风貌和思想追求,既开拓了文学研究的范围,又更新了审视文学的视角,从而更有利于全面深透地把握和认识复杂的精神现象。

俗文学和雅文学总是相互渗透和影响的,这不仅表现于俗文学的题材常常为雅文学所借用,而且也表现在思想意识上两者也相互渗透。按照马克思主义的观点,统治阶级的思想是占支配地位的思想,其他阶级的思想无不受其支配。鲁迅也说,老百姓"对于乡下的绅士有田三千亩,佩服得不了,每每拿绅士的思想,做自己的思想,绅士们惯吟五言诗,七言诗;因此他们所唱的山歌野曲,大半也是五言或七言"①。这样,占支配地位的思想就自然渗透到民间文学和俗文学中。梁山好汉们本是反抗朝廷、揭竿起义的,但他们的揭竿造反却又浸透着正统思想的"忠义",所以最初刊刻的书名叫做《忠义水浒传》。另一方面,文人也会同情民众疾苦,向民间倾斜,譬如中国的杜诗就是非常典型的。于是,文学史上就产生了这样一种怪现象:文人笔下有民间疾苦的描述,但老百姓却满口帝王将相。鲁迅和他的母亲周老太太审美趣味的差异就很能说明问题。鲁迅是描写下层社会不幸的能手,而老太太却喜欢读才子佳人小说。有人拿着鲁迅的小说《故乡》给周老太太看,老太太却以为这算不得什么文学,因为这些事在她们老家经常发生。值得注意的是,民间文学、俗文学在经过文人过滤整理之后,作品罩上了一件高雅华丽的外衣,带上了浓重的文人色彩,使得通俗文学本身在文人的作用下发生了变异。所谓过滤整理,也就是把民间文学中的粗话变成更为高雅的语言,将老百姓直接流露的情感乃至欲望加以修饰。中国的民歌民谣,多与性有关,但一经文人采集,就成了"乐而不淫,哀而不伤"的"无邪"之作。中国民间的长篇说部,也都经过了文人的加工润色。在这个过程中,删减了什么,增加了什么,变换了什么,修饰了什么,这些都应是比较文学认真研究的对象。

雅文学与俗文学的关系是对立统一的。所谓对立,即雅俗文学的分离;所谓统一,即两者有类似之处。在中国文学史上,诗歌

---

① 鲁迅:《而已集·革命时代的文学》,《鲁迅全集》第 3 卷第 422 页。

和散文是雅文学的重要形式,而小说和戏剧主要是俗文学的文体。在诗歌中,文人们不是伤春就是悲秋,发展到后来则形成了一种审美传统,认为只有忧愁、凄清、伤感的情调才更容易打动人心。"少年不识愁滋味,爱上层楼,爱上层楼,为赋新词强说愁。"宋代词人辛弃疾的这几句词就形象地写出了文人诗歌的这种伤感精神。然而,与此截然不同的是中国民间文学与俗文学中总是洋溢着乐观欢快的情调,表现在小说、戏剧的结构上就是大团圆的结局。按理说,论物质,老百姓要比文人贫穷,但他们却比文人更有精神胜利的法宝。因此,在小说戏剧中虽承载着生离死别的浓重悲哀,但在结尾总是洋溢着欢乐。这样,雅文学与俗文学呈现出了两种不同的审美格调。文人们在借用民间体裁进行创作时,也就对它们进行了创造,把自己的审美理想带进了俗文学中。《红楼梦》一改传统长篇说部的大团圆结尾,而变为林黛玉抑郁而死、宝玉愤而出家的结局,写出了一个大家族"忽喇喇似大厦倾,昏惨惨似灯将尽"的趋势。这实际上是把宋词中文人的伤感精神与凄凉情调带入了兴起于民间而不为正统所看重的话本小说中。

但是,在任何时代,雅文学与通俗文学也都存在着为时代所制约的相似之处。在明代中后期,雅文学出现了"公安""竟陵"的浪漫洪流,主张人的解放,独抒性灵,反对压抑,追求自然,并且出现了"纵情"的《牡丹亭》等作品,而在通俗文学中则出现了"纵欲"的《绣榻野史》、《肉蒲团》等,后者虽然是从雅俗兼备的《金瓶梅》而来,但是更偏于俗。即使在雅俗文学分离最为严重的今天,雅俗之间也仍有着相类似的地方。在当代俗文学"拳头 + 枕头"的创作模式中,写性欲、暴力的作品比比皆是;而在雅文学中也有这种放纵情欲的文化倾向。劳伦斯的《查太莱夫人的情人》只不过是给俗文学的纵欲蒙上了一层充满诗意的美丽的绸纱,米勒的《北回归线》则是以生殖器来作人的代称,电影《巴黎最后的探戈》更是表现了只有通过性的沟通才能确定人的存在的荒诞性。在中国,寻根文学中有些作家寻找到的"根"就是原始的本我,是性,如刘恒的《伏羲伏羲》等。从大处说,人类社会经历了无符号——有符号——超符号——解符号的发展过程,在解符号的当今时代,雅文学与俗文学在反文明这一点上,两者似乎找到了一致之处。

3 雅俗文学在现代

从文学发展的历史看,一种文学体裁发展到鼎盛时期,后代的文学就常常难以超越,如神话之于古希腊、戏剧之于莎士比亚、中国的诗之于唐代、词之于宋代等。后人要想超越既有的文学范式,就必须吸取新的养料。在吸取的指向上,一是向外,一是向下。向外,即对外来文化与文学的"拿来","别求新声于异邦",并将之融于本民族之中。向下,即从民间文学吸取生命力,促进文人文学的发展。这是文学发展的两个基本模式。如果我们把中外文学发展的道路加以比较,就会发现两者在吸取指向上的显著差异:西方文学多是从外来文学中吸取生命力,以发展本民族文学;而中国由于地理、政治、文化等原因,除了和印度文化有所交流外,主要是从民间文学中吸取生命力,从而使文学保持了常新的发展。在一定意义上我们可以说,一部中国文学史几乎有半部是俗文学史。

诗这种文体最早诞生于民间,《诗经》中民歌仍占有很大的比重。《楚辞》是我国第一部文人诗集,但仍与民歌不可分开,《九歌》等篇章更是与楚地民歌密切相关。辞赋经文人加工转化,变为汉代的主要文学样式,但由于文人的过分雕琢,使之一经僵死,便不能再发展。自汉代始,文人们又把注意力转向民间歌谣的五言诗、七言诗,到唐代达到了顶峰。然后文人又从民间拿来词,拿来曲,先后在宋代、元代使之达到鼎盛。小说最早也是产生于"勾栏瓦舍"之中,是老百姓在空闲时间听说唱故事借以娱乐的主要方式,在文人加工过的《水浒传》、《三遂平妖传》等小说中,还保留着很多的民间俚语与说话人的话语方式等俗文学的色彩。到了《红楼梦》,无论是思想情感还是艺术技巧已经很少有俗文学的痕迹,"后事如何,下回分解"成了小说中的阑尾,《红楼梦》成了真正的文人作品,中国的传统小说也达到了它的最高峰。鲁迅曾说:"士大夫是常要夺取民间的东西的,将竹枝词改成文言,将'小家碧玉'作为姨太太,但一沾着他们的手,这东西也就跟着他们灭亡。"①鲁迅的这些话显然有些过头,因为不经文人之手,一种文体不可能被推上发展的顶峰,正如话本小说不经曹雪芹之手产生不出像《红楼梦》这样高雅的文本一样;但这些话却形象地说明了一个道理:俗文学是雅文学的养料与胚胎,雅文学是对俗文学的发展和提高。

在近代,西学东渐,翻译小说的流行,文学从改良到革命,使走向衰败的传统文学在语言、内容、结构等方面都出现了新的变化和生机,尤其是近代商业都市的兴起和现代报刊的兴盛,更促进了小说的繁荣。梁启超创办《小说林》,提倡"小说界革命",他在《论小说与群治之关系》中对从来不登大雅之堂的小说大加赞赏,认为"小说为文学之最上乘",在改变道德、宗教、政治、人心等方面有着不可思议的力量,因而他极力强调小说改良社会、政

---

① 鲁迅:《花边文学·略论梅兰芳及其他(上)》,《鲁迅全集》第 5 卷第 579 页。

治的作用。梁启超的小说理论推动了以"谴责小说"为代表的小说的繁荣,不过从总体上看,这些作品俗文学的痕迹很浓,还没有登上大雅之堂并进而与中国高雅的诗文传统接轨。真正把小说抬进大雅之堂的是以鲁迅为代表的"五四"小说。然而,鲁迅的《狂人日记》、《长明灯》以及其他作家的一些作品以其高深而非通俗性,不能为广大民众所接受。随着文艺大众化运动的发展,就出现了以赵树理为代表的雅俗合流的文学新局面,这个时期的小说注重情节的连贯紧凑,结构的有头有尾,语言的通俗晓畅。但是,随着文艺大众化向通俗文学的回归,"五四"文学的个性精神也在逐渐流失。再后来,无论是高深的雅文学还是易懂的俗文学,统统都被权力话语驱逐。

历史进入新时期后,最初小说也并未有多大的变化,文学还承担着许多文学之外的任务,所以那个时候的小说经常会发生政治上的轰动效应。但20世纪80年代中期寻根文学出现后,雅文学和俗文学开始分野。一方面是地摊文学的畸形繁荣,一方面是雅文学的尴尬处境,刊物转向,订户锐减,书籍滞销。雅文学与俗文学双峰对峙的局面一直延续到现在。譬如作家张炜被人公认为纯文学的代表,他自己也一再表示要坚守住纯文学的最后阵营,可是,我们如果考察一下他的创作轨迹就会发现,从最初的《声音》、《秋天的愤怒》乃至长篇小说《古船》,人们都能读得懂,雅与俗并未分裂,作品中还承载着许多文学之外的东西。但发表于寻根文学之后、通俗文学流行之时的《九月寓言》,则真正走向了与俗文学的分裂。如果说《古船》中还充满着对现代文明的呼唤,那么到《九月寓言》时,反文明的色彩则很浓厚了,他认为"城市是一片被肆意修饰过的野地",人应该与之告别,"融入野地"。当代许多作家在追求纯文学的道路上,正在更加远离大众的话语模式，作品也更加难读了。

雅文学和俗文学的分野，应该看作是当前市场经济发展所必然出现的一种现象。为了更好地说明这一点，我们不妨以西方文学为参照系。在西方，现代作家也分化为两种类型，一类作家以写作为生，以赚钱为目的，大众什么口味他就写什么样的作品，有人称之为"写作机器"。另一类作家有固定职业与收入，不以写作为谋生的手段，专写一些品味较高供文学史专家研究的作品，越是看不惯俗文学，就越是求雅，从而走向了另一个极端。当然也有沟通雅与俗这两个领域的作家，如后现代主义作家小库特·冯尼格，他的作品带有黑色幽默的色彩，平民百姓喜欢读，学者官员也喜欢读。

下一步我们的文学将会如何发展呢？随着经济进一步市场化，雅文学与俗文学的分裂还将继续存在，甚至还会扩大和加剧。一些作家将会更刻意于精品的创作，以供文学史专家的研究；另一些作家也将会更加醉心于利益的追求，满足大众口味的需要。当然，时常也会有些作家耐不住寂寞，出来沟通一下，如贾平凹告别商州而写《废都》。但另一方面，我也不认为这种分裂是一种好现象。文学创造和接受，是一种审美活动，而审美活动是一种反对片面和分化的综合性的活动，是"天地与我并生，而万物与我为一"从而能够恢复人的完满性的一种创造性活动。然而随着人类的发展，连审美本身也异化了。审美活动要超越这种异化，在将来也许会在更高的层次上达到雅与俗的统一。

十　中西文学的未来展望

中西比较文学之所以成为比较文学的热门话题,原因就在于,中国当下的文学创作与批评正受到西方文学的巨大影响,大学课堂上的外国文学史几乎成了西方文学史,甚至阐释中国文学文本及其历史的词汇乃至语法都来自西方。从经济与科技上说,所谓"全球化"在很大意义上就是西方化,尤其是美国化。但是另一方面,每个民族都不愿意放弃其文化个性,尤其是对于有着几千年古老文化的中国而言,弘扬传统文化,不仅仅是来自政府的声音,而且也是来自学界的一种声音。所谓"中华民族的伟大复兴",本身就是要确立中国文化的主体性。那么,在中国未来的文化与文学选择中,应该怎样看待中西文学的遗产? 这,就需要对中西文学的传统与现状进行深刻地比较与反省,对中西文学冲突与交融的经验教训进行系统地总结,从而对中西文学未来的发展做出比较准确的判断。

1　中国文学发展中的西方文学趋向

尽管早在唐代,景教就传入了中国,明末清初的耶稣会士给中国带来的西方文化也曾经使中国人耳目一新,但是这并未影响

115

中国的文学,更不曾对中国文学的发展方向产生任何作用。甚至从鸦片战争到甲午战争之前的长达50年中,尽管西方文学的个别作品被零星地介绍到中国,但是也没有对中国文学造成什么影响,更不曾改变中国文学的发展趋向,因为当时的中国人以为中国打不过西方列强,仅仅是中国在炮舰方面不如西方——中国曾经多次被北方的游牧民族打败,但是这并不表明中国在文化尤其是在文学上不如那些取胜的游牧民族。而甲午战争打破了中国人的这种酣梦,开始在"内圣"方面输入西方文化的血液,此后翻译文学的大量出现与小说地位的提高,以及创作文学中所受西方文学的影响,标志着西方文学在逐渐改变中国文学的方向。而到了"五四"新文化运动,一切"向西看"的时代潮流使得西方文学在表面上完全改变了中国文学的发展方向。

中国世俗文学的重要特色,就是以血缘为纽带以家族为本位的伦理文学。孔子的"比德"说,《毛诗序》所谓先王以诗"经夫妇,成孝敬,厚人伦,美教化",都是要把文学纳入儒家的伦理渠道之内。后来,中国文学的主流果然伦理气息浓重,注重弘扬人性之善,而不像西方文学那样注重真理的探索,以及对人性罪恶的深入透视。中国文学对伦理整体的看重,不但表现在诗歌、散文等文人文学中,也表现在小说、戏曲等民间文学中。如果说诗歌与散文中表现的主要是天伦之乐、亲朋赠答、丧亲之痛等伦理情感,那么在小说与戏曲中,则是以叙事的方式来"经夫妇,成孝敬,厚人伦"。元代以杂剧闻名,元杂剧中则以伦理戏最多。最受民间欢迎的由"说三分"而形成的《三国演义》,也是弘扬了儒家的正统观念与忠义思想。诸葛亮固然是智慧的化身,然而他若不是对蜀汉政权"鞠躬尽瘁,死而后已"的忠贞节操,也就不会那样感动人心。清代数量繁多的才子佳人小说中的才子与佳人,尽管有外出于儒家伦理轨道的个人相亲相悦乃至私订终身,但是最后必得父母的认可乃至皇上的恩赐,于是就又纳入了儒家的伦理渠道之中了。而《歧路灯》简直就是一部伦理教化的小说。只有《红楼梦》,表现了具有与西方小说相似的对个人命运的悲天悯人的关怀。

"五四"文学革命在西方文学高扬个人自由的影响下,批判传统的礼教和家族制度,以正视血泪的人生批判传统的伦理主义,以不受束缚的个人意志主持着自己的自由选择。陈独秀呼唤伦理革命,认为"西洋民族以个人为本位,东洋民族以家族为本位","欲转善因,是在以个人本位主义,易家族本位主义"①。胡适强调"语语须有个我在"②,提倡"易卜生主义",并在《老鸦》一诗中自比讨人嫌不合群的老鸦。周作人倡导"人道主义",但是他给人道主义所下的定义是很独特的,即不是"世间所谓'悲天悯人'或'博施济众'的慈善主义,乃是一种个人主义的人间本位主义",他还将中国古代的小说与戏曲来了一个全盘性的否定(只留了一部《红楼梦》)③。鲁迅以"个人的自大"反对"合群的自大"④,并在"显示了文学革命的实绩"的《狂人日记》中,描绘了一个在西方文化影响下走出传统的家族制度与礼教束缚的自由个人。这个自由的个人与传统的伦理整体中的人因为没有共同的对话基础,而发生了罕见的隔膜与巨大的冲突:一方面,从自由的个人发展的角度看中国传统的伦理整体,狂人发现这不是一

---

① 陈独秀:《东西民族根本思想之差异》,《独秀文存》第28—29页,安徽人民出版社1996年,版次下同。

② 胡适:《致陈独秀》,《胡适文存》第3册第16页,人民文学出版社1998年。

③ 参见周作人:《人的文学》、《思想革命》、《平民文学》三篇文章,《文学运动史料选》第1册,上海教育出版社1979年。

④ 鲁迅:《热风·三十八》,《鲁迅全集》第1卷第311页。

个自由的整体,而是一个人压制人与盘剥人的整体,以此而觉得构成这个伦理整体的"仁义道德"都是"吃人";另一方面,从传统的伦理整体看狂人,就觉得狂人的思想不可理喻而且极端危险,以为他发了疯,他的一切言行都是疯狂而不正常的。于是悖论与冲突就出来了:狂人越是自以为觉醒,就越是被伦理整体中的人看成是越来越疯的人,而众人越是想治狂人的病,狂人就越来越觉得众人想把他拉回到那个吃人的伦理整体,把他给吃了。鲁迅以这种独特的方式,实践了他在《文化偏至论》中"任个人而排众数"的文化策略。从刘半农"当处处不忘有一个'我'",朱自清"要将个人抬在一切的上面,作宇宙的中心",到郭沫若那个气吞山河的"天狗",徐志摩"只知道个人,只认清个人,只信得过个人",正如郁达夫所说的:"五四运动的最大的成功,第一要算'个人'的发见。"①因此,从以礼教为核心的家族制与君主制的传统牢笼中挣脱出来,追求个人独立人格的自由发展,表现自我失落的痛苦,就成为中国新文学的一个重要主题。伴随着这个主题的,还有对于人权、经济自主、恋爱婚姻自由的呼唤,从而造成了一种对于传统思想的强有力的冲击波。尽管这一主题在中国古代如公安派文学和《红楼梦》中就有萌芽,但是将之发扬光大并且成为新文学的主流,却是在西方文学的直接影响下而产生的,因而可以说西方文学改换了中国文学的发展方向,使新文学的发展具有了西方文学的趋势。

在美学风格上,中国传统文学是以和谐为美。就儒家文学而言,是追求情感与理智、悲愁与喜悦、个人与伦理整体、伦理整体与自然的和谐统一;而道家文学则追求物与我、个人与自然、主体

---

① 郁达夫:《中国新文学大系·散文二集·导言》,上海良友图书印刷公司1936年。

与客体的直接合一。无论是偏于儒家的文学还是偏于道家的文学,都排斥矛盾、对立与冲突的破坏性。而西方文学在希腊的酒神精神与日神精神的对立中就显示了感性与理性的冲突,在悲剧与喜剧的分野中又显示了悲愁与喜悦的对立,在基督教传入欧洲以后更凸显了人与自然的对峙。尤其是在近代,人与社会、个体与群体又分离了,以个人向整个社会群体挑战反抗成为近代西方文学的一个重要主题。伴随着这种对立冲突的,还有主体与客体、理想与现实、再现与表现等全面的对立与冲突。

中国新文学反对的正是传统文学的和谐团圆,追求的是反抗挑战与对立冲突的美学风格。鲁迅早在《摩罗诗力说》中就开始以恶魔派诗歌的对立冲突("立意在反抗,指归在动作")批判中国的和谐美学,并认为"平和之破,人道蒸也"。在"五四"时期,鲁迅推崇以个人反抗社会群体的易卜生,与胡适一起批判中国文学的和谐团圆的小说与戏曲,并且将中国人企求和谐团圆与十全十美的心理叫做"十景病"。而鲁迅的《呐喊》、《彷徨》与散文诗《野草》等作品,以其主体与客体、个人与社会、现实与理想的对立冲突,打破了传统美学的和谐理想。《狂人日记》中的狂人与《长明灯》中的疯子以其个人逐渐觉醒的主体性,与整个社会及其众数对立,以至于整个社会将他们看成是意欲剿灭的疯子。《孤独者》中的魏连殳几乎从来不被众数理解,社会将他看成是异类,而他也借助邪恶的力量向社会复仇,甚至死了还冷笑着自己的死尸。鲁迅在小说创作中还不忘记向中国的和谐团圆的美学理想挑战,这尤其表现在《阿Q正传》结尾的《大团圆》一章对大团圆的辛辣的反语讽刺中。可以说,在鲁迅对立冲突的作品面前,传统的和谐美学风格顿然失色。郁达夫的《沉沦》的主人公不但要向日本人复仇,而且"对于中国同学,也同对日本学生一样,起了一种复仇的心",后来与他最亲近的长兄也绝交,并且恶之如蛇蝎,从而变成了一个与群体分离的孤独者。钱锺书小说《围城》中的方鸿渐与鲍小姐、苏小姐、唐小姐先后疏离,与自己的家人疏离,与三闾大学的同事冲突,与刚刚成婚的孙柔嘉冲突,最后成了一个孤独者。路翎的小说《财主底儿女们》中的蒋纯祖,与社会交战,与演剧队发生了激烈的冲突,与自己的恋人万同华也时时处在交战与冲突的状态中。在这些小说中,不但个人与社会群体是处于矛盾冲突中的,主体与客体、理想与现实也处于激烈的对峙状态。尽管在新文学后来的流变中,在借助另一种西方学说消解个人,使之与社会群体合一,并且逐渐也使得理想与现实(从《小二黑结婚》之后的许多作品开始在结尾之处将理想移入现实之中)、再现与表现("双革两结合")等合一,但是在20世纪70年代末开始的新时期文学中,充分表现了西方文学趋向的"五四"文学之幽灵又在中国文坛的上空游荡。

中国自古就是一种家天下,所谓"普天之下,莫非王土;率土之滨,莫非王臣"。从秦汉之后,这种分封的家天下又变成了郡县制的专制统治。中国的民主就是"为民做主",皇帝这个天下人的大家长是天子和人主。与此相适应的是,尽管中国的儒家教化主子有修养爱民众,孟子甚至说出了"民为贵,社稷次之,君为轻"这样的话,但是在上智与下愚、君子与小人之间,儒家基本上是站在上层一面说话的,这就是孔子的"惟上智与下愚不移"、"君子之德风,小人之德草"、"民可使由之,不可使知之",这就是孟子的"劳心者治人,劳力者治于人"。从文化上看,儒家从来没有在人民中普及教育的企图,而读书人以自己有满腹经纶而鄙视愚民的现象倒是不少。与此相联系的是,中国的文学几乎就是"官僚文学",偏于儒家的文学是在朝的文学,偏于道家的文学则是下野的文学,用鲁迅的话说,前者是"廊庙文学",后者是"山林文学"。而在希腊,政治不是一种自上而下的治理民众的统治术,而是一种人人可以参与的城邦的事务,所以民主政治就很发达。如果说希腊的民主是奴隶除外的民主,那么,后起的基督教则是站在下层的立场说话的,耶稣走到那里,跟随的都是一些贫穷的有病的人,耶稣也说他来不是召义人而是召罪人,甚至说富人进神的国比骆驼穿过针眼还难。这是西方民主的文化基础。

从辛亥革命到"五四"运动,对民主的呼唤从政治层面进入到文化层面。可以说,新文化运动作为一场伦理道德的价值革命,正是要为民主政治的真正实现扫清道路,因为从传统伦理整体中走出来的自由个人是民主政治的伦理基础。陈独秀认为"政治界虽经三次革命,而黑暗未尝稍减"的大部分原因,就在于"盘踞吾人精神界根深蒂固之伦理道德文学艺术诸端,莫不黑幕层张"①,因此,他认为"要拥护德先生(民主——引者)又要拥护赛先生,便不得不反对国粹和旧文学"②。作为对在《文学革命论》要推倒"贵族文学"的陈独秀的一种响应,周作人倡导"平民文学",认为"平民的文学正和贵族的文学相反",并且为"平民文学"下了定义③。茅盾作为文学研究会的批评家,在倡导新文学的时候,就强调新文学的民主精神。茅盾认为,新文学"积极的责任是欲把德谟克拉西(民主——引者)充满在文学界,使文学成为社会化,扫除贵族文学的面目,放出平民文学的精神"④。新文

---

① 陈独秀:《文学革命论》,《独秀文存》第95页。
② 陈独秀:《〈新青年〉罪案之答辩书》,《独秀文存》第243页。
③ 周作人:《平民文学》,《文学运动史料选》第1册第114—117页,上海教育出版社1979年。
④ 茅盾:《现在文学家的责任是什么?》,《茅盾文艺杂论集》上册第5页,上海文艺出版社1981年。

学之所以称为新文学,首先就在于在语言形式上全部采用白话文,而白话文的采用与西方文化的民主精神又是一致的。钱玄同在《〈尝试集〉序》中说,新文学之所以要认定白话文为文学的正宗,就是因为"要用质朴的文章,去铲除阶级制度里的野蛮款式"。周作人在《平民文学》中也认为,虽然不能一概而论,但是总体而言,"古文多是贵族的文学,白话多是平民的文学"。当有人将白话文看成鄙俗浅陋、不值一哂的时候,鲁迅将之称为"现在的屠杀者":"四万万中国人嘴里发出来的声音,竟至总共'不值一哂',真是可怜煞人。"①茅盾认为新文学"是为平民的非为一般特殊阶级的人的","唯其是为平民的,所以要有人道主义的精神";"唯其是有普遍性的,所以我们要用语体来做"②。在这种以反对贵族文学、上层文学的风潮中,新文学作家中像郁达夫、王以仁那样叹穷愁者有之,像郭沫若那样在《女神》的序诗中自称是"赤条条的无产者"有之。而文学研究会的创作,更是注重暴露上流社会的堕落与下层社会的痛苦。这正是后来无产阶级文学能够在文坛上扎根,以及文学大众化的民主主义土壤。尽管在文学大众化的时候,通过向传统文化的承担者民众的认同又在某种程度上回归了传统,但是,20世纪中国文学为下层人民大众的民主主义的趋向是很明显的。

中国文化的突出特征是伦理精神与艺术精神,这在某种意义上妨害了科学精神的发扬广大。中国的伦理精神与实用理性结合在一起,不热心乃至排斥对自然的非功用的探索,甚至排斥这种探索所必须的想象力与追求真理的热情,而是把眼光盯在人际

---

① 鲁迅:《热风·五十七"现在的屠杀者"》,《鲁迅全集》第1卷第350页。
② 茅盾:《新旧文学平议之评议》,《茅盾文艺杂论集》上册第12页,上海文艺出版社1981年。

上。中国文化中的理性精神是一种注重实用的伦理理性,而不是科学所需要的分析理性与思辨理性。儒家将美与善紧紧捆绑在一起,从而使得在文学艺术方面也对真理的探索兴趣不大,而是注重陶冶性情,凝聚族类,弘扬善性。而中国文化的艺术精神,则是一种朦胧模糊的思维习惯,不善于对事物做精确的分析,而是以直觉把握事物的特征,尤其是事物的总体特征。克罗齐曾将艺术的本质看成是一种直觉,的确,与逻辑、分析相比,直觉、领悟具有明显的艺术色彩。从这个意义上说,整个中国文化都具有一种广义的艺术特征。只不过与儒家相比,道家更注重朦胧模糊的直觉体悟而已。由此,道家也将中国文化的艺术精神推向了极端,后来中国最美的田园山水意境以及玄妙的诗学大都受道家的影响。与中国文化的伦理精神与艺术精神相比,西方文化的突出特征是宗教精神与科学精神。希腊人就具有追求知识与真理的无限热情,而且他们把对真理的追求与本体世界的超越结合起来。后来希腊的哲学又成为基督教的神学,在相当长的时间里,宗教精神成为科学精神的伙伴,只是后来科学从宗教中脱颖而出,并且具有了颠覆宗教的功能。在以科学为文化特征的西方文化中,分析理性与思辨理性都很发达。在相当长的时间里,西方人把艺术的目的也看成是对知识与真理的追求。从柏拉图以摹仿艺术与真理、理念无缘而否定艺术,亚里士多德以艺术比历史更具有真理性而肯定艺术,一直到黑格尔所谓"美是理念的感性显现",现实主义与自然主义的摹写社会人生,追求真理性与知识性是西方文学的一个重要特征。

在西方文化与文学的影响之下,中国文学从伦理与艺术精神向科学精神的转向是非常明显的。黄遵宪的诗歌比起传统的诗歌来没有什么诗味,但是比起传统诗歌的朦胧模糊来,确实更精确了,他的诗歌中甚至出现了西方科学与政治的音译汉字。与此同时,在梁启超大抬小说这种比诗歌更精确的文体中,也出现了"科学小说"。与戊戌变法前后文艺上出现的科学热相比,"五四"新文化运动更注重引进西方文化的科学精神。1917年1月从胡适《文学改良刍议》开始的文学革命,首先是以白话文向文言文的革命。这种文学形式的革命,也可以说是以精确的科学精神向笼统模糊的伦理与艺术精神的革命。文言文质本简约,没有时态与语态,不加断句标点,在朦胧模糊中显示了灵活多义,适合于直觉感悟,而不适合逻辑分析。可以说,中国的文言文是具有泛艺术精神的中国文化的真正家园,文学革命就是想走出这个家园,走向科学精神的家园。中国现代文化与文学的一个重要的中心词是"追求光明",郭沫若在《女神之再生》中在追求光明,朱自清在《光明》一诗中企求上帝"快给我些光明",艾青追求光明的诗歌更多。而中国传统诗人却并不喜欢"秋霜烈日",而是喜欢朦胧模糊的月夜。以白话文取代文言文的文学革命,正是要从这个"羚羊挂角,无迹可求"的"春江花月夜"中走出来,走向比较严密与精确的适合逻辑分析的阿波罗澄明的白昼。鲁迅就曾经对文言文的笼统模糊进行过分析,他说像"幽婉"、"玲珑"、"蹒跚"、"嗳嗳"等形容词是画不出什么轮廓的,"这形容词,是从旧书上钞来的,向来就并没有弄明白,一经切实的考察,就糟了"[①]。鲁迅的"硬译"尽管并不是成功的翻译,但是鲁迅肯定是有以西文的精密性来改变国人含混模糊的思维习惯之用心的。而经过欧化的白话文,虽然还不像西方语文那样严密与精确,但是比起文言文的朦胧模糊来,显然是向科学精神迈出一大步。从此,以

① 鲁迅:《且介亭杂文二集·人生识字胡涂始》,《鲁迅全集》第6卷第296页。

白话文翻译西方文学,也不用像以桐城古文翻译西方著作的严复那样加注按语了。

当然,文学革命向西方科学精神的靠拢并不仅仅表现在白话文取代文言文上。鲁迅反对文学上的伪饰与欺瞒,他宁肯要恶与丑的文学,也不要在漂亮绸纱包裹着的伪善。在艺术趣味上,鲁迅更钟情于那种能够写出人生惨厉的真实的作品。他将中国传统文学以伦理的目的而掩盖血肉人生的作品称为"瞒和骗",从而呼唤能够写出血泪人生的作品:"中国人向来因为不敢正视人生,只好瞒和骗,由此也生出瞒和骗的文艺来,由这文艺,更令中国人更深地陷入瞒和骗的大泽中,甚而至于已经自己不觉得。世界日日改变,我们的作家取下假面,真诚地,深入地,大胆地看取人生并且写出他的血和肉来的时候早到了;早就应该有一片崭新的文场,早就应该有几个凶猛的闯将!"①鲁迅的小说与散文诗《野草》等作品,就是真诚深入地看取人生并且写出其血与肉的经典之作,以至于一些年轻人因其逼真的惨厉而不能忍受:"展开野草一书便觉冷气逼人,阴森森如入古道,不是苦闷的人生,就是灰暗的命运;不是残忍的杀戮,就是社会的敌意;不是希望的死亡,就是人生的毁灭……"②值得注意的是,为了反对传统文学的主观任意性以及喜欢粉饰的大团圆,从陈独秀、胡适开始,就张扬写实主义,因为写实主义与科学精神非常接近。而鲁迅文学选择的主流尽管不是写实主义的③,但是鲁迅却将颓废主义与现代主

① 鲁迅:《坟·论睁了眼看》,《鲁迅全集》第 1 卷第 240—241 页。

② 钱杏邨:《死去了的阿 Q 时代》,《文学运动史料选》第 2 册第 53 页,上海教育出版社 1979 年。

③ 参见拙著:《走向二十一世纪的鲁迅》第 249—268 页,中国文联出版社 2001 年。

义的阿尔志跋绥夫称做"写实主义"的。茅盾更是张扬写实主义与自然主义不遗余力，并且将之与弘扬科学精神结合起来。作为文学研究会的首席批评家，茅盾强调客观写实，认为"'美''好'是真实（Reality）。真实的价值不因时代而改变"①。茅盾说："文学到现在也成了一种科学，有它研究的对象，便是人生——现代的人生；有它研究的工具，便是诗（Poetry）剧本（Drama）说部（Fiction）。文学者只可以把自身来就文学的范围，不能随自己喜悦来支配文学了。"②左拉当年以作家是实验者，写作是在实验室里工作，并且想发明一种研究情感的试剂来研究人，他的小说明显地受到当时实证科学与遗传学的影响。而茅盾之所以越过现实主义而倡导自然主义，就在于自然主义更真实更具有科学精神。茅盾认为："自然主义者最大的目标是'真'；在他们看来，不真的就不会美，不算善。""若求严格的'真'，必须事事地观察。"而且这种观察与描写"完全用客观的冷静头脑去看，丝毫不掺入主观的心理"。茅盾说："我们的时代已经充满了科学的精神，人人都带点先天的科学迷，对于纯任情感的旧浪漫主义，终究不能满意；而况事实上中国现代小说的弱点，旧浪漫主义未必是对症药。"③。而马克思主义及其文学理论也是作为科学和"科学的文艺论"进入中国的，并且在 20 世纪 20 年代后期逐渐占据了文坛的支配地位。

有趣的是，尽管从陈独秀、胡适到茅盾都倡导写实主义，但是，由于"五四"文学是以个人主义反抗传统伦理整体的文学，这

---

① 茅盾：《小说新潮栏宣言》，《茅盾文艺杂论集》上册第 7 页。
② 茅盾：《文学和人的关系及中国古来对于文学者身份的误认》，《茅盾文艺杂论集》上册第 25 页。
③ 茅盾：《自然主义与中国现代小说》，《茅盾文艺杂论集》上册第 92—98 页。

就使"五四"文学在总体上更接近西方的浪漫主义①。梁实秋当时就认为"五四"文学接近浪漫主义，并且写了《现代中国文学之浪漫的趋势》一文加以批评，后来茅盾在《子夜》中也以《少年维特之烦恼》来象征"五四"，而著名汉学家普实克认为"五四"作家是维特的真正同志。但是，"五四"文学的浪漫主义没有西方浪漫主义浓重的宗教色调，而且也没有西方浪漫主义反科学的特征。西方的浪漫主义源自卢梭，而卢梭在他的名文《论科学和艺术的发展是败坏了风俗还是净化了风俗》以及《论人类不平等的起源和基础》中，就激烈地反对科学而向往一种淳朴的原始主义，这使得在卢梭身后的浪漫主义大部分都具有向往原始自然而反科学的特征。但是，由于"五四"新文化运动向往西方的科学精神，所以无论在追求"爱"和"美"的王统照、冰心的作品中，在浪漫感伤的郁达夫、庐隐的作品中，还是在具有异域与宗教色彩的许地山的浪漫传奇中，都没有反科学的内容。被称为五四文学浪漫主义代表的郭沫若甚至在《女神》中将工厂的黑烟这种西方浪漫主义最为反感的东西，称作"20 世纪的黑牡丹"。由此也可以看出一代中国文人是多么地向往西方的科学精神。在中国文学后来的发展中，也有一种科学至上的倾向，科学就是真理，真理就是科学，否则就是谬误与迷信。甚至在以科学见长的西方，当科学哲学家将关于美丑的美学问题与关于价值的伦理学问题从科学的语言中清除出去的时候，中国的哲学家却在将美学称为"关于美的科学"，将伦理学称为关于价值的科学。于是，一切研究，哪怕是关于人文价值的研究，都被称为"科学研究"。

---

① 详见拙著：《五四文学与中国文学传统》第二章《从文化革命到文学革命》，山东大学出版社 2000 年；拙著：《比较文学与二十世纪中国文学》第二章第三节《新文学摄取外来文学的深层语法》，人民文学出版社 2002 年。

2 西方文学发展中的中国文学趋向

与西方的正常发展相比,中国文化是一种早熟的文化,那么,随着西方文化的逐渐成熟,就会在许多方面向早熟的中国文化靠拢。按照孔德的说法,西方是从神话、宗教走向实证科学,而中国古代神话与宗教就不发达,而是比较务实。西方的科学技术是从"为知识而知识"的纯然真理性的探求走向现代的技术繁荣,而中国古代就非常注重技术……在文化上是如此,在文学批评与创作上也是如此。西方古代的文学批评是将文学看成是一种摹仿,把文学的对象指向客体与世界,并且这种摹仿是以理性与知识性为指归的。但是,从康德之后,西方注重主体情感的批评倾向是非常明显的,并且从表现主义与形式主义两个方面指向主体:前者如克罗齐、柯林武德等人,认为文学就是抒情的直觉、情感的表现;后者如贝尔等认为构成的艺术是形式,而形式上积淀着的却是主体的情感。符号学美学的苏珊·朗格认为文学就是"情感的形式",而且这种情感并非个体的情感,而是一种普遍与抽象的情感。这种美学与中国传统美学将文学看成是情感的表现并且这种情感具有凝聚群体的功能的观点是非常相似的。

在文学创作上,西方古代文学基本上是以史诗为主导,从《伊利亚特》、《奥德赛》到《罗兰之歌》、《尼伯龙根之歌》、《伊戈尔远征记》,几乎每个民族的发轫之初,都是以史诗拉开了文明的帷幕。后来的文学深受史诗的影响,包括西方的现实主义与自然主义小说,无一不受到史诗的影响。人们在比较中西诗歌的时候,一定会注意到,中国多的是短诗,而没有长诗;而西方几乎每个诗人都有大部头的长诗。因为叙述历史、展开情节,当然需要长诗,而情感的逻辑是不可能延续时间很长的,中国诗歌多的是抒情诗,所以就会篇幅短小。西方文学从浪漫主义诗歌开始,也是由叙事转向抒情,所以短小的诗歌也开始多了起来,尽管浪漫主义诗人由于史诗传统的潜在影响以及宗教上的原因,也仍然有大部头的诗歌。正是在西方文学从史诗向抒情诗转折的语境下,庞德(E. Pound)的《中国》、威利(A. Waley)的《汉诗一百七十首》、洛威尔(A. Lowell)的《松花笺》等对中国诗歌的翻译与借鉴,形成了对西方诗歌产生了巨大影响的美国意象派运动。T. S.艾略特甚至称赞庞德为我们的时代发现了中国诗歌。

始自希腊的西方是偏于客观向外的文化,就是运用理性与逻辑对外在的世界进行科学研究,由此也造就了自然科学的异常发达。但是,西方文化从康德开始就已经强调主体性,虽然康德并没有在主体与客体之间有所偏废。然而从叔本华开始,就由客体完全转向了主体,他认为意志是盲目与非理性的,因而对意志的认识不能靠理性而应该靠直觉,所谓哲学也就不是什么逻辑推理的科学,而是一种天才的直觉洞见。如果说叔本华在《作为意志和表象的世界》中,是用理性的方法论证出非理性和直觉的结论,那么尼采真正把哲学当成一种天才的直觉洞见,他的大部分哲学著作简直就是诗歌。胡塞尔的现象学哲学也认为哲学的正确方法不是运用概念进行理性思辨,而是把世界放到括号中进行现象的直观与本质的直观。而在柏格森的哲学中,直觉被赋予了能够洞察一切感性具体与生命活动并准确描绘它们的能力,这是被动向下的理性所绝对做不到的。换句话说,要进入生命之神秘的宫殿,只有靠直觉与领悟,而不能靠什么理性。这种哲学与中国推崇直觉思维的庄子哲学非常相似,从而与中国文化具有一种泛艺术色彩一样,叔本华、尼采、柏格森等人的哲学也具有一种泛艺术色彩。当然,上述哲学家乃至包括海德格尔、萨特等人,强调审美的作用,也与基督教之上帝观念的衰落有关,海德格尔就认为,在上帝隐退的现代,只有诗人还在探索上帝隐退的踪迹,在子夜的冥暗中道出神圣。而中国人在没有上帝的语境中,早就知道审美超越的重要性,"在齐闻韶,三月不知肉味"的孔子深深懂得,而以审美为依归的庄子更加懂得。

西方文化造就了异常发达的科学技术与科学精神,然而由于现代科学技术过于繁盛,侵入了生命的各个领域,于是其负面的作用也就显现无疑了。伦理与审美的领域本来应该是自由的,可是科学也要来侵扰,将活泼自由的生命搞得死板僵化。尤其是当科学理性演化为工具理性的时候,本来应该由人自由驱使的工具却获得了至上的地位,甚至人本身也被工具化了,这种异化现象在现代主义作品中表现得非常充分。从第二次世界大战之后,科学技术的迅猛发展更是让人触目惊心:核武器的出现使人类感受到人制造的武器对整个人类的威胁远远大于小行星与彗星撞击地球,而人类无休止地以先进的科学技术掠夺自然的结果所造成的地球上的温室效应,是对整个人类生存的又一种威胁,克隆技术可以克隆人的前景可能会导致主体生命的贬值乃至伦理价值的严重危机,而且人们在猜想如果电脑可以自我复制而具有主体性之后,人类将要面临的巨大灾难。于是,从卢梭开始,西方一股反科学技术而回归原始自然的思潮就一直在文坛涌动。浪漫主义诗人与作家往往离开科学技术发达的城市,而向往偏僻的山村、原始的森林乃至在野地里流浪的吉普赛人。这种文化倾向在当代西方的生态文学中表现得更加极端,生态文学往往把人置于原始的自然中,在热带丛林,在蛮荒的野地,在青青的珊瑚岛上,过着快活自由并且与大自然合一的生活,用以与邪恶的工业文明及其科学技术对抗。现代的西方生态文学要从过于繁盛的文明回到自然的怀抱中,这与中国文化的天人合一尤其是道家的自然主义是非常吻合的。道家,尤其是庄学,具有浓重的反文明而回归原始自然的倾向。因此,中国的自然文学中具有西方生态文学取之不尽的资源。

西方的基督教文化是一元性的,耶和华说除了他没有别神,耶稣也说过要专心不二地爱上帝,由此而产生了排斥异教、烧杀异端的行为。与此相联系的是,西方传统的文学批评也是一元性的,就是自我认定是绝对的真理。但是随着上帝的死亡,绝对一元的真理失去了终极的依托。于是,解释学与接受美学认为,人是时间中的人,人不可能是可以超越时间的上帝,人的解释也就不可能超越时间与历史,从而就具有了对一个文本可以有多种解释的文化土壤。而中国人从来就不是文化上的一元论绝对主义者,而是认为对世界可以有多种的解释。明末清初来华的传教士就不理解为什么一个中国士大夫可以既信儒教,又信佛道,而这正是不笃信宗教的中国文化的多元特点。在文学批评上,中国人也不认为只能有一种绝对正确的解释,而是认为对于一个文本可以"智者见智,仁者见仁"。在"智者见智,仁者见仁"与解释学和接受美学之间,是有很大的相似性的。

与中国文化与文学的世俗性相比,西方文化与文学的一个突出特征就是宗教性,这一点我们在上文中已经详细地加以比较。但是,这不是说西方文学宗教色彩越浓重就越伟大,若是这样,那么中世纪颂神的赞歌就是最伟大的文学了。恰恰相反,从文艺复兴到现代,与西方现代化相伴的正是世俗性。可以说,一部西方文化史,正是从神性向世俗性转折的历史,从天上转向人间的历史。在上帝观念没落之时,尼采试图以烈风雷雨的审美方式超越生命的短暂,马克思主义试图在彼岸幸福消失之时在现世建立幸福的天国,就连基督教的某些新神学家,也要把人带入幸福快乐的"现世城"。一部西方文化史,也是从灵魂转向肉体、从理性走向感性的历史,基督教本是上帝驱逐魔鬼、灵魂制约肉体、理性蔑视感性的文化,但是中国人现在一旦想到西方,就联想到金钱万能、肉欲横流,由此也可以看出西方文化的变质,变得比世俗性的中国文化更注重现世的享乐。而且,在西方世俗化的过程中,也有中国文化与文学的影响。启蒙运动是西方从天上走到地上的世俗化的一个重要环节,而作为启蒙运动最高领袖的伏尔泰就深受中国文化的影响。伏尔泰朝夕礼拜的不是耶稣,而是孔子。他曾将纪君祥的《赵氏孤儿》改编成《中国孤儿》,并加了一个副标题《孔夫子道德的五幕剧》,将发生在春秋时期知恩报恩、见义勇为的情节,改编成成吉思汗入主中原后孔夫子道德战胜野蛮的故事,以显示对孔夫子和中国文化的敬重。

当然,我们在讨论西方文学的宗教性的时候,曾经对反叛基督教者的基督教文化特征进行过分析,也对现代主义文学的基督教意蕴进行了分析,但是,上帝观念的衰落既不是白璧德也不是T. S. 艾略特凭着论文和诗歌就能够挽救的。以基督教为文化核心的西方文学确实有非常灿烂的过去,但是随着上帝观念的衰落,这种灿烂已成昨日黄花,并且在悲壮而无可奈何地凋零。正如定居美国几十年的夏志清所说的:"目今西方社会已跨进了脱离基督教信仰(Post – Christian)的阶段,大家信赖科学,上教堂做礼拜,对大半人来说,只是积习难改。……天堂、地狱已没有人相信了。曾在文学、绘画、音乐、建筑各种艺术方面充分透露精神之伟大的基督教文化,看样子不可能在下一世纪(即 21 世纪——引者)再有什么光辉的表现了。""比起宗教意识愈来愈薄弱的当代西方文学来,我国反对迷信,强调理性的新文学倒可能是得风气之先。"①现代主义之后有后现代主义,后现代主义之后呢? 这种以"后"字命名的"主义",从历史的角度看,令人有点不留后路的感觉,似乎与施宾格勒的"西方的没落",神学家的"终了论",福山的"历史的终结"一样,给人一种末世的感觉。但是,约翰与耶稣以为很快就来的现世终结而进入末日审判,过了两千年还一点音信也没有,正如海明威说的,太阳照常升起。因此,像庞德那样将文学摄取的视野移向中国,将不会是无意义的,因为中国几千年灿烂的文学正是在不以宗教为重的现世文化土壤上成长起来的。

3　中西文学在更高层次上的融合

我们已经比较了中西文学的共通之处与差异,其共通之处是中西文学能够对话的前提,而其差异则是中西文学融合的基础。没有差异,也就谈不上融合。而且中西文学在更高层次上的融合是在这样的文化语境中发生的:首先,当中国全盘反传统与西化的乐章雄壮地奏响时,正是西方人对自己的文化价值失去信心的时候。施宾格勒、乔伊斯、艾略特等西方文化名人,深切地感受到了西方文化的没落。当一种文化对于自身充满信心并想同化或归化其他文化的时候,是谈不上文化的对话与文学的融合的。而中国文化的危机与西方文化的没落,就为中西文学的交流与融合创造了条件。其次,从中西文化比较的视角来看,中国文化是一种早熟的文化,而西方文化是一种正常发展的文化,西方文化发展到现代的成熟时期,恰好与早熟的中国文化具有许多契合之处。因此,中国文化与文学要从早熟走向真正成熟,要向西方文

---

① 夏志清:《新文学的传统》第44—47页,(台湾)时报文化出版事业有限公司1979年。

化与文学学习;而西方文化与文学也可以吸取早熟的中国文化与文学的经验。从这个意义上讲,中西文学需要坦诚地对话,相互兼容、相互调整,以融合滋生新机。

中国人现在一提到西方,之所以就联想到金钱万能与肉欲横流,就是因为在上帝死亡的语境中恶魔已经出笼,伴随着恶魔出笼的,是哲学上的非理性主义,是文学上的感性至上主义以及形形色色的"为艺术而艺术",是《在路上》这样的后现代主义作品所描绘的吸毒与性放纵等五花八门的肉欲享乐。这种文化倾向如果极端地发展下去,是足以让文明解体的,而制约这种文化倾向极端泛滥的仍然是基督教与传统的习俗。问题是,如果西方人真的不相信上帝与末世的观念了,基督教对这种倾向的约束将会越来越薄弱,而靠传统的习俗也会令人反问:"从来如此,便对么?"如果西方的基督教进一步失去对人的约束力,而走向世俗的文化,那么其道德上的堕落足以让这个文明解体乃至消亡,人类历史上因为道德的堕落而解体的文明是大有前例的。而中国文学尽管是世俗性的,但是却并没有因为没有宗教而失去对感性欲求的约束。中国人向来是将文学纳入伦理整体的兴旺发达之中的,并且以此理性精神制衡感性恶魔的张牙舞爪。即使在"五四"文学的西化浪潮中,这一点也并没有本质的改变。"五四"文学虽然师法西方文学,但是西方文学的基督教内涵并没有被"五四"文学所看重——一方面"五四"文学并没有像西方传统文学那样透视人的深在罪恶,并且在人与上帝的对话中表现一种近乎永恒的人性;另一方面,"五四"文学也没有感受到上帝死后那种无可皈依的荒诞与焦虑。当然,"五四"文学也有苦闷与烦恼,然而那是因为祖国不够强大而任人宰割的焦虑与忧患,所以倡导"个人的自大"的鲁迅认为个人的自由发展能够使中国转为"人国"，郁达夫在《沉沦》中的最后呐喊是让祖国快强大起来。因此，虽然"五四"文学张扬个人的自由，但是张扬个人自由的目的却是家国族类的繁荣富强，这仍然是传统文学将个人纳入整体之中的一种现代表现。从这个意义上说，中国文学应该吸取西方文学透视人生与人性的深度，将文学关怀的胸怀扩大到整个人类；而西方文学则应该在基督教没落的文化语境中，从适合人类生存与发展的整体上以实用理性的态度制衡在上帝死后恶魔的欲望泛滥，从而使中西文学在更高的层次上融合。

在中西文学关于个人与社会的关系上，中国文学过于注重整体，西方文学过于注重个人。无论是文化结构，还是思维方式，中国没有那种注重个人的、元素的、片面的、肢解的传统，而是注重整体，善于模模糊糊把握事物的总体特征。儒家文学的伦理主义，就是把个人纳入家国族类之中。即使是写强盗造反的《水浒传》，也要修成正果而受招安，由此才能成为《忠义水浒传》。而萨特在剧作中所谓的地狱就是别人，在小说中写那个莫名其妙地射杀他人的青年，这使注重整体的中国人难以理解。事实上，过于注重整体，容易压抑个人的自由，窒息个人的创造性；但是，过于注重个人，又容易导致社会的分离，整体力量的消解乃至文明的解体。中西文学在更高层次上的融合，意味着在个人与群体关系上既要尊重个人的自由，又要顾及社群的整体发展。正如马克思在《论犹太人问题》中所说的，只有当人认识到自我的力量并且融入社会力量而不再把社会力量当作政治力量与自己分开的时候，才是真正的人类解放。这个时候，个人的自由与社会整体已不再是对立的，而社会整体也不再是压抑个人自由的外在力量。正如马克思恩格斯在《共产党宣言》中说的，那是这样一个联合体："在那里,每个人的自由发展是一切人的自由发展的条件。"[①]在中西文学的交流中,"五四"文学对西方个人主义的价值推崇备至,易卜生的"世界上最强有力的人就是那最孤独的人"成为一代中国文人的追求,但是,"五四"文学也没有抛弃整体,因为个人自由解放的目的是为了中国能够强大,并且立于世界民族之林。后来马克思主义进入中国,尽管一些人将这种主义看成是不要个人自由的,但是相信马克思主义的鲁迅、胡风等人都将新的整体看成是自由的整体,而不是压抑个人、抹杀个性的整体。

《易传》认为,"一阴一阳之为道"。关于中西文学的阴柔与阳刚,我们已经进行了全面地反省,但是,过于阴柔的文学与过于阳刚的文学都不符合阴阳调和的审美理想。中国偏于儒家的文学将个人纳入伦理整体之中,偏于道家的文学将个人纳入自然之中,都不强调个人的开拓性与主体能动性。譬如,推崇审美并且以审美作为人终极超越的庄子,就让个人完全融入天地自然之中,在空灵的春山、明镜般的秀水、自然的真气中消融了自己的主体,所谓"此中有真意,欲辨已忘言"。而且庄子心目中的自然是和风细雨、明溪疏柳、湖光山色的万祸不作之自然,人只要倾听天籁,融入这种自然中,就达到了"天地与我并生,而万物与我为一"的审美至境了。而同是推崇审美并且以审美作为人终极超越的尼采,就让人居住在维苏威火山的山坡上,把船驶入未经探测的波涛汹涌的大海上,让人在生命的冒险中获取审美的最大愉悦。而尼采心目中的自然就是随时可以把航船打翻的大海,是陡峭欲裂随时可以置人死命的山谷,是奔突运行随时可以把地球上房屋毁坏的地火。所以尼采推崇强力意志、金发野兽与战争。比

---

① 马克思恩格斯:《共产党宣言》,《马克思恩格斯选集》第 1 卷第 273 页,人民出版社 1972 年。

较而言,庄子的被动柔静之美令人太消沉,尼采的主动暴力之美又令人太恐怖。所谓中和之美,应该是在中西文学阴柔与阳刚之美的基础上,调和被动与主动、柔和与强力、空灵与实有、寂静与躁动、和谐与惨厉,使之保持一个中和的度而不至于过分,因为极端的阴柔之美与极端的阳刚之美都不利于人类的生存与发展。在中西文学的融合过程中,鲁迅将斯巴达的尚武精神、拜伦与尼采的强力之美不遗余力地向国人介绍,而林语堂也将中国人"生活的艺术"与道家精神向西方人介绍并且使西方人产生了兴趣,这是一种中西文学交流中的良性循环。因为"取法其上,仅得其中",就师法尼采的鲁迅而言,其反侵略、反战争乃至人道主义情怀,与尼采还是非常不同的。

中国文化一个重要的特点就是务实际、尚功用。尽管孔子精通艺术和审美,对诗与乐都很有研究,这从他论诗的"兴观群怨"中可以看出来,从他"在齐闻《韶》,三月不知肉味"更可以看出来,但是,孔子对于文学的功利主义态度也是很明显的,这从孔子对《诗经》的"绘事后素"式的解释中就可以看得出来。孔子说:"诵诗三百,授之以政,不达;使于四方,不能专对,虽多,亦奚以为?"①因此,从孔子推崇"尽善尽美"开始,《毛诗序》将《诗经》说成是可以"经夫妇,成孝敬,厚人伦",到《说文解字》以"善"释"美",都将美说成是善。于是,善就成了美的本质,成为中国文学的实质性内容。而在西方,从希腊开始就非常重视文学的认知功能与真理价值。如果没有真理价值,那么宁可没有文学,柏拉图就是从这个立场否定摹仿艺术的,而亚里士多德认为文学具有认知与真理的价值而肯定了文学,认为写诗比写历史更富有哲学

---

① 《论语·子路》。

意味。文艺复兴时期的达芬奇与瓦尔齐甚至认为诗歌与哲学、逻辑学是一回事，莎士比亚则认为戏剧是人生的一面镜子。如果说在古典时代西方文学的真与美还能够彼此相容，那么近代以后，真与美发生了激烈的冲突，真的往往不是美的，而是丑的，可是追求真理的西方文学宁肯不要美也要真，这就使艺术中丑怪的因素越来越多，以至于使美学变成了丑学。中国至今为了社会整体的安定而对于真实有一定的限制，所以中国从五四文学开始的追求真理、直面人生、正视现实的新文学传统还值得进一步发扬光大。而在西方，核武器、克隆技术等由追求真理的科学而派生出来的技术成果已经使人类感到非常的不安，这个时候若是一点功利主义不讲，对于整个人类社会都是灾难。因此，中西文学在更高层次上的融合也是真与善的融合，是追求真理与讲求功用的辩证统一，从而使真、善、美真正地光照全球。

西方文学是一种分化与分裂的文学，一方面，西方文化以科学分析为重，崇尚先进的工具与技术，一方面是文学对这种文明的对抗与反叛。尤其是当代流行的生态文学，几乎完全是祖述了卢梭反文明而回归自然的文学传统，而且生态文学还有一个词汇，就是"反人类中心"。中国文化向来就崇尚自然，其自然文学是可以与西方的浪漫文学与生态文学认同的；但是与西方的浪漫文学与生态文学相比，中国的自然文学却没有那么激烈的对抗性与反叛性。偏于儒家的自然文学是在文明中崇尚自然，偏于道家的自然文学虽然外在于文明，但是却将主体完全与自然合一，从而消融了人的主体性，这种文学对于文明没有一点破坏性。事实上，像西方当代的生态文学那样从反文明到反人类中心，仅仅是工具理性与技术统治过盛的一种反动，从而对于工具化的现代人的心理有一种平衡作用，在任何社会都不可能实行，否则人将与野兽无异。而中国文学在文明中容纳自然的天人合一，倒是可以在文明社会中实现的。因此，中西文学在更高层次上的融合，应该是既延续高度发达的文明，又在把握自然规律的基础上顺乎天地自然。

当然，中西文学在更高层次的融合并不仅仅限于上述几个方面。譬如，在悲剧的审美与喜剧的审美心理方面，尽管中西文学都崇尚悲剧心理，但是相比之下，西方文学具有更沉郁悲愤的精神，中国文学则在"否极泰来"的观念中具有更多的乐观精神。因而中西文学在更高层次上的融合，也应该包括中西文学悲剧心理与喜剧心理的中和。再如，中国文化"述而不作"的发展模式，表现在文学上，就是崇尚典范，缺乏创新精神，而西方的诗学与文学则在批判与否定的发展中向前奔突。虽然中国文化的连续性与稳定性适合于传承与保存文化，但是文学的创新精神明显不如西方文学；而西方文学虽然善于"日新，又日新"，但是却因为跳跃性的发展而容易中断。因此，中西文学在更高层次上的融合也应该既具有文学的创新精神，又具有文学发展的连续性。事实上，在中西文学的交流中，这种融合正在进行。中国的五四文学就输入了西方的悲剧观念以批判中国传统的大团圆，也输入了西方的批判与否定精神以反省平和静止的中国文学。中西文学在更高层次上的融合，必将给世界缔造一种中西合璧的真正的新文学，从而为歌德所理想的"世界文学"的出现创造条件。

中西比较诗学新论

西方的文学理论擅长建构体系，因而中西比较诗学的体系性著述也就比较多。与上编追求系统性的比较架构不同，中编只想在中西诗学的长河中冲浪：笔者不敢奢望尼采式的从山峰到山峰，但至少可以以此为追求。

一　对 20 世纪文学批评中盲目
　　西化现象的反思

　　站在新世纪的开端,植根于中国现实的文化需求,对 20 世纪中国文学批评与研究的经验和教训进行反思,应该是富有继往开来之人文传统的中国知识分子的使命。20 世纪中国文学批评的成绩是斐然的,有目共睹的。在几乎直观感悟了两千多年之后,中国的文学批评终于从西方的文学批评中吸取了科学实证与分析的研究方法,使阿波罗理性的光芒照亮了中国文学批评那朦胧模糊的春江花月夜。这种变动是全方位的。在文学史的研究中,那种附着于历史或者从作品的选本来感悟文学的发展与变迁的传统,被各种专门的文学史与文体史著作取代了——不仅有了中国学者自己撰写的中国文学史,而且有了小说史、诗歌史等文体史。在文学理论领域,那种语录、格言、书信、诗话、词话、小说评点甚至是以诗论文的传统,被一种从体系出发的文学理论著作取代了。在文学欣赏中,对文本的感悟被各种分析性的批评理论与美学理论取代了。20 世纪的中国文学批评在理论引进上取得了很大的成就,而且我们也需要继续引进包括西方在内的世界各国的文学批评的最新成果,来丰富中国的文学理论建构。可以说,20 世纪中国文学批评的理论创新与西化是紧密联系在一起的。

不过。问题也就出在这里:20世纪中国文学批评的经验教训也往往是由盲目西化所带来的。为了21世纪中国的文学批评能够健康发展,我们将从比较文学的角度对20世纪中国文学批评中存在的盲目西化的经验教训进行反思。

1 唯西是趋与生搬硬套

从魏源的《海国图志》到"五四"新文化运动,中国的进步总是与向西方学习相联系的。如果说在甲午战争之前,向西方学习主要还停留在儒家之所谓"外王"的层面,那么在甲午战争之后,文学与文化的西化步伐也在加快,并且向"内圣"方向渗透,"五四"新文化运动可以说是从"内圣"到"外王"的彻底西化。这种一浪高过一浪的向西方学习的大潮,固然使古老的中国焕发了生机,但同时也带来了一种"唯西是趋,唯新是趋"的文化倾向与赶时髦的批评策略。

20世纪的中国文学批评虽然在向西方取法的过程中取得了巨大的成就,但是"唯西是趋,唯新是趋"的文化态势,使得中国研究文学的学者很难从容地建构一种批评理论,而往往是用新学到的西方文学观,去否定先前学到的或者已经被别人引入中国的西方文学观。且不说创造社的批评家成仿吾很快转向,就是较有稳定性的鲁迅,从留学日本时期的浪漫主义兼具现代主义色彩的文学批评,到"五四"时期现代主义兼具现实主义色彩的批评,转向后期现实主义的批评,变化也是很明显的。这与文化批评中鲁迅留学日本时期的偏重张扬个性,"五四"时期偏重于捣毁"铁屋子",到后期对于个性与整体以及"铁屋子"取一种辩证的态度,也是一致的。有趣的是,那些守旧保古的文化与文学倾向,也要在西方的话语中找到自己的依据,才可能在学坛与文坛上发生影响。譬如梁漱溟以中国文化为能够领导世界新潮流的文化，就大量地引用了伯格森、罗素、克鲁泡特金、倭铿、尼采、詹姆士等人理论为自己的武器；梁实秋要张扬古典主义文学批评并且弘扬孔子的思想，背后也有白璧德、亚里士多德等人撑腰。于是，"五四"刚刚建立了一种文学传统，很快就被"革命文学"的理论家扬弃了。新时期文学刚刚在接续五四文学的传统，就又被"后新时期"的后现代主义与解构主义给否定了。在 20 世纪中国的文学创作中，很少作家能够将自己的文学追求贯彻到底；在 20 世纪中国的文学批评中，很少论者有一个前后一致的评估标准。文坛上真是"乱烘烘、你方唱罢我登场"。尤其是在 20 世纪 90 年代的中国文学批评中，当作为西方最新思潮引进的解构主义批评将一切价值——主要是启蒙主义、个性主义与人道主义的价值统统颠覆之后，金钱与权力却可以在价值的荒原上开怀大笑，学术腐败也可以在没有任何价值可依的真空中目空一切。而较新兴起的后殖民主义在西方作为一种反对文化霸权主义的批评，却被中国的一些文学理论家解释成可以因循守旧与发扬国光的理论。我想，正是从这个角度，林毓生教授才提出了"比慢"的命题，即不是去"唯新是趋"地比快，而是追求实质性的进步。因此，在 21 世纪中国的文学批评中，我们应该吸取这种唯西是趋与唯新是趋的经验教训，在浏览西方以及世界各国文学批评最新思潮的时候，应该植根于中国现实社会的价值需求，追求文学批评与文学研究的实质性进步。

五四文学革命之后，西方的文学研究术语与批评概念快速地涌入中国。西方文学研究新概念的引进，是对中国印象感悟式的文学批评传统一种巨大的冲击，并且也取得了不俗的成绩。但是，中西文化几乎是在互不相关、自成系统的状态下发展起来的，因而在一种文化中形成的概念,到另一种文化中未必能够找到对应的词汇。英文中的 humour,林语堂将之译成"幽默",还自以为得计,但是深知中国文化的鲁迅以为并不恰切,当日本人编《世界幽默全集》并委托鲁迅编选中国的幽默作品时,鲁迅在给增田涉的回信中就表示中国的幽默是个难题,也许书店老板迷信西方概念能够包罗世界上的一切,才想出版这种书;中国的笑话在鲁迅看来与西方的幽默也不是一个概念。反过来说,由于中国文化的整体性与模糊性,中国的一些概念就更难翻译成西方的词汇。西方主宰意义上的天(god,heaven)与自然意义上的天(sky,nature)是分裂的,而在中文中都统一在"天"这一概念中,因此"天"在一些表示整体性的上下文中是无法翻译成英文的。又如,由于中国文化感性与理性的合一,"心"这一概念也无法译成英文,译成 heart 太偏重肉体,译成 mind 又太智性化。至于中国文学的一些概念,如"气"、"气韵"、"神韵"等,都无法译成英文。甚至一些文体,也无法找到对应的文体来翻译,譬如"赋",译成英文只能是汉语拼音的"fu"。所以,当中国的文学概念翻译成外文时出现令人哭笑不得的直译或音译,也就毫不奇怪。譬如,"文心雕龙"译成俄文变成"文学思想和雕刻的龙",在《文心雕龙》的一个英文译本中,"风骨"被施友忠译成 the wind and the bone(风和骨头)……

但是,20 世纪中国一些文学批评家,却不顾中西语言文化的巨大差异,硬是将西方的文学批评概念往中国的文学现象上贴,随意比附,生搬硬套。西方文学从希腊的史诗、悲剧到文艺复兴后的巴罗克、新古典主义、浪漫主义、现实主义、现代主义、后现代主义,几乎没有什么重复的主义,可是为什么西方一个阶段形成的文学"主义",譬如现实主义和浪漫主义,可以解释中国几千年的文学现象？与西方文学从《荷马史诗》开始到现实主义、自然主义的史诗传统不同，中国文学从《诗经》开始，形成的是一种抒情诗传统，《毛诗序》论诗的时候也是从抒情与表现的角度立论的，认为诗歌是"言志"的，是"情动于中而形于言"的结果；但是我们的一些文学批评家却硬是将《诗经》与杜诗说成是现实主义的，而且这种说法在迄今出版的《中国文学史》著作中不仅没有得到应有的清算，而且还在继续被运用。这种生搬硬套、随意比附在 20 世纪的中国文学批评中并不是一种偶然的现象，而是屡见不鲜。譬如，将中国的戏曲（类似于西方歌剧但又有巨大的差异）与西方的话剧相提并论已经应该很谨慎了，可是一些批评家还觉得不过瘾，非要根据西方的分类标准在中国戏曲中分出类似西方古典戏剧的悲剧与喜剧两种类型不可，而且还搞了所谓的《中国十大悲剧选》与《中国十大喜剧选》，仿佛西方若有"喜诗"与"悲诗"的概念，就一定要在中国诗歌中分出喜诗与悲诗来，而这就是文学研究似的。按照这种逻辑，杜甫的《春望》是"悲诗"，《闻官军收河南河北》是"喜诗"……为什么还没有这样分类呢，因为西方文学批评中尚未出现这样的概念。因此，20 世纪从西方引进的某些文学概念，对中国文学尤其是对古代文学的狂轰滥炸，在 21 世纪的中国文学批评中是应该废止了。21 世纪中国的文学批评要从中西文化巨大差异的角度，对这种随意比附、生搬硬套的一大堆概念进行清理，在中西文化相互对话与相互阐释的比较研究基础上，使中西文学的概念真正得以沟通。

在 20 世纪中国文学批评的盲目西化中，有一个更危险的文化倾向，就是以西方的某一种批评理论，一统中国文学批评的江山，使得文学研究中一花独放，百花凋零，正所谓"我花开后百花杀"。中国传统的文学理论虽然是朦胧模糊的，然而却是整体性的,而西方的文学理论虽然是精确性与分析性的,却往往是肢解整体经验的,而且是单向度与片面性的。所以,最可怕的是以整体性的思维框架,将西方一时一地产生的片面性的批评理论,以绝对权威的方式在中国加以推广。譬如我们在 20 世纪一个相当长的历史阶段,就曾以现实主义作为评价标准,符合这个标准的文学就是好的有价值的文学,不符合这个标准的就是坏的无价值的文学。以至于在相当一个时期,郭沫若硬把自己早期的创作说成是现实主义的,而不敢承认自己的《女神》是浪漫主义的,王国维从意志解脱的角度对《红楼梦》的解读再也无人注意,因为《红楼梦》已经被说成是"中国封建社会的一面镜子"。甚至西方早于现实主义的古典主义、浪漫主义,晚于现实主义的现代主义,与现实主义差不多同时期的自然主义,都遭到了不应有的贬低。而不被贬低的,据说作品中也有现实主义的成分。他们没有注意到,现实主义文学中照样有平庸之作,而其他主义中也有不朽巨著。就是这样,整个文学批评被一步步逼进了死胡同。

2 对新世纪中国文学研究的展望

新时期以后,文学批评结束了将西方一时一地产生的批评方法一统文坛的做法,又恢复了多元共存的局面。西方更多的批评流派被介绍到了中国,一时令人眼花缭乱,目不暇接。但是,中国的文学批评要真正得以健康发展,并且在 21 世纪对整个世界的文学批评有较大的影响,就不应该仅仅是西方文学研究方法与批评流派之火花的燃放地,而应该有自己独特的贡献。笔者经过反复思考后认为,要想做到这一点,除了将中国古代那种充满生命活力而不肢解感性经验从而具有诗性和完满性的诗学遗产翻译到世界上之外,还有两条道路值得我们走一走,试一试。

首先，中国已经走出了封闭状态，正在走向世界，走进世界。作为一个自立于世界民族之林的文明古国，一个在经济上起飞的东方大国，应该在文化上具有自己的主体性，并有能力在西方诸种文学研究方法与批评"主义"中完善某种方法，深化某种主义，或者在西方诸种文学研究方法与批评"主义"之外，贡献出一些新方法与新"主义"。俄罗斯虽然可以看做西方基督教文化的一个东正教分支，但却是与我们非常相近的一个分支，它的跨欧亚的地理位置以及与东方文化上的相似性，几乎可以说是东方眼里的西方、西方眼里的东方。但是，在 20 世纪的文学批评中，俄苏给世界贡献了俄国形式主义、苏联符号学、巴赫金的复调理论和文化诗学。那么，在 21 世纪，我们为什么就没有能力给世界贡献一些方法与"主义"呢？这种贡献肯定要夹杂进一些东方色彩，但这不是更富有独特的理论魅力吗？

其次，利用中国整体性的思维优势，对西方片面性与分析性的批评流派进行更高层次上的综合。在 20 世纪西方的文学批评中，除了对 19 世纪文学批评的实证研究与作家传记研究有所冷落之外，可以说是精彩纷呈，应有尽有，但是其缺憾也是一目了然的——往往执着于一端而不计其余。形式主义批评只着眼于文学之为文学的科学规定性，现象学批评、新批评与符号学批评，虽然差异甚大，但都执着于文本的细读，结构主义批评只执着于在文学现象中寻找恒定的语法规则，精神分析批评只执着于研究文本与作家的心理内涵，传统的传记学批评只执着于研究文本与作者的关系，接受美学与读者反应批评只执着于研究文本与读者的关系，神话原型批评则执着于研究文学的原型以及文学的由来……那么，我们为什么不利用中国固有的整体性思维框架，将西方各种批评在整体性的大框架里各就其位，进行一次更高层次上的综合呢？系统论和结构主义都告诉我们，整体大于各部分相加之和，对各种片面的批评流派的成功的更高层次上的综合，是否会产生文学研究中的达尔文呢？

二　从中西文化比较看形式
　　主义批评

　　我们的"质料"和"形式"等概念，是借用亚里士多德的，因而我们就先从西方文化论起，从亚里士多德论起。亚里士多德从对事物的认识出发，认为一件"东西"必定是有界限的，而界限便构成了它的形式。譬如，泥土尚未从大地上分离出来而被烧成盆盆罐罐、砖砖瓦瓦之前，泥土就不成其为一件东西；只有当它被烧成了盆盆罐罐、砖砖瓦瓦，那么，它作为"质料"才被赋予了"形式"，而成了区别于其他东西的一件特定的东西，一个特定的盆，一个特定的罐，一块特定的砖，一片特定的瓦……因此，亚里士多德认为，事物有了形式才会获得现实性，否则，质料只不过是一种潜能。形式是主动的富有目的性的，它把统一性、规定性赋予被动的消极的质料。正是凭借形式，质料才能成为某种确定的东西。"用亚里士多德的例子，如果一个人制造了一个铜球，那么铜便是质料，球状便是形式；以平静的海为例，水便是质料，平静便是形式。"① 亚里士多德正是从对事物"寻根究底"非知其所以然不可的角度出

_____

① 罗素:《西方哲学史》上册第 215 页,商务印书馆 1982 年。

发，贬质料而推崇形式，认为某种东西的形式是某件东西的本质及其原始实质，而"本质"正是规定特定事物之为特定事物的确定性、界限性。因此，在亚里士多德看来，随着形式的愈来愈多和质料的愈来愈少，事物也就会逐渐变得愈来愈具有现实性，因而也就愈来愈可知。亚里士多德进一步指出了形式的先验性，即人们在烧砖瓦的时候，砖瓦的形式和质料都已存在，人们并不制造砖瓦的形式，正如人们不制造土一样，人们的工作不过是使形式赋予质料而成为砖瓦。因此，有许多永恒的事物是没有质料而只有纯形式的。这样，亚里士多德对"形式"的推崇，就使他把"形式"上升为"神"。神是纯粹思想而没有变化的纯形式，人的思想灵魂与此近似。正如策勒尔在《亚里士多德》一书中所说："'形式'之于他（亚里士多德），正如'理念'之于柏拉图一样，其本身就具有一种形而上的存在，它在规定着一切个别的事物。"

亚里士多德注重形式的文化传统，在20世纪的西方不但没有凋零，反而在现代形式主义、结构主义、符号学等学派中，结出了丰硕的果实。形式主义学派在论及诗歌的时候指出，既然无论什么东西都可以入诗，那么，诗歌之为诗歌的本质，就不在于诗歌所选取的题材，所表现的主题，而在于诗歌的语言形式方面，就是使这些题材成为特定的作品的形式。因此，语言、节奏、韵脚、格律等，就不只是表达思想的工具，而是实实在在的、独立自足的实体和本质；因为正是诗歌"陌生化"的技巧如艺术语言、节奏、韵脚、格律等，才使得某种题材、意义得以现实地呈现出来。所以，归根到底，诗歌就是使诗歌成为诗歌的形式。形式主义学派在论及叙事作品的时候，也不关心作品所取的题材，所讲的故事，而是注重使题材、故事

"陌生化"而成为作品的独特的形式。因此"形式主义学派感到他们最关心的是文学的结构；对文学特有的本质的辨认、分离和客观描述以及在文学作品中使用某些'音位的'技法，而不是关注作品的'语音'内容、作品的'信息'、'来源'、'历史'，或者作品的社会学、传记学、心理学的方面"[①]。正如雅各布森在《最近的俄罗斯诗歌》中所归结的："文学研究的对象不是笼统的文学，而是文学性，这就是使一部作品成其为文学作品的东西。"因为只有凭借这一点，才能使文学研究具有科学的分界线，而不至于"滑进别的有关学科——哲学史、文化史、心理学史，等等"。形式主义这种必欲知其所以然的文化精神，所承袭的正是亚里士多德以形式来使模糊的事物变得明晰可知、确定而有界限的科学传统。而结构主义则企图在语言学、文艺学、人类学等各个领域，探究人类思维的恒定结构。列维—斯特劳斯的神话学研究，就不想对神话现象加以宗教的、哲学的、历史学的、社会学的解释；而是想在神话的排列比较中，找出它们功能上类似的关系，从而探究隐含在神话现象之下的深层结构。人们一旦把握了这个深层结构，熟知了抽象的文法规则和语言形式，就可以读懂一切神话。然而，这种"寻根究底"最终也不可避免地像亚里士多德那样追究出一个类似于神的先验形式或先验结构来。当列维—斯特劳斯说"游戏像科学一样借助一个结构来产生事物"[②]，乃至"神话借人来思维而不为人所知"；福柯宣称一旦认识找到新形式，人立刻就会消失……人们就不难看到，这个所谓的"深层结构"往往就成了外在于人的深藏的"上帝"。

与此相反，中国文化看重的不是形式，而是质料。比较而言，

---

① 特伦斯·霍克斯：《结构主义和符号学》，第60页。

② 列维—斯特劳斯：《野性的思维》第42页，商务印书馆1987年。

在中国文化内部,儒家是比较看重形式的。但是,儒家所看重的
"形式",与亚里士多德与形式主义批评所推崇的使此物成为此
物的"形式",却有着根本的区别。孔子说:"质胜文则野,文胜质
则史。文质彬彬,然后君子。"①也就是说,要做一个"君子",既要
有内在的高尚品德,又要有礼仪装饰。孔子赞美尧:"焕乎!其有
文章",这里的"文章"指的是装饰生活的感性物质形态的文饰和
文采。孔子赞美禹"恶衣服而致美乎黻冕"②,也就是推崇禹讲究
礼仪之美。所以,在孔子那里,"质"是"仁义道德","文"是"礼
仪"之类的东西;"质"是内在的修养,"文"是外表的装饰;"质"
是"情"而"文"是"面",二者结合而为"情面"。后世儒家基本遵
循孔子的"质""文"观,虽然以"质"与"文"和合为理想,但在
"质"与"文"之间,又认为"质"是根本的东西。董仲舒在《春秋
繁露·玉杯》中说:"志为质,物为文","先质而后文,右志而左
物"。扬雄在《法言·重黎》中说:"威仪文辞,表也;德行忠信,里
也。"并在《太玄经·首》中说:"无质先文,失贞也。"这种"质"
"文"观,表现在文学批评上,即以"质"为"道"、为内容、为现实
生活;以"文"为文辞、为格律、为韵脚等,从而把"质"看成是货
物,把"文"看成是车子,讲究"文以明道"、"文以载道"。很显
然,货物比车子更重要,"道"比"文"更根本。六朝时虽然出现了
注重文辞、格律的形式主义倾向,但立刻遭到了唐人的唾弃,陈子
昂在《与东方左史虬修竹篇》中说:"文章道弊五百年矣。汉魏风
骨,晋宋莫传……观齐梁间诗,彩丽竞繁,而兴寄都绝,每以永
叹。"白居易在《与元九书》中说:"至于梁陈间,率不过嘲风雪、弄
花草而已。"因而提倡"文章合为时而著,歌诗合为事而作"。

---

① 《论语·雍也》。
② 《论语·泰伯》。

　　儒家所标榜的"文"、"质"以及由此而用西方的概念比附出来的"形式"（"文"）、"内容"（"质"），与亚里士多德"形式"、"质料"的根本不同，在于儒家是从伦理学的角度出发的，其目的在于让人做一个把品德高尚与仪表堂堂合而为一的"君子"；而亚里士多德则是从认知的角度出发的，其目的在于划清此物与彼物的界限，以便使世界更明晰地呈现在人的面前。儒家的"文"也有"分"的意味，然而这也不是像亚里士多德那样出于认知的"分"，而是处于做人的"分"，就是让不同等级的人穿不同的衣服，戴不同的冠冕，乘不同的车马等等。注重"文"的直接后果，就是塑造了中国人爱面子，讲情面，从服色等物上来分人的等级，甚至故意奢侈以自显其等级之高。当然，儒家重"质"而轻"文"，从儒家"质""文"概念的特定意义来看，也是合情合理的，否则，在伦理上，人们就不管甚么内在的道德修养而只顾装饰打扮了；在艺术上，人们也就不管甚么情理内涵而只顾雕饰文采了。因此，中国文学批评所讲究的"文"，与俄国形式主义所讲究的"形式"，便绝不是一回事。形式主义批评讲求形式，是究明诗歌之为诗歌、文学之为文学的特质，正如莱辛的《拉奥孔》的目的就在于划清诗与画的界限；而中国文学批评所讲的"文"，往往是堆砌华丽的词藻以显其"文采"，而不是为了划清此物与彼物的界限；相反，中国文学批评往往以抹煞这种界限为快事，于是而有"六经皆史"、文史不分家以及"诗中有画"、"画中有诗"之说。

　　如果说儒家还讲"文"，推崇繁文缛节，那么，道家连这一点也否定了，而专注于"质"。正如老子所说的，"圣人为腹不为目"，就是让人吃饱肚子就行了，而不要为外在的美音与美色所扰乱。因此，与亚里士多德以形式的规定性而让事物变得愈来愈可知截然相反，老子使此物与彼物的界限非常灵活地转化，根本就不需要什么条件;庄子则要打碎一切事物的规定性,泯灭一切事物之间的界限,从而使一切归于混沌。道家的自然主义,就是不要任何形式的"质料主义",就是"天地与我并生,而万物与我为一"。庄子关于混沌的"幽默"故事,意在反对一切辨明此物与彼物之界限的分化,所以庄子梦见蝴蝶之后,就分不清自己是庄周还是蝴蝶。道家对中国的文学批评影响甚大,因此,中国的文学批评与形式主义批评注重科学性截然相反,而是一种朦胧、模糊、感悟的印象式批评。甚么"妙在有意无意之间","言有尽而意无穷","不著一字,尽得风流",总之,是"羚羊挂角",让人"无迹可求"。如果用现代的语言来说,亚里士多德与俄国形式主义是一种科学企图,是想分清此物与彼物的界限,就文学批评而言是想使文学研究具有科学的规定性;而庄子则是一种审美的企图,是将一切事物合一的完满状态。

随着对外开放和西方文学批评的再度涌入,形式主义批评也渐为中国的批评界所看重,而不遗余力地鼓噪形式主义批评的,要数李劼了(李劼曾在《上海文学》发表《我的理论转折》,说他是由"人学"批评转向"形式主义"批评的)。倡导形式主义批评,把文学语言作为作品的本体研究,在富有印象主义批评传统(吴亮等至今承袭这一传统)的中国,确实具有重大意义。但是,李劼的形式主义批评并没有顾及中西文化的分野,把中国传统的质文观与西方的质料与形式混同了。试看《黄河》上李劼的文章,他以形式主义批评纵论现当代文学,与胡适以白话文为审美价值尺度衡量古今文学差不多。有趣的是,胡适又恰为李劼所推崇。假如白话文真像李劼所论述的是一把万能钥匙,就无法解释为什么许多古典小说是用白话写成的,而第一篇现代意义上的小说是用文言文写成的《怀旧》(对此捷克学者普实克有专论,认为《怀旧》是中国现代文学的先声），第一篇具有现代意识的论文是文言文写成的《文化偏至论》，第一部现代式的翻译小说集是文言文写成的《域外小说集》。形式主义批评是深究文学之为文学的特质，或者寻找隐含在作品中的语法规则（如普洛普的童话研究），以便使文学批评成为一门明晰性愈来愈大的科学；但是，李劼的形式主义与中国重"文"的传统相结合，却导致了"形式主义的谬误"。因此，只有从中西文化比较的角度对形式主义批评寻根究底，把批评的武器搞清楚了，然后做点甘于寂寞的踏踏实实的工作，形式主义批评才可能在中国开花结果。

三　德里达：将西方文化的批判性推向巅峰的哲人

　　被称为"解构主义之父"的德里达逝世了，这位曾在三年前到北京、南京与上海讲学的法国哲学大师对中国文化似乎很有好感，尤其是中国文言文的表意书写方式，被他认为是与源自希腊的西方语音中心主义不同的文化，而语音中心主义与逻各斯中心主义正是这位解构大师颠覆的对象。德里达说："逻各斯中心主义是人种中心主义的形而上学。它与西方历史相关联。当莱布尼兹为传授普遍文字论而谈到逻各斯中心主义时，中文模式反而明显地打破了逻各斯中心主义。"①特别是在美国绕过联合国攻打伊拉克之后，德里达与哈贝马斯等欧洲知识分子联名发表公开信，要求复兴欧洲以制衡美国的全球霸权，这在有着反对霸权主义传统的中国人民心中无疑留下了很好的印象。但是从中西文化比较的角度看，德里达与中国传统文化仍然是格格不入的，换句话说，中国文化中缺乏的就是德里达哲学的批判性与颠覆性。

　　屠格涅夫曾经将堂吉诃德精神与哈姆莱特精神看成是西方文学所表现的两种精神，堂吉诃德精神是一种执着追求的精神，

---

　　①　雅克·德里达：《论文字学》第 115 页，上海译文出版社 1999 年，版次下同。

乃至不惜为自己的追求目标献身殉道;而哈姆莱特精神则是不断怀疑与不断批判的精神。哈姆莱特否定性的批判精神,在歌德《浮士德》中的梅非斯托费勒斯、拜伦《该隐》中的罗锡福、陀思妥耶夫斯基《卡拉马佐夫兄弟》中的伊凡等恶魔性的形象身上得到了更为充分的表现。而在哲学上,从亚里士多德喊出"吾爱吾师而尤爱真理"开始,就拉开了"乱烘烘你方唱罢我登场"的不断批判前人的帷幕。德里达是将西方文化的批判精神与颠覆精神推向巅峰的人,如果说结构主义表现了一种堂吉诃德精神,那么德里达的解构主义则是哈姆莱特精神的集大成者,他甚至将他的解构与颠覆从语言文字扩展到一切文化领域,矛头直指柏拉图乃至西方文化的本原。与此相反,中国文化最推崇的是一种连续性的传述精神,最反对的就是数典忘祖的批判与颠覆精神。孔子推崇的是"述而不作,信而好古"①。而且为了反对这种批判与颠覆精神,在中国的哲学概念中也没有恶的概念,阴与阳、乾与坤、天与地、父与子、君与臣等二元概念中的阴、坤、地、子、臣等,并不就是恶的概念,因而中国哲学强调二元中和,而不像西方哲学那样强调二元对立。二元中和可以抹煞冲突、拒绝批判与颠覆,由此也使中国文化保持了巨大的稳定性与连续性。

当然,在基督教文化衰落之前,尽管西方的哲人是后起者必然批判前者以确立自己的学说,但是他们的文化统一性还是主要的。譬如亚里士多德虽然不同意柏拉图对史诗与悲剧的否定,但是他们都以史诗与悲剧为摹仿的产物,并且都从知识论上加以否定与肯定——柏拉图因为史诗与悲剧和真实隔着三层而加以否定,亚里士多德则因为史诗与悲剧比历史更富有哲学意味而加以

---

① 朱熹:《四书章句集注》第 93 页,中华书局 1983 年。

肯定。亚里士多德的"形式"固然不同于柏拉图的"理念",但是在"形式"与"理念"概念的阐发中都表明了对本体世界的向往,并且都可以容纳后起的基督教上帝的概念——中世纪的神学就是以柏拉图与亚里士多德的理论来论神的,因而基督教的神学也可以说是来自希腊的。黑格尔的"理念"与"绝对精神"固然以其流变性与否定性而不同于柏拉图的"理念"与"理式",但是经过调整都可以与基督教上帝的观念并行不悖。雪莱虽然宣扬"无神论"的必然性,但是他对爱和美的本体世界的深信不疑,又很合乎基督教文化的传统。但是,当康德摧毁了科学知识论上的上帝,而将上帝的概念仅仅放到信仰领域的时候,在科学主义传统深入人心的西方,上帝的概念就开始摇摇欲坠。

尼采是最早看到上帝概念的崩溃会给西方造成巨大价值真空的人之一,也是对整个基督教文化进行全面颠覆的解构主义先驱者。"上帝死了",这是从文艺复兴到启蒙运动的西方文化世俗化的杰作,但是尼采发现,这些人没有意识到上帝死了对于西方文化的严重性——如果上帝死了,整个西方的价值源泉将被切断,西方人将会被抛到没有价值依托的荒原上。尼采说:"这件惊人的大事尚未传到人们的耳朵里,雷电需要时间,星光需要时间","而这件大事比星辰距离人们要更为遥远——虽然他们已经目睹!"①尽管如此,尼采没有像后来的 T. S. 艾略特那样试图复兴基督教,而是对基督教的文化价值进行了全面猛烈的扫荡。他认为宣称博爱的"基督教的起源是来自于憎恨心理",被视为"人心的上帝之声"的良心其实"是一种残忍本能"②。在他看来,充满了粪便一样腐臭的气息的基督教的职能就是腐化与敌视生命。

① 尼采:《快乐的科学》第 140 页,中国和平出版社 1986 年。
② 尼采:《瞧!这个人》第 94 页,中国和平出版社 1986 年。

他在《善恶的彼岸》等书中对基督教的道德价值进行了彻底的颠覆,并且将颠覆的矛头直指苏格拉底以来的文化传统。

尼采这种颠覆传统的声音,在法国直到20世纪的存在主义才被接续上。萨特就认为,西方文化的本体与现象的二元对立,都是本体决定并支配现象,人作为存在者是被上帝设计好了的,也就是本质先于存在。启蒙学者如伏尔泰、霍尔巴赫等尽管可以反对基督教讥讽上帝,但是在萨特看来,在他们那个自明而先验的"人性"的概念中还是可以容纳上帝,"本质先于存在的思想仍然没有碰"①。于是萨特像尼采一样来了一个价值翻转:不是本质先于存在,而是存在先于本质。这就意味着每个人都不能依托上帝乃至先验的形式、理念,而是要在自由的选择中给自己的人生不断赋予本质和意义。然而人与文化是在不断地选择中的,艺术创作与批评也是在不断选择中的,这样在学理上就给人一种不可言说的感觉。譬如你说女性是怎样的,那么存在主义会说你是本质主义者,因为女性的本质仍然在女性不断的选择中。这种不停的流变不利于科学的言说,于是在科学主义有着顽强活力的法国学术界,源自索绪尔共时性语言学的结构主义就取代了存在主义而风靡一时。

上帝死了,但是却给世界留下了一大堆语言符号,人们不借助这堆语言符号就无法与人沟通。人与人、人与社会、人与自然等各种关系,其实是一种语言关系。正如海德格尔所说的,语言是存在的家园。于是,法国的结构主义者就从词汇的能指与所指出发,力图寻找语言的恒定结构,寻找言语下面的语言系统,寻找词汇、句子下面的深层语法。列维—斯特劳斯将结构主义运用到

① 萨特:《存在主义是一种人道主义》第7页,上海译文出版社1988年。

人类学的神话研究中，认为一旦掌握了神话系统的语法规则，就能够读懂一切荒诞不经的神话。文学批评家则在寻找文学语言下面的"叙述语法"，故事下面的深层故事结构。他们把丰富多彩的感性世界归结为干巴巴的几条语法规则，而且在他们的结构——言语背后的语言、表层叙述背后的深层语法的后面，又隐含着上帝的身影。当一些结构主义者说一旦结构被发现人就会消失的时候，支撑他们的结构的恰好就是上帝。而且在基督教传统里，上帝是最终的言说者，这和结构主义的语音中心主义与逻各斯中心主义也是一致的。于是，德里达从语言学入手，一举颠覆了他们的结构主义大厦，也杀死了这个隐含的上帝。

尽管德里达是从现象学出发的，他最早的哲学著作之一就是《胡塞尔几何学起源引论》，但是使他成为解构主义之父的却是他在 20 世纪 60 年代中期从语言学出发颠覆结构主义的《写作与差异》、《论文字学》等著作。结构主义建立了一个双项对立原则，认为词的意义是在区分与差异中显示出来的，但是德里达认为，能指与其他能指的区分在哪里能够停顿下来呢？而且语言的能指与所指也并不像索绪尔说的是对称的，能指与所指之间也没有固定的区别。如果每个能指是因为它不是其他能指所以才成为自身，那么这种区分将是无限的，很难在网状纵横的能指链上来给它划定一个边界，意义也就成为无始无终的符号游戏的副产品。而这样一来，索绪尔关于语言是一个共时性的稳定封闭的恒定结构的说法也就不攻自破。德里达造了一个法文词汇 differance（"分延"），来表示与结构主义的"区分"（difference）划清界限，因为"分延"与结构主义只着眼于共时性不同，也注意到了历时性。德里达告诉人们，符号的上下文始终不同，它从来就没有与自己统一，因此，语言不是一个界限明确的结构，而是纵横交错、无边无际、无始无终，其中任何东西都是流变的，都不是绝对的。德里达运用了"踪迹"（trace）一词，认为纵横交错之网状上的每个符号的相对意义，都留着先行符号以及后来符号的踪迹，其中没有一个符号可以"独善其身"。这就从本体的意义上摧毁了结构主义的象牙之塔。

德里达本来就是从事哲学研究的，他的语言学批判也绝不会停留在语言学层面上。德里达认为西方人习惯于将能指与所指割裂开来，推崇所指，以所指为本质与真理。而追求一种纯净实有的知识，是连宣称埋葬形而上学的海德格尔也不能幸免的哲学顽症。究其原因，就在于西方人有着一种单纯记录语言的表音文字，它使语言为尊，而使文字处于从属的地位。于是，德里达就将对"语音中心主义"的批判与对"逻各斯中心主义"的批判结合起来，矛头直指基督教神学以及西方从希腊开始的形而上学传统。海德格尔宣称他是西方形而上学的埋葬者，但是海德格尔在认为时间和空间不可分的时候，又认为空间是存在的意义之心境，时间是有限的绵延。可以说，时间在海德格尔那里还是线性的；而在德里达的"分延"里，时间则是多面多层次的，因而是与实在的空间相统一的实在的时间。于是，德里达的解构主义似乎没有为绝对性留下任何余地。在文学批评领域，这种解构就是从局部拆散文本整体，从而揭示文本的内在矛盾与模棱两可之处。德里达的解构主义从语言学、文学批评扩展到哲学、法律、宗教等人文与社会科学领域，乃至进入建筑、时尚、广告与大众文化领域，仿佛一切都需要质疑，一切都有待解构。这种解构主义使人以为德里达消解了启蒙运动以来的知识基础，一切都是相对而流变的，任何真理都有待质疑。

当然，批判性与颠覆性既然是西方文化的特色，那么，其批判与颠覆的支点也就很难说逃脱了西方文化的传统方式。尼采曾经是以扫荡西方传统的形而上学的面目出现的，为了不重蹈形而上学的覆辙，尼采甚至以诗意的言说方式去颠覆传统形而上学的言说方式。尼采宣称自己不干建构体系的蠢事，他的逆理悖论的格言是从山峰到山峰的言说。但是海德格尔却以煌煌几卷本的《尼采》一书，认为尼采的永恒轮回是现象，尼采推崇的意志是本体，从而论证出尼采是西方执着于本体与现象二分的最后一个形而上学哲学家。但是在德里达以及后来的哲人看来，海德格尔也可以说是最后一个形而上学哲学家，他的"存在"(Being)是本体，"存在者"(beings)就是现象。所以在德里达《论文字学》的《题记》中，将形而上学的历史看成是"自前苏格拉底到海德格尔"的历史，认为他们"始终认定一般的真理源于逻各斯"①。尼采与海德格尔不能幸免的，是否德里达能够躲避开呢？换句话说，当德里达横扫一切绝对性、颠覆一切逻各斯中心主义、拆散一切结构之时，他的批判的支点是否脱离了西方文化的传统了呢？

从德里达之后的我们看来，尽管德里达在颠覆西方的形而上学时不遗余力，但是我们也可以把他说成是最后一个形而上学哲学家。他的"踪迹"就是本体，他的"分延"就是现象。在德里达的表述中，"踪迹"确实是很神秘的，它在太初已有，它不是符号，却又无处不在；不是在场(presence)，也不是不在场(absence)。在《论文字学》中，德里达说踪迹"是一般意义的绝对起源"，但又说"不存在一般意义的绝对起源"，接着他就说踪迹"既非理想的东西也非现实的东西，既非可理解的东西，也非可感知的东西，既非透明的意义，也非不传导的能量，没有一种形而上学概念能够

---

① 雅克·德里达:《论文字学》，第4页。

描述它"。文字是一般踪迹的代表但不是踪迹本身,因为踪迹"本身并不存在",但它却是"起源的起源",关于踪迹的思想"不可能与先验现象学决裂"①。后来在接受访谈时,德里达对踪迹的解释也还是很神秘:踪迹"既不在场也不缺席,超越生命,因而甚至超越存在"②。因此,将德里达的解构主义称之为虚无主义是相当肤浅的理解。德里达晚年也竭力表明这一点,他认为自己是人文主义与启蒙传统的继承人,他甚至认为他的解构主义最早可以追溯到马丁·路德,因为路德颠覆了神甫对上帝的包围,可以根据自己的理解去信仰上帝。尤其是对于自己的核心词"解构",德里达再三申明"解构"并非单纯的颠覆:"解构不是拆毁或破坏,我不知道解构是否某种东西,但如果它是某种东西,那它也是对于存在(Being)的一种思考,是对于形而上学的一种思考。"③

当然,人们可以根据自己的理解,将海德格尔对尼采的意志本体论诠释当作是一种"误读",正如将我们对德里达的"踪迹"的本体论诠释看成是"误读"一样。但是,与德里达一样,尼采作为解构主义的先驱者,无疑并非只是破坏捣乱而没有建设,更非虚无主义而无理想之光。尼采礼赞日神,更钟情于酒神,试图复活希腊的狄俄尼索斯精神;尼采礼赞自由与人的完满发展,让人勇敢地进向超人。有趣的是,中国在20世纪90年代热衷的德里达其实是20世纪60年代的德里达经典的解构主义,而德里达晚年到中国来讲学的时候,讲的主题却是"宽恕"、"公正"以及大学

---

① 雅克·德里达:《论文字学》第88—92页,第240页。

② 包亚明:《一种疯狂守护着思想——德里达访谈录》第34页,上海人民出版社1997年,版次下同。

③ 包亚明:《一种疯狂守护着思想——德里达访谈录》第18页。

的人文精神。事实上，从德里达后来一些著作的题目如《友爱政治学》、《信仰与认知》等，就可以知道这位解构主义大师是多么希望他的解构进入一切领域，清除腐败以期一个公正澄明世界的出现。

德里达作为法国哲学家是比较另类的。这种另类不是他的思想，而是他的表述方式。与德国哲学的晦涩深奥相比，法国哲学的特点就是其直接明快的感性特征。如果人们将卢梭、伏尔泰、狄德罗与康德、黑格尔进行比较，将萨特、加缪与海德格尔相比，这一点就尤为明显。卢梭的《新爱洛伊丝》、《爱弥尔》、《忏悔录》等都是文学创作，即使是哲学著作也大都富有诗情。伏尔泰的《老实人》、狄德罗的《拉摩的侄儿》等作品，都是文学史上的名著。这些哲学家往往是以通俗易懂的文学形式向大众宣讲哲学。同是存在主义哲学家，萨特的著作就比晦涩的海德格尔的著作明白晓畅，萨特还惟恐他的《存在与虚无》不被人理解，写了数量众多的小说与戏剧向大众宣讲他的哲学，而加缪的哲学几乎全是靠文学作品表现出来的。这就难怪当年歌德说："德国人真是些奇怪的家伙！他们在每件事物中寻求并且塞进他们的深奥的思想和观念，因而把生活搞得不必要的繁重。"①但是具有讽刺意味的是，歌德的《浮士德》虽然是诗歌，但却是深奥难懂的哲学式的诗歌。德里达的著作的一个特征，就是表达上的晦涩。叶秀山曾经有一篇评述德里达哲学的论文，标题就是《意义世界的埋葬——评隐晦哲学家德里达》，并且认为在西方哲学中德里达的晦涩超过了所有德国哲学家，直逼希腊哲学家赫拉克利特②。但是，德

---

① 爱克曼辑录：《歌德谈话录》第146页，人民文学出版社1978年。

② 叶秀山：《意义世界的埋葬——评隐晦哲学家德里达》，《中国社会科学》1989年第3期。

里达晚年对政治的参与,却是继承了法国从启蒙哲学家到萨特的干预现实以图成为社会良心的哲学传统。

四　后殖民语境中的东方文学选择

　　新时期以来,文学批评界一直在追逐西方新潮的理论热点:精神分析热过之后,便是语言学批评;结构主义刚刚热了三分钟,就又转向了解构主义……然而,后殖民主义批评的兴起,却使某些一直追逐西方新潮话语的人陷入了一种尴尬的境地:追来追去发现自己追逐的"主义"颠覆了自己,原来自己一直在鹦鹉学舌地传播文化帝国主义的"话语霸权",而自己却连与之对话的主体性也未建立。仓皇之间,一些人便转而颠覆"五四"以来的"拿来主义"的新传统,甚至认为"五四"以来的诗学选择是患了"失语症";而要建立主体性与西方对话,就只有回到中国古代的诗学中。那么,后殖民主义是否能够逻辑地导向对"五四"以来的"拿来主义"文学选择的否定? 如果"五四"之后的诗学选择是患上了"失语症",那么我们在后殖民的文化语境中要想不"失语",是否应该关起门来面对西方?

　　什么是后殖民主义批评? 可以说,反对殖民主义与霸权主义一直是第三世界的国际政治中心,但是,作为一种在第一世界轰动一时并且向外扩散的文学批评上的后殖民主义,却是一些定居在第一世界的第三世界知识分子,利用第一世界在人权上的自由、平等口号与学术上福柯的话语即权力的理论以及解构主义颠覆中心的策略,对第一世界的话语霸权进行的解构与颠覆。赛义德就从西方的东方学入手,来分析西方学者的话语霸权。在赛义德看来,西方的东方学研究是将整个东方作为研究的对象,并制造了一整套认识论与方法论体系。于是,西方就成了中心,立于主体的地位;东方则处于边缘,成为西方人观照的对象。"东方之所以被矫正、甚至是被惩罚",是由于它处于西方之外,成了"被看"的对象。这样"东方"就不断地被西方误读:"东方不仅被调整以适应西方基督教的严格道德规范,而且还被一系列观念所左右"——这些观念形成了"一个具有严格道德内容和认识论内容的体系",使之在研究东方时,"不是先从东方的第一手材料中查找修正错误和证实论点的根据,而是去阅读其他东方主义学者的著作"。而且他们"还强迫外行的西方读者承认东方主义学者们研究、编纂和整理的作品中的东方是'真实'的东方"①。霍米·巴巴进一步分析了殖民者诱导殖民对象模仿为其主导的文化形式与意识形态以巩固其霸权地位,并且深刻剖析了殖民话语的矛盾以及殖民者和被殖民者两者中间地带的混杂。巴巴说:"自由主义在西方公然宣称其平等主义的计划,可是面对阶级与性别差异时又显得非常暧昧含混,那么在殖民世界中,当'容忍'这一自由主义的著名美德被种族上和文化上存在差异的土著主体发出时,这些自由主义者就难以容忍他们对自由和独立的追求。"②因此,第三世界国家虽然摆脱了帝国主义的殖民统

---

① 张京媛:《后殖民理论与文化批评》第 41 页,北京大学出版社 1999 年。

② Homi Bhabha, "Unpacking my Library… Again," in Iain Chambers and Linda Curti, eds., *The Post - Colonial Question*: *Common Skies, Divided Horizons*. London: Routledge, 1996, p. 204.

治,然而在后殖民主义批评家看来,这种摆脱往往是政治上的而非文化上的,帝国主义的文化策略还在有意无意地支配着第三世界国家的意识形态。本来,多年的殖民统治已经给殖民地人民留下了深重的精神创伤,而发达的第一世界国家在殖民地人民摆脱殖民统治之后,仍在利用先进的信息传媒与各种文化形式实现对第三世界的文化渗透,让殖民地人民模仿,以推行其建立单极世界的话语霸权。如果说女性主义批评是女性颠覆男性中心话语的批评,解构主义批评是颠覆结构的建构乃至逻各斯中心主义的批评,那么后殖民主义批评则是居住在第一世界的第三世界知识分子颠覆第一世界话语霸权的批评。

后殖民主义批评进入中国后,所产生的文化效应尤其耐人寻味。它所带来的不是那些一味跟踪西方新潮批评的人对自身的反省,从而在创造性的回应中建立与西方对话的主体性,而是激起了一些学人对五四新文化运动和文学革命的清算。他们指责新文化运动是自动放弃了中国文化的主体性,屈从于西方的话语霸权,甚至把"五四"的西化说成是"崇洋媚外"。他们在泛泛地肯定《阿Q正传》的艺术成就之后,又认为这部作品的致命缺憾就是鲁迅吸收了西方传教士的中国国民性分析。他们的清算在诗学领域表现得尤为突出。在他们看来,由新文化运动开辟的新诗学,已经是患上了"失语症":虽然也在说话,但说的不是自己的话而是别人的话。于是,他们以"为往圣继绝学"的文化姿态,弘扬中国的国粹,试图将中国的文学批评从"失语症"中拯救出来,重建中国的批评话语。海德格尔说,语言是存在的家园。如果中国人连自己的语言也丧失了,那就等于丧失了自己的文化家园。诗学、文学与文化是密切相连的,诗学"失语"而文学与文化不"失语",或者文学、文化"失语"而诗学不"失语",都是不可思议的。因此,我们将从这三个角度对新文化运动与文学革命之后的文学方向和诗学选择进行全面的反省。

"五四"文学革命是以倡导白话文、反对文言文为突破口的。然而,白话文并非舶来品,而是在宋元话本小说中就广泛运用的。正当韩愈这位"文起八代之衰"的古文大师规范了中国"官僚文学"的文言文之后,在宋代的"勾栏""瓦舍"中,一种为市民娱心的"我手写我口"的白话文学出现了。后起的《水浒传》、《西游记》、《金瓶梅》、《儒林外史》、《红楼梦》等巨著,就是在这种市民文学的土壤上成长起来的。这是中国语文真正进步的方向,其艺术成就也远在同时期"之、乎、者、也"的古文之上。"五四"文学的语言革命其实仅仅是对韩愈之后的古文方向的革命,同时又是对市民土壤上成长起来的白话文学传统的继承与发扬。如果说在中国古代,文言文处于中心,白话文处于边缘,那么,"五四"的语言革命则颠覆了文言文的话语霸权,使白话文从边缘向中心移动。陈独秀在《文学革命论》中要推倒贵族与山林的古典文学的时候,又认为"元明剧本、明清小说,乃近代文学之粲然可观者"[①]。胡适认为:"白话文学,自宋以来,虽见摒于古文家,而终一线相承,至今不绝",而"今日之文学,其足与世界'第一流'文学比较而无愧色者,独有白话小说"。胡适在《文学改良刍议》、《建设的文学革命论》等文中,进一步阐发了古代市民白话文与"五四"白话文的关系:"我们今天居然能拿起笔来做几篇白话文章",是"从《水浒传》、《西游记》、《红楼梦》、《儒林外史》"等书学来的。因此,要做好白话文,尽可以"采取《水浒》、《西游记》、《儒林外史》、《红楼梦》的白话,有不合今日用的,便不用他;有不

---

① 陈独秀:《文学革命论》,《新青年》1917 年 2 卷 6 号。

够用的,便用今日的白话来补助;有不得不用文言的,便用文言来补助"①。"五四"文学的语言革命固然从西方语文中吸取了一些东西,语法、词汇的西化使白话文更加精密了,标点符号的运用也消除了一些歧义与模糊;然而,新文学的语言系统在总体上与《儒林外史》、《红楼梦》的差异并不大。如果说五四文学在语言上是"失语"的话,那么,是不是可以说,中国文学早在宋代以后的白话小说中就已经患上了"失语症"?

从表面看来,20世纪的诗学似乎是"失语"的,但是实际却不是这样的。"五四"之前的王国维就已经开始"失语"。他的《〈红楼梦〉评论》一反传统批评的妙语式与评点式,而是以理论推理的方法,运用叔本华哲学对《红楼梦》进行了阐发。然而,王国维从《屈子文学之精神》到《人间词话》,似乎又一步步回到了传统批评的怀抱。特别是《人间词话》的词话体与点悟式,与中国传统的批评形式相近而与西方通常的批评形式大异其趣。鲁迅在诗学上的反传统也在"五四"之前,《摩罗诗力说》以西方"恶"的浪漫诗学对中国"善"的古典诗学进行了全面的颠覆。"五四"之后,鲁迅翻译了现代主义的《苦闷的象征》,作为他在大学课堂上的文学理论讲义。然而,鲁迅在进行具体的文学批评的时候,却很少理论的分析和逻辑的思辨,而总是运用形象的语言直觉文本的神韵,与传统的批评形式极为接近。甚至对叙事文学的批评,鲁迅也很少运用理论分析的方法。譬如他在《中国小说史略》中对中国小说的批评,除了传统的考据方法,就是几句感悟式的点评。他评论《儒林外史》仅仅用了几个词——"感而能谐,婉而多讽","烛幽索隐,物无遁形"。胡适的文学批评是对达尔文的进

---

① 胡适:《文学改良刍议》,《新青年》1917年2卷5号。

化论人文化之后而产生的文学进化观与杜威的实验主义的结合，然而人们不要被这种貌似西方的文学理论遮住眼睛。在胡适进行具体的文学研究，尤其是在研究《水浒传》、《儒林外史》、《红楼梦》等古典小说的时候，你总是感到这种研究更像乾嘉学派的考据。而胡适本人也确实很认同乾嘉学派，说这个学派中充满着科学的、实验主义的精神。由此可见，这三位批评大家都没有"失语"，而恰恰是借着西方语言把中国固有的语言发扬光大了。难道我们非要摒弃一切来自西方的诗学话语，回到中国古代的诗学去，才算不"失语"？然而又回到哪里去呢？如果说宋代以后的市民文学话语有点与指责"失语症"的学者作对，那么，我们就回到唐宋之前，回到魏晋南北朝。那时的《文心雕龙》是中国的一部诗学巨著，"克己复龙"应该不会"失语"吧？但是不幸得很，《文心雕龙》已经受到了印度佛学的影响，尤其是因明学的影响，看来也已经患上了"失语症"。那么，要想不患"失语症"，最好是祖述先秦典籍中的诗学话语。不过这也难保不患"失语症"，因为先秦典籍大都是周代的文化产品，而周武王"以征伐之名入中国，加以和殷似乎连民族也不同，用现代的话来说，那可是侵略者"[1]。

倘若在民族自觉的前提下具有文化选择的主体性，则无论怎样汲取外来文化、怎样西化也不为"失语"的话，那么，根据笔者多年的研究，"五四"文化、文学与诗学的西方话语仅仅是词汇，而深层的语法规则则是中国传统的。如果说基督教背景下的西方文学凝视的重心是人与神魔的关系，能够写出一种带有象征意味的永恒的道德冲突；那么，儒家背景下的中国文学关注的则是

---

[1] 鲁迅：《且介亭杂文·关于中国的两三件事》，《鲁迅全集》第6卷第10页。

现世的福乐,焦点是人与人的关系,尤其是人与群体的关系。儒家文化的根本就是从人的伦理情感与人生经验出发,致力整合人与群体的关系,注重现世今生的兴衰存亡。孔子曾对管仲大加非议,说他小器、不俭,更不知礼,然而当子路贬低管仲的时候,孔子却一反俗见,将儒门最高的道德"仁"奉送给了管仲,因为管仲给家国社稷带来了现世的福乐。以忧国兴邦为要务,信仰就被搁置了。即使对于中国的正统文人,信儒之外兼信佛道也不成问题。因此,"五四"反传统的深层语法规则,正是中国不以信仰为重而以忧国兴邦为要务的文化传统。"五四"时期流行的观念是,或者死抱国粹导致民族沦亡,或者抛弃国粹而使民族振兴。中国传统的语法规则导致了反传统,这在逻辑上是一个悖论,但在"五四"却是一个真实的悖论——"五四"人物对中国文化传统的反叛越激烈,所表现的以家国振兴为要旨的使命感与忧国忧民的忧患意识也就越强烈。鲁迅在"五四"时期的反传统与西化主张都是相当激烈的,然而无论是尼采的个人主义,还是托尔斯泰的人道主义,对于鲁迅都仅仅是词汇,深层的语法规则却是兴邦爱国。而且鲁迅还以此语法来变异词汇:尼采仅仅在自强强国的意义上才被肯定,托尔斯泰仅仅在反对帝国主义侵略的意义上才被肯定。这种感时忧国的精神,贯穿于"五四"时期的文学创作中,即使是"为艺术而艺术"的创造社也不例外。郁达夫《沉沦》中的主人公无论怎样颓废绝望不合群,在自杀之前也呼唤着祖国的强大。

以民族振兴为己任的使命感与忧国忧民的忧患意识,既是"五四"文学反传统的语法规则,也规定了"五四"文学的西化方向。基督教基于人的原罪,就需要由一个神或救世主加以拯救,而非人力所能为。产生于基督教文化背景之下的西方文学,尽管也描绘社会时代的情形,但更善于凝视人的罪恶,在神魔之间的具有象征意味的道德冲突中,写出一种较为永久的人性矛盾。然而,"五四"之后的新文学却置西方文学关于罪的阐发于不顾,而着眼于西方文学的社会时代特征、世俗的人道主义以及那些反抗挑战的个人呐喊。夏志清认为,索福克勒斯、莎士比亚、托尔斯泰、陀斯妥耶夫斯基作为西方文学成就最高的四座山峰,他们的创作"都带有一种宗教感;也就是说,在他们看来人生之谜到头来还是一个谜,仅凭人的力量与智慧,谜底是猜不破的。事实上,基督教传统里的西方作家都具有这种宗教感的"。让夏志清感到奇怪与不解的是,"五四"作家说是要学西方文学,却整日惦念"国家与社会问题","并利用最对他们胃口以及他们认为最富有意义的部分",而对于西方文学一以贯之的宗教感却弃置不顾:"我们不禁怀疑,西方文学的研究,究竟已使中国人的精神生活丰富了多少?"[1]夏志清在美国大学的讲堂上以西方文学的价值观评价"五四"之后的新文学,作为一个华裔是有点"失语";然而这恰好反证了"五四"之后的新文学根本就没有"失语",更不曾患上什么"失语症"。

"五四"文学革命发生之时,正是西方现代主义文学汇为大潮的时候。从西化的意义上讲,"五四"文学要达到与西方文学的平行发展,莫如看取世纪末兴起的现代主义。然而,"五四"依据中国的文化需要,对西方的各种文学流派几乎是"各取所需"。现代主义被"五四"看重的是其破坏性而不是其颓废绝望以及对整个西方文化的幻灭感,因为"五四"是以西方文化为师法榜样的,只是在"五四"退潮后,从传统伦理中走出来的个人才对现代

---

① 夏志清:《中国现代小说史》第 432 页,香港友联出版社有限公司 1979 年。

荒原有所感受。然而对于"五四"以自由的个人反叛传统的伦理整体而言,浪漫主义的文学选择比现代主义一味地颓废绝望荒诞要更有市场。当然,"五四"也不喜欢逃离现实、缅怀中古的德国浪漫派、英国湖畔派,而更喜欢具有战斗品格和反传统精神的"恶魔派诗人"。而且既然"五四"的个性解放是实现兴国振邦这一目的的手段,那么,无论是喜欢浪漫派的作家,还是喜欢现代派的诗人,都不可能躲进艺术之宫"为艺术而艺术",从而忘却了社会客观性——自己要振兴的国家的现实。正是在这个意义上,写实主义又为"五四"文学所看重,甚至那些偏爱浪漫主义的"五四"作家,也往往表现出对写实主义的兼容。正是《沉沦》的主人公在悲苦绝望之际也不忘记祖国的命运,使郁达夫后来写出了《薄奠》、《春风沉醉的晚上》等较具社会写实性的作品。"专求文章的全 Perfection 与美 Beauty"的成仿吾,也不能躲在"艺术之宫"中免俗,他在推崇"自我表现"的时候,又努力将这种表现导向社会,强调文学家是社会的良心。

既然"五四"文学推崇个性精神是出于振兴中国的目的,那么,放弃个性精神、改变"五四"的西化方向只要对兴国振邦有利,也就会成为新文学家的热门选择。"五四"之后,很少有作家将自己的艺术趣味贯彻到底的,中国传统的感时忧国精神极易使他们随着形势的变化而发生艺术上的变化。苏联的建立与建设的成功,又使大多数文人觉得苏联是振兴中国的榜样。从郭沫若、成仿吾等创造社作家在 20 世纪 20 年代后期宣称放弃个性精神转向"革命文学"之后,整个"五四"文坛都在转向,大多数作家都程度不同地调整了自己的艺术与文化选择,扬弃了"五四"的个性精神。冯乃超的《红纱灯》与他稍后的诗歌创作,令人难以相信是出自一个人的手笔。茅盾的《蚀》与《子夜》创作时间相去不远,但艺术风格却大异其趣。老舍的变化较晚,但《猫城记》与稍后的《四世同堂》对中国传统文化的评价几乎是对立的。因此,尽管这些作家的艺术与文化选择不断发生变化,然而潜伏其下的感时忧国的传统语法规则却并没有变化,或者反过来说更为恰当:正是感时忧国的传统语法,才使得对西方词汇的选择在形势的改变下不断变化。

从诗学的选择来看,文学研究会现实主义的"为人生"与创造社浪漫主义的"为艺术"构成了"五四"之后所谓双峰对峙的诗学理论格局。倘若深入分析,就会发现这种双峰对峙颇类中国传统文学的"儒道互补"。从《诗经》、杜甫诗歌一直到晚清的谴责小说,儒家一派的文学关注现实的国计民生,表现了对国家兴亡的忧患与对人民苦难的同情,可以说是一种"为人生"的文学。文学研究会继承的正是这个文学传统,郑振铎在《新文学观的建设》中对文学本质的论述,就像是从《礼记·乐记》与《毛诗序》中抄来的;茅盾则直接以《毛诗序》中的"治世之音安以乐"、"乱世之音怨以怒"、"亡国之音哀以思",来论证"什么样的社会背景便会产生什么样的文学"①。只是在茅盾宣讲现实主义与自然主义的时候,才对儒家诗学有所背离。然而,儒家诗学对现世的执着、对功用的重视以及儒家务实的文化品格,正是文学研究会推崇"写实主义"深层的文化基因。相比之下,道家让人从儒家的家国中走出来,到空灵的春山秀水中消融己身,无目的而自由地达到"天地与我并生,而万物与我为一",就是一种"为艺术而艺术"。屈原的执着精神、探索精神和使命感与道家精神是不同的,但是二者在具有超现世的世外之音与浪漫的想象力上又有相似

① 郎损(茅盾):《社会背景与创作》,《小说月报》1921 年 12 卷 7 号。

之处,故有"庄骚精神"之称。成仿吾让人专求文学的全与美而"除去一切功利的打算"①,也被人说成是"为艺术而艺术"。在创造社的诗学词汇中,自由、自我、内心、天才、神会、灵感、艺术之神等是经常出现的。郭沫若在《女神》中自比屈原,歌颂庄子,就表明创造社继承的正是庄骚精神。不过,文学研究会的"为人生"与儒家"为人生"的区别,在于以个人取代伦理整体的人生;而创造社的"为艺术"与道家的"为艺术"的不同,就在于不是消融个体而是张扬个性。这表明"五四"诗学是将传统的诗学进行了现代的转换,而在后来中国诗学的流变中,居然连这种张扬个性的现代性也消失了。到"两结合"诗学,几乎完全融入了泯灭个性的诗学传统中。"两结合"所谓的"理想与现实的结合",就是把理想纳入现实中以粉饰现实,与鲁迅批判的"大团圆""十景病"合流。因此,"两结合"所谓理想与现实"水乳交融达到天衣无缝的地步"就与中国传统文化那种模糊的整体性相合。这种整体性不让情感、理智、意志的任何一方向极端发展,让人与自然、理想与现实、悲剧心理与喜剧心理都混沌在一起。试问,"五四"之后中国诗学的"失语症"症在何处?

我们之所以用了不少笔墨讨论"五四",是因为从1840年到今天,新文化运动与文学革命是最为西化的文化与文学运动。如果在这个运动中中国人仍然具有文化选择的主体性,无论反传统还是西化都植根于中国文化的语法之中,那么,"失语症"之说便不攻自破。我以为我们更应该反省的是:"五四"在文化上基本上是与国际接轨的,后来是什么原因让我们脱轨了?当然,我们反对那些不顾中国的文化需求而一味趋新崇洋者。有些人毫无

---

① 成仿吾:《新文学之使命》,《文学运动史料选》第1册第217页,上海教育出版社1979年。

中国文化的根基,以为只要追逐西方最新的批评思潮,就获得了在中国的话语霸权。他们以为做学问就是向中国搬运西方的新名词,然而搬来搬去搬到后殖民主义,就显得尴尬而无所适从。后殖民主义批评对于这些人,倒不失为一剂清醒药。但是,在诗学中企图消除来自西方的影响,固守中国"纯洁"的诗学话语,不但是不可能的,而且又误入了"东方主义"的怪圈——难道因为美国批评界兴起了后殖民主义批评,中国人就需要快快响应,清除西方文化以复兴纯粹的中国文化?

汲取西方乃至世界上一切优秀文化的精华,不是否定后殖民主义这一批评思潮,更非认同西方的话语霸权。赛义德作为美籍巴勒斯坦人,在《东方主义》中对西方文化霸权的反省是很深刻的,在《差异的意识形态》中对西方袒护以色列的文化策略的揭露也是令人触目惊心的。然而这并不能逻辑地导向东方各民族应该实行文化上的封闭与自我孤立,关起门来研究国粹,或者面对西方也搞一个"西方主义"。即使从反对西方的文化霸权、颠覆其建立单极世界的价值标准的角度,也仍需吸取世界上一切积极的文化成果。"五四"新文化运动给我们这样一个启示:只要中国人具有文化选择的主体性,以振兴中国为指归,那么,无论是看取异域还是反省传统,都不会"失语"。鲁迅推崇"拿来主义",而不赞成"送来主义",因为"送来主义"确实是后殖民主义批评所谴责的,而"拿来主义"则体现了民族选择的主体性。因此,在中国诸方面与国际惯例接轨的时候,中国的批评家应该思考的,是怎样将自己纳入世界文学的大格局中,又具有文化选择的主体性,文化开放的多元性,文化思考的独立性,而不是将自己封闭起来,抗拒文化之间的交流融汇,甚至将基于中国文化的需求而对西方文化的汲取,也说成是"失语症"。

　　当然,在与世界的诗学对话中,当代中国确实有"失语"现象:人们一谈到当代诗学,不是结构主义,解构主义,就是新历史主义,后殖民主义。那么,当代中国给世界贡献了什么"主义"?不错,中国古代确实给世界贡献了一种与西方诗学不同的重直觉体悟的审美诗学,它不像西方诗学以分析与科学见长,而是以寥寥的形象词汇诉诸直觉而直抵对象的本质。特别是在当代的科学哲学宣称美的本质是假命题的时候,这种不肢解生命的审美诗学的生命力的确需要我们重新估价。然而,要达到给世界贡献诗学"主义"的目的,仅仅将中国古代的诗学整理、注释、翻译给世界显然是不行的。且不说由于语言文化的巨大差异,这种翻译是很艰难的,即使是翻译成功了,那也是古代中国的诗学,而非当代中国的诗学。更需要我们反省的是,为什么在西方人眼里具有东方色彩而我们也经常加以认同的俄苏,在 20 世纪也给世界贡献了形式主义与符号学批评、巴赫金的话语理论与复调分析,而我们中国的诗学却只能守在朦胧模糊的诗学话语中进行直觉体悟?因此,要建构当代中国的新诗学,不能仅仅回到古代诗学的妙悟中,而是要吸取包括中国古代、西方乃至世界上一切有价值的诗学成果,在吐纳中西的基础上创造出兼取东西方之长的现代性的诗学话语。

【下编】

中西文学与文化的对话

中西比较文学是跨文化的文学对话，因而探讨文学与文化的关系，从比较文学转向比较文化，就是顺理成章的。

一 关于建立文学文化学批评
的设想

    文学的原始形态是与文化合为一体的。文学史上大讲特讲的神话,就不单是原始人的文学,而且是初民关于天地开辟、人类由来的历史、关于信仰和禁忌的宗教、关于认识世界的哲学,从马克思关于神话是以想象力去认识与支配自然的角度看,神话也是初民的自然科学,一句话,神话是初民的文化。但是,时至今日,人们大谈特谈文学社会学、文艺心理学、文学符号学、文学语言学……却独独忘却了文学文化学。事实上,从文化的视角来研究文学,目前已经成为不可抗拒的世界潮流。詹姆逊认为,"文化正向整个社会大规模地扩张,直至我们生活中的一切"①。伊格尔顿说:"当前为什么所有人都在谈文化?因为就此有重要的论题可谈。一切都变得与文化有关。"②

    为什么文化研究会如此热门?我们可以从三个方面加以分析。首先,随着西方新技术革命与信息革命的发生,文化从精神领域走入物质生产领域,甚至走入商品生产与流通领域,铺天盖

---

① Fredrick Jameson, *Postmodernism, or the Cultural Logic of Late Capitalism*. New Left Review, No. 146, 1984, p. 87.

② Terry Eagleton, *The Idea of Culture*. Blackwell, 2000, p. 37.

地的广告借助文学语言在向大众传播。而新技术革命与信息革命也使得传统的书写与阅读方式受到了极大的冲击,影视等图像艺术比小说、诗歌等印刷文本更多地吸引了大众的眼球,电脑的普及使传统的书写、阅读以及作品的发表方式与交流方式都发生了革命性的变革。于是传统的精英文学的研究策略已经不能适合时代的需求,伯明翰学派的出现吸引了更多的文学研究者加入到文化研究的行列中。其次,是比较文学向比较文化的转向使文化热潮更为澎湃。比较文学有两次大的转向,一次是美国人对法国比较文学路线的颠覆,使比较文学从注重实证的历史研究转向注重审美的比较研究,一次是在理论大潮之后,随着东方大国的介入以及西方将眼光转向东方,从此比较文学就与比较文化紧密地结合在一起,因为跨母文化的比较文学在某种意义上就是比较文化。再次,也是最重要的,随着苏联的解体与美国成为孤独的超级大国,基于政治意识形态而发生对立与冷战的两大国家阵营消失了,代替政治意识形态对立的是亨廷顿所谓的"文明的冲突",而亨廷顿的"文明"概念与文化概念基本上是一致的,就是基于种族、语言、宗教等方面的文化差异而形成的冲突。在亨廷顿看来,冷战结束后,世界的政治地图就是按照文化的差异而划分的。于是,从 20 世纪 90 年代之后,文化研究的热潮就成为世界学术的主潮。

不过,中国学术界的文化研究却与西方学术界有着不同的背景。1840 年之后,尤其是甲午战争之后,中西文化的比较研究就一直是中国学术界的热点,而且产生了迥然不同的理论观点。有人借助西方文化以反省与批判中国传统文化,并且以此造就新文化;有人以为中国文化将在西方的没落中再度崛起,成为领导未来潮流的文化;也有人认为中西文化根本上就是大同小异,可以相互比照的。尽管 1949 年之后这股文化研究的热潮消退了,但是,随着 1979 年开始的改革开放以及西方文化的再度涌入中国,文化研究的热潮又在中华大地上汹涌澎湃,各种文化战略研讨会在召开,中国文化书院举行了一次又一次讲习班,"中外比较文化丛书"也在出版。诗人与作家似乎也不甘落后,从学术界掀起"文化热"的浪潮之后,自觉地向文本中塞"文化"的逐渐增多,于是,诗歌创作中出现了"文化诗歌"(以杨炼为代表),而小说创作中则出现了"寻根文学",在韩少功等人的宣传下,一时间文化寻根竟成为一种文学时尚,而批评家也在寻找作品的文化内涵,似乎不谈文化,文学批评就显得浅薄。20 世纪 90 年代,随着市场经济在中国的全面铺开,电视与电脑的逐渐普及,图像艺术对印刷文学的冲击,以及广告的铺天盖地,伯明翰学派的文化研究才在中国文坛有了市场。如果说在西方,是伯明翰学派的文化研究先在文学研究中扎根,然后随着亨廷顿的"文明的冲突"理论以文化来划分世界政治地图,不同种族、语言与宗教等比较文化才兴盛起来,那么在中国正好相反,是在西方文化的冲击之下将中西文化个性的差异与类同进行比较与选择的文化研究先兴盛起来,然后随着现代化在中国的展开,伯明翰学派的文化研究才逐渐有了市场。当然,西方从殖民掠夺开始,就关注其他民族的文化,但是这种关注却是放在人类学领域加以研究,从而形成了所谓的文化人类学。这种文化人类学关注的并不是本民族的文化,而是其他落后或者野蛮民族的文化,而一旦研究本民族,就又换上了社会学、伦理学、心理学、美学等文明社会的眼光。从这个意义上说,只是到了今天,文学文化学的学科建立才真正成熟。基于当前人们把文化研究的眼光放在商业的符号化、商品制造与消费的审美化以及文学的图像化等时代性很强的问题上面,下面我们所要讨论的文学文化学批评的建立,将更关注作为精神价值的文化与文学的关系。

文学文化学是研究文学与文化关系的一门学科,它通过研究文学现象来揭示文化底蕴,或者从文化的高度对文学现象寻根究底,或者对图像时代的艺术做综合性的研究,从而成为一门介乎文艺学和文化学之间的边缘性学科。可以说,把文学文化学从文艺学和文化学中独立出来,作为一门边缘学科来研究,比起就文学论文学、就文化论文化要有价值,也更能够说明与解决问题。它与比较文学的跨学科研究有点类似,即把文学与人类其他表现领域进行比较,然而,它比比较文学的跨学科研究更富有整体性,更需要宏观把握。因为文学与文化的关系同文学与人类其他表现领域的关系并不一样,文学与各门类艺术、宗教、哲学、社会学、伦理学等人类其他表现领域的关系是平行并列的关系,而与文化的关系则是包含与被包含的关系。文学文化学又类似现代西方的原型批评,即从文化人类学与集体无意识的角度,对文学现象进行寻根究底的研究,并从历时性的文学传统中寻找文学发展的规律;然而,它不像弗莱(N. Frye)的原型批评那样以几种模式概括全部文学现象和文学发展的历史,而更注重文化传统与文学创新,它更不像原型批评那样以欧洲为中心,而是从不同的文化传统的比较中对文学现象加以深究。从这个意义上说,文学文化学又是驾于比较文学与文化之上的一门综合性学科。

姚文放认为:"文学是文化的组成部分,但并非一切文学现象都足以升格为文化现象",其理由是:"文化价值是深刻、稳定、恒久的。"①这就是说,文化与文学是交叉关系,有的文化现象(如哲

---

① 姚文放:《在文学与文化的交汇点上》,《文学研究参考》1987 年第 11 期。

学、宗教）不是文学；有的文学现象（如不深刻、稳定、恒久的作品）不是文化，只有在深刻、稳定、恒久的交叉圈内的作品，才是文化。然而我认为，文学与文化不是交叉关系，而是包含与被包含的关系。因为文化是一个包罗万象的大概念，除了未经人化的自然之外，一切人化的东西都是文化。从这个意义上讲，任何文学都是文化。曲高和寡的阳春白雪式的作品是精英文化，通俗易懂的下里巴人式的作品是大众文化。你可以厌弃缺乏艺术性的颂祝之声和标语口号式的作品，然而你仍然可以分析产生这种文学现象的文化根源，像"文革"作品中经常出现的"救星"正是中国天人合一或天人感应的文化传统的结果，而与基督教文化传统中的"救世主"略有不同，"万岁""万寿无疆"则是臣民对帝王的阿谀之辞，所以你不能说它不是文化。你可以鄙视武侠打斗、侦探色情之类的作品，然而它以对人们好奇心的满足以及对性欲和暴力欲的宣泄（触及到弗洛伊德所谓的充满暴乱与情欲的本我），所以你不能说它不是文化，有的时候这种文化更能表现一个时代的风尚。甚至反文化的作品，往往是对传统文化的更新，而并不是说，这些作品已不是文化。所以，如果不加语义的界定而笼统地谈什么"文化感"、"文化意识"，就不会有多大意义。

　　然而，把文化说成是一切经过人化的东西，并不能解决什么问题。如果说人化的宗教、哲学、艺术、科学都是文化，那么，文化研究不就成了宗教研究、哲学研究、艺术研究、科学研究等的相加了吗？但实际上，文化不仅不是宗教、哲学、艺术、科学等的相加，而且也不是字典上所解释的物质文明与精神文明的相加，因为按系统论的著名定律，整体大于各部分的相加之和。所以，文化是一种结构，一个系统，一个整体，一个民族的文化就是这个民族的价值体系、心理结构、思维方式、情感方式和行为方式；一个民族文化的发展就像一个人的成长。而神话、宗教、哲学、艺术、科学等,只是文化的各种不同的表现形式,文化分析必须借助它们,但它们并不就是文化整体。因此,文学与文化的关系,是部分与整体的关系,是子系统与系统的关系。如果说哲学、科学偏于诉诸一个文化整体的认知方式和思维方式,伦理学偏于诉诸一个文化整体的行为方式,那么,文学则偏于诉诸一个民族的想象力与情感方式。因此,文学文化学的研究对象,不但是从文化整体来看文学这个子系统,或从文学这个子系统反观文化整体,而且应该在文学与其他子系统的比较中,探究文学在人类文化结构中的位置、功能及其演变。

文学在人类文化结构中的位置和功能是怎样的呢?其演变情况又如何?黑格尔认为,艺术在经历了象征型、古典型、浪漫型的发展之后,已经在走下坡路。黑格尔假定的推论前提是这样的:艺术是认知的工具之一,它之所以区别于哲学的认知,在于哲学可以直接以一般、抽象的概念表述认识内容、普遍真理和绝对理念,而艺术对真理的表现总离不开感性形式。在黑格尔看来,美是理念的感性显现,在感性形式上显现的理念愈丰富,艺术也就愈伟大。黑格尔贬斥歌德前期以及德国浪漫派的作品,就因为这些作品与同时代的哲学相比,不能充分显示时代的理性认识,而歌德的《浮士德》以其对理念的充分显现,受到了黑格尔的赞赏。但是,艺术无论如何离不开具象、个别亦即感性形式,但对世界的认识却需要寻找普遍的概念和法则。试想,在具体、个别的形象中表现普遍、一般的认知内容,较之哲学直接以普遍、一般性的概念来显示理念,是何等的无力。

就文学的认知功能讲,黑格尔的论断是真理,而且只是在认知客观世界的意义上,才具有真理性。在人类的童年时代,艺术确是认识客观世界、达到真理的重要形式。上古的哲学、历史有许多也是艺术品,而在现代人看来是艺术品的神话,在原始人那里却是他们认识世界的哲学、历史等。从某种意义上讲,神话还是原始人的"自然科学",因为正如今天的自然科学是现代人对自然的认识一样,神话也是原始人对自然的认识。那么,为什么现代人往往不把神话作为哲学、历史乃至自然科学,而当作艺术品欣赏呢?原因在于原始人特有的神话思维,亦即维柯所说的"诗性智慧"。正如个体人的童话时代一样,在原始人的神话时代,还不具有运用抽象概念进行思维的能力,而是运用栩栩如生的具象进行思维。因此,神话并非原始人故意或自觉的虚构,而是一种普遍的认识世界的思维方式,虽然从现代人的角度看,充满具象(感性形式)和虚构的神话更近艺术。随着人类的发展,人们抽象思维的能力愈来愈强,一般性的概念逐渐取代了个别性的具象,以认识事物的普遍性和规律性,于是,哲学和科学的知识之光就使得人类的诗性智慧渐趋暗淡。从这个意义上说,黑格尔所谓的"思考与反省已经比美的艺术飞得更高"的论断是正确的。

　　然而,黑格尔是从认知的角度来预言艺术命运的,所以,他关于艺术日趋没落的预言就不免落空。的确,科学挂图、以形象图解理念式的文艺是在日趋没落,但是,非理性的文艺却从世纪末开始勃兴起来。因为在现代的人类文化结构中,诉诸文化整体的认知方式和思维方式的神话虽已部分地为科学与哲学所代替,但是,文化整体的情感方式的表现重任仍需艺术来承担。一个民族的文化无论在其成长、成熟和衰老期,都有其特定的情感方式。以现代主义文学而论,随着世纪末神学家的"终了论"与施宾格勒等人"西方的没落"的预言,现代派文学表现出浓重的怀旧情绪。这种怀旧情绪似乎意味着，西方文化已进入暮年。于是，一些现代派文学就走向原始主义，不但寻求原始的蛮力、孤独和自由，以便使衰老的文化得以更新，而且对曾被看作荒诞不经的与科学理性相背的神话发生了极大兴趣，神话学发达起来，西方许多现代作品皆取材于神话传说。人类似乎又进入了一个洪荒时代，或在荒原上怀旧（T. S. 艾略特《荒原》），或寄希望于文化重建……于是，文学不但没有理念化，不但没有因绑在感性形式的枷锁上而被哲学代替，恰好相反，哲学本身就出现了重感性、重直觉的生命哲学与存在哲学；从尼采到柏格森，哲学又变成了诗歌。在他们看来，即使纯就对主体的认识而言，直觉也要胜于理性的分析。这是黑格尔做梦也没有想到的。

不过，黑格尔的理念正如基督教的上帝，按他的观点，宇宙倒像一个有灵魂、欲望、意图和目的的生命实体，这本身就是一种想象，一种艺术性的虚构。于是，在"上帝死了"之后，理性就再不是全能的了，而非理性（如弗洛伊德的"梦"，柏格森的"本能"，胡塞尔的"直观"等）却获得了显赫的地位。胡塞尔认识事物的结构借助的是直觉，而柏格森则认为，在无机的物质面前，理性是得心应手的，但是，当理性从事于生命的研究时，它必然会把有生的东西当成无生物质一样处理，因此，对生命的认识应该靠对生命本身的直接体悟或直觉。而克罗齐认为，艺术正是一种可能的或想象的直觉品，而且艺术是直觉知识的最崇高的焕发，光辉远照的最高峰。这样，艺术就不仅在情感表现上，而且在认识不可重复的人的主体生命上也获得了显赫的地位。不仅如此，黑格尔强调的是艺术的客观性与必然性，而现代艺术却感到客观的难求，必然的虚假，转而探索并表现偶然性；黑格尔强调的是艺术的理性内涵，然而盛于现代的工具理性已经使人异化为工具，于是现代人便以感性生命的冲动去抗议这种非人的理性……因此,艺术并没有没落,没落的是黑格尔的绝对理念。在表现不可重复的内在自我、表现人的情感、心理方面,文学还有着得天独厚的位置和功能。从陀斯妥耶夫斯基的小说、象征派诗歌开始的西方现代文学,就已发生了某种变化,所看重的已非表现在认识经验中的客体的各种特征,而是直接体悟过的生活,并在深深的体验、直觉、内省中领悟人生的真谛。

弗莱在《批评的解剖》一书中曾以西方文学为例,描述了文学发展的动态结构。他认为,在神话中,神的为所欲为只是人的欲望的隐喻表现,随着神话转换成传奇,神转换成人,人的欲望无限扩张的隐喻表现就转换成对人的理想化表现,后来人的欲望幻想渐受压制,神话日趋消亡,就转换成现实主义文学,隐喻转换成明喻。于是,以神话为原型向传奇和现实主义的演变,就成为文学的发展规律。弗莱还在庞杂的文学现象中找到了一个循环模式:喜剧对应春天,以大地回春象征英雄的诞生与复活;传奇对应夏天,以万物葱茏象征英雄的成长与胜利;悲剧对应秋天,以秋风落叶表现英雄的末路与死亡;讽刺对应冬天,展示英雄死后的世界。弗莱认为,现代文学正处于秋去冬来的季节,英雄已死,渺小无能的小人物、丑角在占领着现代艺术的舞台。弗莱的文学循环论模式,显然受施宾格勒、汤因比乃至尼采的文化循环论的影响,然而弗莱立论的前提却是文学模仿文学,后世的文学是由神话原型演变而来。从宏观上看,弗莱的旁征博引使其立论坚不可摧,但是,落实到一个民族的文学现象上,许多问题就无法解释。以时间不长的中国当代文学为例,难道"四人帮"时期舞台上的"高大全"英雄就能证明中国艺术的春夏季节,而新时期文学就成了中国艺术的秋冬季节了吗? 弗莱的神话——传奇——现实主义的文学演变论固然很有道理,但是,由于弗莱执着于原型批评,没有将文学作为整个文化结构的子系统,在与其他子系统的比较中确立文学的位置与功能,看其消长起伏,并从文化传统及其演变以观文学传统及其演变,乃至文学传统及其演变与哲学传统及其演变等的不同,因此也就很难说清文学的演变规律,甚至导致了有人对弗莱批评体系的全盘否定。

文学是文化结构的子系统,是诉诸文化整体的情感方式的,但是,文学如果在理性深度、思维方式上达不到时代的尖端水平,也难以成为伟大的作品。冰心、朱自清等人的作品就文笔之漂亮、字句之优美并不在鲁迅、陀思妥耶夫斯基的作品之下,但是,它们之所以难以与鲁迅、陀思妥耶夫斯基的作品比肩,就因为它们在思想的深度上达不到时代的尖端水平。固然,希腊的神话与史诗是无与伦比的伟大,但是,如果今天有人创造出类似的神话作品,那么,也只是为孩子们创作了优美的童话作品,而非现时代的巨著。但是,由于人类孩童时代所具有的"诗性智慧",就使得艺术的繁盛超过同时代的哲学、历史等,因此,就作为一个时代的文化代表来看,艺术在人类的童年时代确曾具有无与伦比的地位。

文学需要达到时代的思想深度,从某种意义上说,现代伟大的作家,往往也是伟大的思想家。但这只是问题的一方面,从这个方面说,伟大的文学作品是能够显示某个民族乃至人类的文化水平的。另一方面,艺术的感性是艺术的生命,而感性的极致又往往会导致一种"反文化"倾向。因此,在人类的文化结构中,艺术与其他子系统相比,是最敏感的、变动不居的,用一句老话说,就是"时代的风雨表"。特别是在文化需要更新的时代,艺术确实能以感性生命的跳跃打碎传统的理性框架。中国当代的"寻根文学"，就表现出两种不同的文化倾向。一种寻根倾向是有感于传统文化作为整体结构的解体，以"文化制约着人类"为由，在当代的"文化真空"里怀着浓重的念旧情绪，去寻找文化整体解体后的碎片。我这里指的是阿城，在历时性上，阿城寻找的是老庄道家；在共时性上，阿城寻找的是现实中道家哲学的生命载体，如棋王、树王等。由于庄学具有重感性、非理性的反知倾向，所以阿城的作品显得很美。而另一种寻根倾向与此相反，把寻根笔触一直伸向文化结构没有定型之前的老根，简直就是弗洛伊德理论中的原始的本我，并且具有浓重的反文化的倾向。当代中国的大部分寻根作品皆属此类，而以莫言的作品最富有艺术的感性。这些作品在文化更新和重建的当代中国是需要的，但是，当代中国更需要《尤利西斯》式的在情感方式和思想深度上达到时代尖端水平的作品。

从文学文化学的角度看，代表时代尖端文化水平的作品并不一定是畅销书。因为畅销书必定要符合大众的口味，而对大众胃口的只能是大众文化，而不一定是精英文化。从这个角度讲，艺术与商品化是相敌对的。因此，创造具有时代尖端文化水平的文学作品的作家，其门前未必有武侠打斗、色情侦探作品的作家那样热闹，这就需要作家具有甘于寂寞、为艺术殉道的精神。过去正因为对这个问题认识不足，以为创作优秀文学作品就应该得到更多的报酬，结果一受商品化的冲击，文学界就茫然失措，以致使一些有才能的作家都去经商或从事畅销书的制造去了。另一方面，投合大众口味的文本未必就不是优秀的文本，正是在投合市民口味的讲唱文学的土壤上，产生了《三国演义》和《水浒传》等小说，只不过要写出《红楼梦》这样的巨著，还要远离市场。

文化背景与文学创新，文学传统与现代性，也是文学文化学的研究对象。一方面文学贵在创新，"日新之谓盛德"；但另一方面，文化背景为文学的创新划了一个范围，超出这个范围的创新是不可能的。中国文化执着于现世今生，所以中国文学中甚少世外之音，想象力也不发达，而西方文化就是要超越现世，所以颇多世外之音，艺术想象力也高度发达。从某种意义上说，中国不大可能出现陀思妥耶夫斯基，这并非因为中国人不聪明，而是因为中国没有基督教的文化背景。中国文学悲情不丰，批判性不强，都能够找到文化背景的原因。"五四"文学革命之后，西方文学大量进入中国，新文学作家也刻意以西方文学为师，以师法传统文学为耻，但是，以研究中国现代小说而起家的美国教授夏志清，却以为中国现代文学与西方文学差异甚大，原因在于中国现代文学太理性化了，没有一种"原罪"之说以及对"原罪"的阐释，这就等于说没有基督教的文化背景。在西方，对于基督教不遗余力地攻击的，要数伏尔泰和尼采了，然而 T. S. 艾略特却说，只有基督教文化，才会产生伏尔泰和尼采。在中国，激烈反孔反传统的，要数鲁迅了，然而我们也可以说，只有在孔教的文化背景下才会产生鲁迅。

尽管鲁迅受尼采影响很大，并且作散文诗《复仇（之二）》赞美耶稣，但是，与耶稣、尼采相比，鲁迅又近孔子。孔子、鲁迅都是平凡的，"于细微处见精神"的人格，而不像耶稣、尼采那种以救世主自居的神人和超人。孔子一生颠沛流离，是为了治国平天下；鲁迅毕生精力都贯注于救国救民族的事业，他的留日时期、"五四"时期以及后期的思想都不完全一致，但在"感时忧国"这一点上又统一起来了。孔子以国计民生为第一位，以此赞美与其道德理想并不一致的管仲为"仁"；而鲁迅之所以能够兼容其学说相互对立的尼采与托尔斯泰（"托尼学说"），也是从民族生存的角度着眼的——不肯定尼采就无以图强,不肯定托尔斯泰就无以反对帝国主义侵略。因此,鲁迅的个性主义从来都没有导向尼采、易卜生式的个性主义,而是希望"国人之自觉至,个性张,沙聚之邦,由是转为人国"①。孔子讲"杀身以成仁","知其不可而为之",但却不是那种以自己钉十字架而感化人的人,故而讲"无道则隐"、"则愚";鲁迅执着地为民族的生存而工作,但也说尼采终于不是太阳而发了疯,说尼采式的超人"太渺茫",说耶稣终于不是"神之子"而是"人之子"……孔子碰壁之余对学生说:"道不行,乘桴浮于海"②;鲁迅"碰头"之余也对学生许广平说:"我们还是隐姓埋名,到什么小村里去,一声也不响,大家玩玩罢。"③孔子说:"暴虎冯河,死而无悔者,吾不与也。必也临事而惧,好谋而成者也。"④这也就是鲁迅推崇的"壕堑战"、韧性精神——先保存自己,再施化别人。而正是这种精神,使鲁迅在教育部工作时,面对着袁世凯的祭礼、复辟,张勋拥戴皇帝坐龙庭,也能够默默生活下去。不仅如此,鲁迅对于母亲是孝子,对于章太炎、藤野先生是好学生,对于许寿裳是好朋友,而这正是孔子教诲的一部分。在艺术上,从神话传说到诸子散文(特别是韩、庄),从楚辞到"魏晋文章",从《儒林外史》的讽刺艺术到国画的传神与白描……无不给鲁迅以灵感和影响。仅此一例,就说明了文化背景对文学创新的制约力。如果文学文化学能够把文化背景与文学创新的规律揭示出来,对于当代的文学创作就具有重大的意义。

中国文学从"五四"开始,就在摆脱文学的传统形态而走向

---

① 鲁迅:《坟·文化偏至论》,《鲁迅全集》第 1 卷第 56 页。
② 《论语·公冶长》。
③ 鲁迅:《两地书·一三五》,《鲁迅全集》第 11 卷第 315 页。
④ 《论语·述而》。

现代化。文学文化学所要研究的，是文学现代化与文学传统乃至文化传统的关系，是文学现代化与政治经济现代化、科学技术现代化、哲学现代化、人的素质现代化乃至文化传统现代化的关系。从历时性的角度考察，现代文学打破了古典文学的和谐理想与团圆主义，出现了以对立、崇高为美学特征的艺术；抛弃了传统文学有头有尾的纵向的讲故事的结构方式，转而去截取生活的横断面，缩短情节以便把笔触伸向人物的内心世界；并且抛弃了传统文学的类型性典型，代之以现代的个性化典型，人物性格也由单一到复杂，由宁静到动荡，由偏于外在的刻画转向内在的心理描写，甚至是潜意识的描写。这是文学由传统形态走向现代化的历时性描述，然而，问题就在于文学现代化的复杂性。就已经实现现代化的西方的文学经验来看，现代主义文学并不就是歌颂政治经济与科学技术现代化的作品，相反，现代派文学对于现代化的商业社会、经济管理和科学技术不遗余力地批判与丑化，将其看作一种压制与摧残人性的异己力量，并转而去追求一种自然的生活、野性的自由。而这正是需要文学文化学加以深究的。

二 关于文学和文化的对话

张：据说 1985 年是方法论年，1986 年是"主体性"年，1987 年该是文化热年了。变化快本是一件好事，鲁迅当年就曾感叹时间的流逝仿佛独与我们中国无关，但是我却感到一种危机。

高：什么危机？莫不是你对新观点理解不了，对新名词也看不懂，担心这样下去，就没有饭吃了？原谅我话说得尖刻了一点，你在否定一种现象之前最好先去理解它①。

张：我正是在理解的基础上产生的危机感。你想，方法论热了一年，文学批评的方法变更了多少？主体性讨论了一年，有什么结果没有？许多问题还没搞清楚，立刻又转入了另一个题目。许多人就像追风一样，找了几本方法论的书还没读完，扔下再读主体性方面的书，主体性方面的书没读几页，又扔下再读文化学方面的书……正如鲁迅在《文化偏至论》中引尼采的话所说的："众庶之于知识也，无作始之性质。"这样下去，能产生什么像样的理论、批评体系吗？能产生像康德、黑格尔那样的大理论家吗？鲁迅当年"张个性"的时候，所希冀的正是"刚毅不挠，虽遇外物

①　本章中的高为高旭东，张为张淑贤。

197

而弗为移"者。今天人们虽在大谈个性，但是那种一哄而起的文学现象，不正是缺乏个性的表现吗？

高：你说得有一定道理，这可以到中国传统中寻一寻根。中国传统中有两种人，一种是顽固的卫道士，信奉"天不变道亦不变"。一种则是"变通"之士，所谓"穷则变，变则通，通则久"，特别是《老子》的"反者道之动"，更塑造了中国人善变的灵活性。在这里，"变"与"不变"实际上是一致的。"不变"者是以不变应万变，而"变"者则是以万变保持不变，也就是画圆圈，用文雅一点的话说，就是天道循环。这圆圈从《易》画起，一直画了几千年，也不知画出多少圆圈。从大的来看，马克思就曾说过中国社会在画大圆圈，他认为中国社会不断破坏，不断重建，不断地改朝换代，可是与此截然相反，中国的社会却没有变化。从小的来看，连中国的小说、戏曲也在画圆圈，这圆圈就是喜—悲—喜，也就是鲁迅批判过的"大团圆"。

张：与富有弹性和灵活善变性的中国文化相比，西方文化就显得精确、僵直。你是不是这个意思？但你怎么解释，近代中国人对西方的挑战反应那么迟钝，以至于让日本遥遥领先？这又谈得上什么灵活性？

高：你问得很尖锐，但这不能说明日本文化比中国文化更富有弹性和灵活善变性，而是说比中国文化要僵直一些。鲁迅就说中国人马马虎虎，而日本人却很认真。中国的英雄是灵活机动的，所谓"小不忍则乱大谋"，"君子报仇，十年不晚"，"大丈夫能屈能伸"，"留得青山在，不怕没柴烧"，而缺乏日本武士的殉道精神。汤因比在《历史研究》第九部"文明在空间的接触"中说：对于西方的反应，"日本的曲线的起伏比中国的曲线的起伏大得多。中国人从来不像日本人那样走极端，日本人要末是在两个接受的情况下向西方文化投降,要末是在那介乎其间的仇外时期把自己和西方文化隔绝开来。"

张:你的意思是说,日本人不像中国人那样中庸,而中庸与圆圈是一致的。

高:对。中庸,圆圈,和谐,都是中国文化的特产,虽然日本也深受影响,但是日本文化作为子文化,还是有自己独到的东西。中国文学也是以和谐为其审美理想,追求人与自然、情与景的和谐,追求围绕着伦理实践的情感与理智的和谐。

张:但你避开了我的问题绕圈子:为什么比中国人僵直的日本在学习西方方面遥遥领先?

高:僵直死板、认真坚定,可以使日本人走向与西方文化隔绝的极端,但是这一极端走不通,便又会走向全面开放的极端。但这只是问题的一方面,1840 年以前,中国压根儿就没有接受与自己的文明同等或者更高文明挑战的思想准备,所以,面对西方文化的挑战,也就容易茫然不知所措;而日本的西面却有一个强大的文明在自己之上的中国,所以日本既感受到中国的威胁又不得不向中国学习,当西方列强敲打东方各国门户的时候,西方也最容易代替中国而成为日本学习、模仿的对象。我们的祖先虽然贡献给世界一种伟大的独特的文明,但在学习、模仿外来文明方面却不得不向日本认输。

张:应该说,中国文化的灵活性也是有限度的。这个限度就是能够中国化,形式是兼容并包,如三教并立,方法是以柔克刚将之同化,如引庄入佛产生禅宗。所以我们似乎并不太害怕蛮族的入侵,你来了,好吧,我并不与你死拼,却赞美你,让你迁就我们的制度和文化,终而将你同化。清王朝的迁就比元朝好,所以也持久些。明清来华的耶稣会士们,如果能够比利玛窦的"归化"政策再宽松一点，搞个儒教—基督教同源，"天"即"天主"，那么也会在中国扎根。谁知罗马教廷太认真了，非要传播纯粹的天主教而排除儒教不可。结果正如伏尔泰在《巴比伦公主》中说的，这些"外国和尚"就被赶走了。而在近代中国，有西方列强枪炮的支持，就不需要像利玛窦那样对中国文化进行认同了，所以就不能不激起中国人的厌恶和愤慨。

高：中国文化富有弹性的灵活善变与西方文化的精确、僵直，令我想起美国学者卡普兰(R. B. KapLan)为东西方思维方法的差异绘制的图形，他所画的汉语思维图形是圆形的，而英语思维图形是直线形的。所谓"有一利必有一弊"，中国文化的优点是具有巨大的稳定性和连续性，但这同时又是它的缺点，就是发展缓慢；西方文化的缺点是具有巨大的跳跃性，容易中断，但缺点同时又是优点，就是发展快。举例来说吧，西方的诗学概念一般都有精确的规定性，也就是对概念加以界定，但是概念是对文学现象的抽象，是相对静止的，而文学现象却是流变不息的，于是一种文学概念发展充分之后必然会被其他新概念代替。而中国诗学一般不对概念加以界定，从而具有极大的模糊性、灵活性和不确定性，如气、风骨、神韵等等，你可以有你的理解，我可以有我的理解，时代变更了，也并不需要创造新概念，而只需对原来的概念进行新的理解就行了。但是由于概念不精确，那一时代的文学观念也不会发展充分。由此可以推及其他，中国微言大义的经学传统也属此类。

张：有人说，概念对现象的抽象是属于理性的，而现象世界的流变则是感性的，并认为中国文化是一种理性——日神文化。但你却认为中国文化不善于抽象出精确的概念，这不又成了非理性的酒神文化了吗？

高：理性和感性用得太滥了。但我觉得，在中庸之道的中国，是理性与感性的混沌，酒神与日神的合一；而在西方则是二者的分裂，罗素就说过希腊人"一方面被理智所驱遣，另一方面又被热情所驱遣"，"他们什么都是过分的"。因此，中国二者都不缺乏，缺乏的是二者的充分发展。

张：我们再回到开始所谈的问题。文坛不断变换花样，令我感到一种危机，但从刚才所谈的制造新名词是想充分地概括时代精神方面看，这是否又是一个好事？

高：不能一看到新名词就摇头。只要新名词能比旧名词更确切地逮意称物，就应欢迎。不信你读读皮亚杰（J. Piaget）、列维—斯特劳斯等人的书，也需要先熟悉其中的新名词。同是介绍 20 世纪西方文论，张隆溪的书之所以比佛克马（D. Fokkema）的好读，就因为张隆溪已照顾了汉语的思维习惯。从这个意义上讲，任何翻译都是对原作的变形。汉语是最少制造新名词的了，所谓"述而不作，信而好古"。这样做的优点是词汇富有弹性和持久性，今天受过中等教育以上的人，读两千年前的《史记》，不会成大问题；然而缺点就是造成了中国文化的模糊性，甚至国民性的图省事、马虎不认真等。西方语言是最能制造新名词的了，缺点是历时一久，过去的语言就很难懂，在中古成为欧洲各国文言的拉丁文如今已是死文字了，除了专家和僧侣已经无人能懂；然而优点却是造成了西方文化的精确性，能够穷尽每一时代的精神，乃至造成了西方人认真、敢于创造等文化心理。中国语言文化的变革，与对文言文的冲击是同步的。"五四"文学革命不但制造了许多新词，而且提倡白话文取代文言文，白话文较之模糊、灵活、多义的文言文来，要精确、僵直得多。

张：不过，新词的创造总要与文学观念的更新同步才好。你说新词的制造是为了更精确地逮意称物,可是目前许多词的制造却是使本来明了的变得更模糊,且不说一些新词连作者自己也未弄懂,只是对新词不加界定使其意义繁多一端,也足见并不是为了精确。而且文坛上的起哄现象也并非要把一种文学观念发展充分,而是未及发展又变来变去,且一哄而起。好起哄而不愿作出头鸟才是一种传统心理。

高:中西文化虽有巨大的差异,但也有相似之处。中西都经过了从神话传说到人的历史,都经过了从非符号、符号、超符号到解符号的历史,不过西方人打破符号的束缚比我们早而已。具体一点说,苏格拉底也像孔子一样重视伦理,亚里士多德也有过中庸之道,像孔子一样反对"过与不及",不过亚里士多德的中庸之道主要是在伦理与形式方面,而中国的中庸之道渗透到万事万物中去了。徐步缓行,语调深沉,谈吐平稳,是亚里士多德与孔子对于君子相类似的要求。伊壁鸠鲁所追求的只需常识的生活实践原则,要求平衡和静态的快乐,而不要激烈的快乐,与孔子的伦理也很相似。认为火是世界的原质的赫拉克利特,也具有老子思辨的智慧,赫拉克利特说"一切产生于一",老子有"道生一"之说,二人都很重视对立面的结合与转化,赫拉克利特说:"善与恶是一事",老子说"正复为奇,善复为妖","善之与恶,相去若何?"犬儒学派与卢梭对文明的抗议,也颇类庄子。我说过,和谐是中国的特产,而古希腊人、莱布尼兹、歌德等也有和谐的理想。中国古代与西方中古以前都追求一种宁静的境界,不过中国人追求的宁静是现世伦理的(儒),或者自然主义的(道);而西方人追求的宁静则是超现世的,是存在于整个时间过程之外的,是与流变不息的现象世界对立的永恒本体。毕达哥拉斯认为数学是超感永恒的,柏拉图认为理念是永恒不变的,基督教又以神(God)代替了柏拉图的理念。这一文化传统一直延续到黑格尔的理念、新托马斯主义的"绝对实体"。所以,西方古代文化在灵与肉、理性与感性、精神与物质的两极对立中,是重前者而轻后者的,于是,对西方传统进行价值重估的尼采,在宣布"上帝死了"的时候,就复活了古希腊的酒神精神。这样看来,打破古典的宁静,变化多端,也未尝不是一件好事,只要不是以不变应万变或者以万变保持不变就行。

张:不过,中西文化之同主要也限于古代文化。

高:不然。西方宗教文化衰落之后,也只能走向以人为本的世俗文化;一个超乎整个时间之外的永恒实体(理念,神)幻灭之后,也只能由人去认识、把握这世界。所以,到了近代,本体论的探讨就不能不让位于认识论的探讨,主智的文化就不能不让位于主情、主意的文化。而中国文化基本上是主情、主意的文化,也不关心那个存在于整个时间之外的永恒实体。中国文化作为主情主意的文化,在于承认情意是人之为人的根本,所谓"饮食男女"人之大欲(《礼记》),"喜怒哀乐天下之大本"(《中庸》),连孔子也感叹"未见好德如好色者"。于是,儒家就试图合理地宣泄人的世俗情欲,其方式便是"兴于诗,立于礼,成于乐",也就是正面的宣泄与伦理强制的统一,从而达到人与人,人与自然的和谐。所以中西古代文化都崇尚理智、理性,但是二者最大的不同,在于中国人认识到理智、理性并非根本,情意才是根本,但是任情意奔泄,"伤人必多",于是便理智地宣泄情意,以理节情,以道制欲;而西方人却以为理念就是根本,追求灵魂与理念的沟通,信仰喜欢数学的上帝,就成为西方人的理想,所以西方人厌恶世俗的情欲,认为它是属于魔鬼的东西。等到"上帝死了",西方人才认识到情意对人之为人的重要性,但是缺乏理智的节制,又有肉欲横流的趋向。

张：对了，西方近代文化与中国文化的相似性，正是梁漱溟先生坚信"世界最近之将来必是中国文化之复兴"的根据。这太渺茫了，不过，这种相似性能否通过努力，追求传统向现代化的创造性转化？

高：历史上，惟一的一次机会葬送在慈禧的手里，此后便是西化与复古的激烈争斗，于是更多的人就陷入复古与西化、传统与现代化的剧烈紧张之中。即使纯然主张西化或者复古者，在心灵的深层也避免不了这种紧张，包括伟大的鲁迅在内。

张：鲁迅在中西文化撞击的层面上是一个最复杂的人。他反叛传统最激烈而对传统的承担也最多，他一方面让人们多读外国书，诅咒中国文化，但是另一方面反抗外来侵略之心也最烈、自立于世界民族之林的情感也最强。他早期"别求新声于异邦"，在《文化偏至论》、《摩罗诗力说》中激烈地反传统，可是几乎同时写的《破恶声论》又对传统赞颂有加。他是"五四"时期最激烈的反传统者，可是他同时又整理古籍，讲中国小说史。后期鲁迅终于从大禹、墨子那里找到了回归传统的归宿。

高：传统对于我们中国人来说总是一个温暖的怀抱，由此可以理解，为什么"五四"反传统的那一代人情感上对传统那么留恋，现在身居海外的美籍华人也热衷于提倡"新儒学"。他们留恋的正是他们要割断的与传统的联系，或者已割断了的与传统的联系。

张：西方人也是如此。从启蒙运动前后，西方人就热衷于向上帝开刀，拜伦化作魔鬼与上帝作战，尼采直呼"上帝死了"；可是，当他们真正意识到上帝确实死了，他们就感到彻底被上帝抛弃了，连末日审判的机会也没有了，于是，他们便挣扎在苦闷的荒原上,感受着存在的荒诞性。约束人的神确实没有了,他们自由了,可是却苦于无家可归。家就是这么一种东西,它给人温暖却又约束人,你想得到温暖就要接受它的约束。有趣的是,能体现19世纪初的时代精神的是拜伦,而体现20世纪初的时代精神的是艾略特——一个政治上的保守主义者,文学上的古典主义者,宗教上的加尔文教徒。当然,这是艾略特自我标榜的,实际不完全是这么回事,但现代派文学的怀旧情绪确实很浓。因此,追求传统向现代化的创造性转化,确是一件很有意义的事。

高:自然,中国文化的模糊性比较有利于使传统向现代化转化,李约瑟就说:"中国的哲学本源是有机唯物主义,你可以从每一个新时代的哲学家、科学思想家的主张中得到说明。形而上学唯心主义从来没有统治中国人的思想,机械的宇宙观也不存在于中国人的思想中。有机论者关于每一种现象都是按照一定等级次序与每一种其他现象相联系的观念,在中国思想家中间是很普遍的。"善于模模糊糊地把握事物的整体及其普遍联系,的确是一种原始的圆满,颇类现代科学的系统思想方法,不过一个模糊,一个精确罢了,使模糊变精确,就是一种转化方法。

张:这使我想起元素与整体、个人与国家的关系来。元素不想为整体出力,都依赖整体,靠整体吃饭,甚而元素模糊在一起,于整体是不利的;但是,元素各显本领,各元素间相互对立,只顾自己个性的发展,对整体也是危险的。罗素就说过:"每一个社会都受着两种相对立的危险的威胁:一方面是由于过分讲纪律与尊敬传统而产生的僵化,另一方面是由于个人主义与个人独立性的增长而使得合作成为不可能,因而造成解体或者是对外来征服者的屈服。"希腊人因不团结而被蛮族征服,就是明显的例子。元素在整体中的位置和作用永远也不会完全一样,那么,中国文化的有机整体性是否比较容易建成一个相互协作而又不抹煞个人的独特性的国家？从而像马克思所说的，"使个人和整体的生活打成一片，使整体在每个人的意识中得到反映"。在近代中国，我们民族老受人欺负，于是，两方面的指责或者说"怒其不争"就都来了。一种指责认为中国人应该"任个人而排众数"，让中国人变成拜伦式的英雄，尼采式的超人；另一种指责说中国人不团结，一盘散沙，从而号召国人加强集团的纪律性，而中国人最终是靠着有机整体的团结力量把强盗们赶了出去。

高：我在北京召开的鲁迅与中外文化学术讨论会上的发言，就指出了中国式的个人主义与西方式的个人主义的不同。西方式的个人主义太重视元素，从而使整体在每个人的意识中得不到反映，它导致了个人与整体的分离；中国式的个人主义则是由于太不重视元素，于是人们便打着整体的旗子谋私，甚至各人顾各人，好起哄而不愿出头。

张：最好的办法是否就是中西合璧，来个中庸之道？

高：很难，因为人伦关系的这种不同实际上是与中西不同的宇宙观相联系的。

张：你太认真了，假如实用性地对待，或者如经学传统所指示的，来个微言大义，怎么样？

高：那当然可以，而且我还可以提供这种转化的更多理由。从总的来看，西方人从不务实际好作幻想的神话、神学，逐渐转向实证主义、实用主义，所以，西方古代为知识而知识的理论科学特别发达，西方实用科学的发达是近代以后的事；而中国古代就摒弃不着边际的幻想而讲求实际。中国医学那种模糊的有机系统思想，经过现代科学的有机系统的光照之后，就会比片面地把握人的西医更完美。

张：你能不能谈一谈中国文学传统向现代化转化的可能性？

高：我说过，西方人以理念——神为根本，是理智向外的文化，加之人类童年时代的好摹仿，导致了西方美学的再现传统，文学的史诗传统。等到西方人认识到情意才是人之为人的根本，才由再现转向表现，史诗转向抒情诗，而以情意为根本的中国，自古就形成了抒情诗和表现传统。所以，中国文化是一种早熟——少年老成的文化。

张：现代著名意象派诗人庞德（E. Pound）就为西方"发现"了中国诗歌。中国文化传统中反对以先入为主的概念把经验切碎的直觉的思维方法，与现象学的一些观念也相似，刘若愚、叶维廉等人就曾以现象学的方法阐释过中国诗学与文学，特别是庄禅一流的诗学与美学。

高：不过中国文化与西方现代文化的差异也太大了。最大的差别就是静态的和谐与动态的对立，并外化到自我平衡、人与人、人与社会、人与自然等各方面。中国文化塑造的人，既不像西方古代人那样崇尚理念——神，而厌恶情欲，也不像西方现代人那样任情欲非理性地狂奔乱泄；而是承认情欲宣泄的合理性，从而以理智来疏导。所以，追求传统向现代的创造性转化，也是很困难的。当然，也不妨碍将它看作是一条道路，条条大道通现代化。

张：当代的纪实文学很发达，使人难以分清哪是历史，哪是文学了，对此你有什么看法？

高：历史与文学原本是一母所生的两个孩子，按照克罗齐的说法，文学与历史都是直觉品，只不过一个是可以证实的，一个容许虚构。而且越向古代追溯，历史与文学的界限就越不分明，甚而混沌在一起。尤其是在叙事文学不发达的中国，这种混沌就更甚。且不说《雅》诗中记叙了历史，且不说《左传》、《史记》都是上好的文学作品,就是唐宋以后兴起的传奇、说部,或取材于历史,或看作历史的补充,自谦为稗史,甚至到了明清,较好的小说还是以《左传》、《史记》为典范,如《三国演义》、《水浒传》。不过,混沌中也会渐渐有光亮的。鲁迅之所以认为唐传奇"始有意为小说",就是因为唐人作传奇时已有意虚构,而唐传奇之前的"小说",即使荒诞不经者如《搜神记》,作者也真诚地认为并非子虚乌有,而是有"真神真事"。当然,中国巨大的纂史传统往往淹没了自觉的虚构,像罗贯中也自认为是史家的"后学",编次了"史书"。

张:总之,虚构与纪实,是文学作品与历史书籍分界的主要标志。韦勒克与沃伦合著的《文学理论》中也把虚构看作文学之为文学的本质。

高:我原来也认为史书应纪实,文学应展开想象的翅膀——虚构。近来才知道大谬不然,原来文学应该实,历史书才应该虚构。不信,纪实之风在中国文学界甚盛,从报告文学、报告小说,到纪实文学、纪实小说,无不印证了这一点。但另一方面,西方历史学界有人却要求历史摆脱实证主义,譬如柯林武德就批判了历史"科学化"的作法,把历史研究纳入主观想象的范围。他认为必须用思想重演过去时代的思想,必须用想象去弥补不连贯的历史过程。

张:这种思想似乎古已有之。菲尔丁就说:"许多传奇作家(作者对历史学家的讽刺称呼——引者)给他们自己写的书叫'英国史''法国史''西班牙史'等等,普通人又都相信他们的记载是翔实可靠的……但是一旦涉及人的性格与行动,他们的著作便不那么真实可信了。要证明这一点,只须看看写一国历史的几个史家,他们是永远彼此矛盾的……的确,比较有判断力的或不轻信的读者很有理由把这些著作全都看作是传奇,是作者运用丰富想象胡诌出来的作品。"

　　高:不过在菲尔丁的时代,历史学家本人还相信他笔下的历史是真实的历史,可是到了现在,连历史学家也不认为他笔下的历史是纯然客观现实的再现了。克罗齐就说,历史研究绝不能离开当代人的思想精神,柯林武德甚至说,"一切历史都是当代史"。可是,我们的一些纪实作者却硬把自己的作品看成是纯然真实的倾出,连批评家也认为他们的作品是"非虚构文学"。

　　张:这未免有点自欺欺人。纪实要求的是对客观事物纯然真实的再现,文学则绝不能排斥创作主体的想象、虚构和创造,纪实文学、报告小说本身就是一个矛盾的命题。勃兰兑斯在评论司各特作品时指出,历史小说永远是一种不伦不类的东西。所以我觉得,"非虚构文学"这一命题是不能成立的。一位好作家总有自己的语言系统,对于所描绘的客体总有一定程度的变形、虚构。两位纪实文学家纪同一人的"实",永远也不会相同,因为他们总会用各自的社会角度、伦理眼光、价值观念、艺术视觉去认知"这一个"。而且,以不与客观事物相左的"实"为文学的审美理想,无疑就会像车尔尼雪夫斯基那样以生活真实来贬低艺术,退一步说,即使纪同一人物的实,两位作家的作品不约而同,也决非好作品,因为文学作品尚异,崇尚创造性和艺术个性,而艺术个性则是属于作家个人的。

　　高:不过,只要纪实文学家具有考据癖,只描述地点、人物、故事梗概,或许也能做到"非虚构",但这样做却葬送了文学。文学需要血肉——人物的意志、情感、心理,一句话,活生生的血肉人生的展示。作家仅凭认知上的观察无论如何也不能认知这些,凭自我反省的直觉体悟比以观察的认知要高明一些,但这也不过是以己之心度人之腹,以自己的经验去推测他人的心理,也就是以自己为模特对他人进行虚构。但是世界上不存在两位个性重复的人,谁也无法穷尽别人的主体性。因此,纪实文学家笔下的人物只是他自己的人物,无论如何也不能不打上他主观的虚构印记,尽管这种虚构也是不自觉、作家自己不承认的。

张:为标榜自己所写的是真人真事,是纯然的真实,一种是郁达夫所提倡的"日记体",说作家的作品总有点自叙传的味道,若以第三人称写出且心理描写过于详细,便会招人疑心:作者对于别人的心理何以知之甚详? 于是作品中最便当的体裁是日记体,其次是书简体。郁达夫本人的作品就可以看成是他的自叙传,无论是"我",还是"于质夫",都是郁达夫本人的写照。另一种就是纪实文学、报告文学一类靠写别人的事实而获取真实性的作品。后一种的虚构性自不待言,就是前一种作品也免不了虚构,正如韦勒克、沃伦分析的,抒情诗也免不了虚构。这里有一种奇怪的文学现象,前一种作品虽然人名、地名、事件往往是虚构的,但从自叙传的角度讲具有更多的可信性,作者往往借一个虚构的人名以叙自己,或者以自己推测别人。而后一种作品虽然时间、地点、人物都是真实的,但其中活生生的人物从事实的角度看,可信性就成问题。

高:文学由传统走向现代化,也就是由类型化的典型走向个性化的典型,由人物性格的单一走向复杂,由宁静走向动荡,由故事性强(适合描写传奇式的英雄)走向缩短情节、淡化情节,由人物外形的刻画走向深层心理的挖掘。因此,纪实文学、报告文学之类的作品,在传统走向现代化的道路上,也是步履艰难的。

张:西方文学由摹仿、再现的受动性转向偏于表现、抒情的主体性文学,是从传统向现代化的转化。在现代主义的洪波泛滥时代,纪实文学只能作为西方文学中不那么令人注目的小波澜,不想这一小波澜却对当代中国文坛发生了如此之大的冲击。不过,从根本上讲,纪实文学继承的却是"缘事而发,不平则鸣"的传统,这一文学传统除了"文革"那样的文化专制,在中国一直没有中断过,清末的谴责小说,20世纪30年代的鲁迅杂文,承袭的都是这一文学传统。纪实文学针砭时弊比纯文学来得直接、迅速,可以作为社会的一个灵敏感官。从这个角度讲,纪实文学自有其存在的合理性。纪实文学之所以在中国有市场,还因为读者相信这些作品描写的都是存在着的事实。

高:但我有时宁肯看创作小说,也不愿看报告小说。记得鲁迅说过:"要使读者信一切所写为事实,靠事实来取得真实性,所以一与事实相左,那真实性也随即灭亡。"因此,"幻灭之来,多不在假中见真,而在真中见假。日记体,书简体,写起来也许便当得多罢,但也极容易起幻灭之感;而一起则大抵很厉害,因为它起先模样装得真"。纪实文学、报告小说也一样。

张:谈完了纪实文学,再谈寻根文学。我觉得,伤痕文学是对"文革"给人们留下的心灵创伤的浅层描写,反思文学则试图对此心灵创伤进行社会历史的反思,而寻根文学则把艺术的触角伸向文化哲学层次了。

高:你说得不错,但必须从你刚才所说的角度进行新的解释。你该知道,你心目中的寻根文学并非寻根文学家心目中的寻根文学。寻根文学家宣称,传统文化已从中国大地上消失了,所以他们要接续当代人与传统的血脉。作为个人的艺术追求这原也无可厚非,然而他们攻击"五四",甚而把"五四"与"文革"相提并论的做法,实在是出于文化上的无知。

张:我记得鲁迅说过,传统阻碍着后来但也裨益着后来,有文化遗产总比一片文化沙漠好。为什么东亚国家在现代化进程上就较快,这难道与东亚的古老文明就没有关系? 只要我们以现代化为价值准绳,对传统如同对外来文化一样实行"拿来主义",发掘传统中能融汇到现代来的生力因素,就可做到既利用了传统,又摆脱了传统对现代化的束缚。

高:不过这很难。束缚与裨益的文化因子往往纠缠在一起,难分难离,传统文化的有机整体性更使得人为的分离成为不可能。要想两全其美恐怕只有进入思辨的领域,说这东西虽然坏,但也有些好处,究竟应该怎么办? 不知道。可是,现代化需要的是选择,是行动,不是纯然的思辨。

张:但我们不能夸大文学的作用,把文学视为"经国之大业"的工具。从整体上说,文学中虽有理想、意志要素,但文学之为文学,更主要的是情感要素。在传统与现代化的交替时代,知、情、意必然有种种的矛盾和冲突,理智上当然要选择现代化,意志导向现代化的实践,而情感上则不能不对传统有所留恋。失去了固有的家,固然可以自由了,但也得不到家的温暖了。谁在情感上不愿投入温暖的怀抱? 尽管从理智上讲,怀抱对人也是一种束缚。文学作为情感表现的利器,显示出对传统伦理的恋恋不舍,这又有什么可以指责的呢? 在传统与现代化、历史主义与伦理主义的矛盾、背反中,许多伟大的作家选择的都是传统和伦理主义,而不是现代化与历史主义。如雨果的冉阿让,巴尔扎克的欧也尼,托尔斯泰的聂赫留朵夫。就是莎士比亚,近代莎学家也指出莎翁在伦理的情感上是倾向于传统的。

高:人们不是常说:"马克思主义活的灵魂是具体问题具体分析"吗? 在西方,知、情、意往往分裂,你在情感上依恋传统,并不妨害我在理智上选择现代化,你把基督教伦理说成是庸人的温床,甚而宣布上帝的死亡(如尼采),并不妨害我去追溯传统的荣光(如马克斯·韦伯)。但是,在知、情、意高度统一的中国,情感上对传统的依依不舍,就可能导致整体上的复古,或者穿着西装以复古,正如知识界几个人的反孔,导致了全民族狂热的"砸烂孔家店"一样。

张:你说的也有道理。有一天我去一个俗文学书摊,什么"女盗"啦,"女侠"啦,没有一本合我口味的。往回走的时候我就想,这些东西在西方也很多,有声誉的作家、评论家是不屑一顾的,但这并不妨害这些东西的泛滥。而在中国,一旦有声誉的作家、评论家都对此类东西抱以敌视的态度,就会影响这类东西的泛滥。等到这类东西被查禁或被人嗤之以鼻了,就连有声誉的作家、批评家也会说这类东西的几句好话。

高:我正是这个意思。我觉得,寻根文学的文化背景,是随着对外开放、西方文化的流入而起的一种抗拒。其文学背景,则是想寻找点古老神秘荒诞的东方情调,以便在外国打响,在诺贝尔老人留下的钱财中拿点钱。诺贝尔奖金也很有意思,它并没有颁发给反传统的鲁迅,却发给墨守东方传统的泰戈尔以及日本情调很浓的川端康成。

张:文学不是工艺品,有一致的价值尺度。诺贝尔奖金并不能说明什么问题,因为瑞典那几个人所需要所欣赏的,也许并不是现代中国人所需要所欣赏的。文学首先应该满足中国人自己的需要。我们应该有足够的民族自信和自尊心,透示出现代人的灵魂来,而不要管别人指东说西。正如有的西方学者指出的,诺贝尔奖金不授给鲁迅,并不是鲁迅的耻辱,而是诺贝尔奖金委员会的耻辱。寻根文学也不能只听凭别人指东说西,我觉得,寻根文学应该以现代化为价值准绳,重新估价并反省传统,全盘西化是不对的,复古也不正确。

高:我愈多读寻根文学,愈感到他们的理论主张与创作实践不完全是一回事。除了阿城等少数作家的作品与其理论主张大略相符之外,大多数寻根作品并不是什么文化小说,而是一种乡土浪漫主义,描写一些荒远的、人烟稀少的地域,叙说一些怪诞、荒谬的故事,刻划一些粗犷、豪放、野性的人物。颇类拜伦的《东方叙事诗》、梅里美的《嘉尔曼》、普希金的《茨冈》以及库普林的一些作品。自由、刚健、痛苦的磨炼、宿命的重压以及强力色彩,都在这些作品中有不同程度的呈现。19世纪西方的文学家是寻找吉普赛人的自由不羁、野性蛮力同传统、文明社会对抗,而20世纪下半叶的中国文学家却将此名之为"寻根文学"。我觉得,这不但不是什么"寻根文学",而且是对"温柔敦厚"之中国文化"根"的一种冲击。

张:你有时说中国文学是"中和之美",有时又说中国文学是"阴柔之美"。但儒家也讲"刚健、自强不息",《易传》说,"天行健,君子以自强不息",孔子说,"知其不可而为之",孟子说,"贫贱不能移,富贵不能淫,威武不能屈",这不都是一种阳刚之气,一种刚直的男子汉气度吗?

高:不错,较之老庄的贵柔守雌,儒家更多阳刚之气。所以,与西方文化精神差异最大的是老庄。老子说,"柔弱胜刚强","天下莫柔弱于水,而攻坚强者莫之能胜",故"天下之至柔,驰骋天下之至坚",这样,老子就教会了中国人"以柔克刚"。老子大讲"以柔克刚"的妙处,因为"兵强则灭,木强则折",你不强不刚,像水一样柔和,别人就对你无可奈何了,俗话说:"抽刀断水水更流"。老子还教人不要处上而处下,不要乱说乱动,而要安静、老老实实;他打了个比方说,雌性所以经常战胜雄性,就在于安静而居下。儒家较之灵活善变的老庄来，虽然刚直、僵硬一些，但较之更刚直、僵硬的西方文化来，就柔和多了。孔子虽然说"知其不可而为之"，但又说"有道则见，无道则隐"；孟子虽然说"威武不能屈"，但又说"可以死，可以无死"。于是，"小不忍则乱大谋"，"大丈夫能屈能伸"，"君子报仇，十年不晚"，"留得青山在，不怕没柴烧"……所以许慎在《说文解字》中就说"儒者，柔也"。一般来说，中国人对于不公正的事也不硬顶，或者默默忍受、等待时机，或者说几句好话，送点礼，以求公正。只有等到忍无可忍了，于是一哄而起。因此，与外向的、锋芒毕露的、富有占有性和侵略性的西方文化不同，儒家讲求温文尔雅、温良恭俭让、含蓄而不露锋芒，并以内向性格为美德。在美学上，儒家也是以"温柔敦厚"为其诗教的。

张：但中国文化并非只有儒道两家，先秦就有诸子百家。

高：墨家确与儒道不同，实实在在，僵直刚硬。墨子"非乐"、"非命"、"明鬼"，而不像"祭神如神在"的孔子那么含糊其辞。儒家"可以死，可以无死"，而墨家却以自苦为极，"以死为终极目的"（鲁迅语），富有殉道精神。西方人的科学精神也可以与墨家认同，《墨经》中就记有许多科学知识，所以近代许多中国人把西方文化与墨家认同。这也是为什么鲁迅终生反孔批道，却复活了大禹——墨子精神；而以为将来之世界必是中国文化之复兴的梁漱溟，却认为孔夫子最聪明，而西方人太笨，墨子太笨。但是，秦汉以降，墨学近乎失传，因此，规定了中国文化发展方向的，还是儒道二家。

张：这就是你的"阴柔之美"与"阳刚之美"的文化根据？中国的"阴历"与西方的"阳历"有没有文化上的原因呢？或者说，是否能成为"月亮文化"与"太阳文化"的一个标志呢？

高：你问得很有趣，可惜我对这个问题没有思考过。但中西文学的阴柔之美与阳刚之美却是一个鲜明的对照；朱光潜先生在《中西诗在情趣上的比较》中就指出："西诗偏于刚，中诗偏于柔。西方诗人所爱好的自然是大海，是狂风暴雨，是峭崖荒谷，是日景；中国诗人所爱好的自然是明溪疏柳，是微风细雨，是湖光山色，是月景。"

张：我觉得中国文学中那种淡远清雅、空灵无物的境界，西方人不但写不出来，连体味这种境界也很难。与这种山水诗画相联系的一套理论，也不见于西方，什么"文者，气也"，"得意忘言"，"妙在有意无意之间"，"言有尽而意无穷"，"不着一字，尽得风流"，"羚羊挂角，无迹可求"等等。

高：这是中国人对世界的独特贡献。中国文学和美学是和谐的、优美的，而西方文学和美学则偏于壮美和崇高。从古希腊开始，感性与理性的冲突就已很激烈了。罗素说，希腊人并不静穆，而在什么上都是过分的，在情感上、理智上以及死亡上。尼采也认为，悲剧的诞生是因为酒神的狂饮滥醉被日神制住。中古的哥特式建筑，骑士文学，也是神秘、崇高、壮美的。近代以来，人与社会、人与自然、人与自我的对立愈发激烈，使和谐的优美成为不可能，文学中的丑怪因素愈益增多，终于使美学变成了地地道道的丑学。从西方文学和美学纵的比较来看，古希腊文学和美学是偏于和谐的美的，亚里士多德也有过"中庸之道"，讲求均衡、对称。但是古希腊人讲求的是偏于形式的和谐，而中国人讲求的是偏于内在意蕴的和谐。歌德有过和谐的思想，所以他对中国文学产生了极大的兴趣，但他认为，如果寻求美，那么我们宁肯回到古希腊去，因为古希腊艺术通体都是美的。歌德在欧洲历史上是一个非常奇怪的人。当欧洲各民族打破宁静走向对立冲突的时候，他却在寻求和谐；当欧洲艺术丑怪因素愈益增多的时候，他却在寻求古希腊艺术的完美无缺；当欧洲的民族文学兴起时，他却说民族文学已无多大意义，而要求出现一种一般意义上的世界文学。他要求拜伦知足常乐，但他创造的浮士德却是一个不知足的典型。施宾格勒把西方近代文化称之为"浮士德文化"，但歌德的审美理想却又具有浓重的古典主义色彩。

张：不错，歌德正是一个"二重性格"组合的人。但是，他所欣赏的古希腊的美，与中国文学的优美比较起来，还是一种壮美。从荷马史诗的英雄气概，拉奥孔的悲壮造型，到埃斯库罗斯笔下的普洛米修斯，索福克勒斯笔下逃避命运却备受命运拨弄的俄底浦斯王，无不表现了这一点。而且我觉得中国文学本身也比较复杂，就中国文学进行纵向比较，汉唐艺术还透出一种阳刚之气，自宋代之后阴柔之气遍被华林，这只要把唐诗与宋词一比就可以知道。提倡阳刚之美——力之美的鲁迅，就发掘汉唐精神，而排斥宋代以后的文艺。

高：在中国文学内部还可以进行横向比较，受儒家浸染较深的文学较多阳刚之美，受道家浸染较深的文学较多阴柔之美。北方文学偏于阳刚之美，南方文学则偏于阴柔之美。像花木兰那样的"阴刚"形象，积淀的是北方人民的审美理想；而南方的书生、才子们，一般是文雅加文弱，很带点"阳柔"的味儿。鲁迅说，才子们的理想，是在清秋时节，拖着清瘦的病体，让丫环搀扶着，去看秋海棠。

张：你还忘了一句，在看秋海棠之前还要吐半口血。这是典型的弱质。所以，有人说北方的女子像南方的男子，看来也不无道理。不过，这只是大体而论，特殊的例子也不少。

高：但北方文学在西方文学的相比之下，也不免显示出柔性的美。在西方,从阿喀琉斯到中古骑士精神,从"意力绝世"的拜伦,到赞美鹰和蛇的尼采,无不显示着阳刚之美。中国文学中也不是没有阳刚式的人物,如张飞、李逵,但他们与在西方文学中的地位不一样,要么带点被取笑的意味,要么被克于柔和式的人物,像宋江、刘备之流。所以,你要欣赏阳刚之美的时候,不要读中国的唐诗,宋代的豪放词,而去读西方作品。李白的《蜀道难》就够气势宏伟的了,但我总感到不够味。你要欣赏阴柔之美的时候,也不要去读华兹华斯、乔治·桑等人的田园诗歌和小说,而去读中国的婉约诗词。当然,这是纯粹从个人欣赏习惯的好恶来说,并没有不偏不倚地以为这是我提倡的东西。但是由此我却反省体悟到了西方人为什么那么喜欢王维、孟浩然的诗歌,喜欢沈从文、张爱玲的小说。

张:西方人喜欢汪曾祺特别是阿城的作品,也有这方面原因。林语堂介绍享乐、柔软胜刚强的大量书籍,在西方大受欢迎,与此也不无关系。但从价值判断的角度,你觉得阴柔之美还是阳刚之美好?

高:这很难说。我喜欢听贝多芬的"英雄"、"命运",但觉着中国的"春江花月夜"、"梁山泊与祝英台"也不错。听后者更多是观赏、消遣、伤感,而听前者则激起我正视人生的勇气,给我与命运之神抗争的力量。即使从文学现代化的角度,也很难说阴柔之美还是阳刚之美好。读《红楼梦》,若是不带政治学和社会学的偏见,去寻找什么政治经济细节,或去寻找贾宝玉作为一个大革命家的材料,而是从审美的角度,就会被其阴柔之美带到消沉的、感伤的西风落叶的湖面上去,对着漂满残花败叶的湖水悄悄哭泣。且不说小说描写的就是一大群女孩子,且不说主人公宝玉、黛玉都是一种弱质型的人物,只读一下书中的诗词也就大体领略了中国的婉约诗词。

张：张毕来先生有一篇题为"论《红楼梦》的儒学道统"的文章，从贾宝玉对"四书"和孔孟程朱的矛盾态度分析指出，贾宝玉的观点"并未跳出儒学的基本圈子"。

高：董仲舒之后，纯粹的道家不存在了，纯粹的儒家也不存在，能跳出儒学圈子的人差不多就能跳出中国了。不过，就作品的基本倾向而言，《红楼梦》的文化承担主要是道家——禅宗。鲁迅对《红楼梦》的评论就很带点佛教味儿，我想从道家的角度大略分析一下《红楼梦》。老子赞美女性——水性，认为人应该像水一样柔软，像雌性一样安静居下，宝玉也赞美女性——水性，认为女孩儿是水做的。老子说"木强则折，兵强则灭"，任何事物发展到顶点就会走向它的反面。而曹雪芹描绘的，正是贾府由盛而衰的过程，无论凤姐是如何巧使心计，盛极必衰是不可抗拒的。当然，在这一点上，儒道的认识是一致的，不同的是儒道的伦理选择。儒家选择的是持中居正，不倒向任何一个极端，就可保无衰。而道家选择的是向后退缩，"复归于婴儿"，永远也不要向刚健强盛的地方走。在《红楼梦》中，秦可卿有点心计，思虑过度，结果早死。特别是在宝玉、黛玉、宝钗的三角爱情关系中，黛玉有点尖刻不饶人，嫉妒、讽刺宝钗与湘云，以全身心与宝钗争宝玉，结果不但没有争到，反落得个计穷身亡。而宝钗不嫉妒，不与黛玉竞争，处处让人，结果以柔克刚，反倒争得了宝玉，正如老子所说的"夫唯不争，故天下莫能与之争"。晴雯作为黛玉的缩影，袭人作为宝钗的缩影，其结果也是晴雯早死而袭人得到了宝玉。

张：很新鲜。不失为《红楼梦》主题新说，最好是写篇长文详细阐发论证一下。

高："红学"重镇，不敢乱闯，不过是"门外'红'谈"。《红楼梦》虽然是典型的阴柔之美,但却具有很多现代化的因素。从《三国演义》和《水浒传》那种传奇式的英雄故事,到《红楼梦》不注重故事情节而注重日常生活的人情描写,从《三国演义》《水浒传》人物性格的单一到《红楼梦》人物性格的复杂,从《三国演义》《水浒传》注重人物外形的描绘,到《红楼梦》心理描写增多,都有从传统向现代化过度的迹象。特别是《红楼梦》对把个性融入一种原则、理念的薛宝钗的某种否定,而对具有活生生的个性并试图摆脱原则和理念束缚的宝玉、黛玉的某种肯定,就使得《红楼梦》的现代因素更加突出。

张:所以"五四"文学革命向旧文学发起进攻的时候,独独对《红楼梦》手下留情。但《红楼梦》正是在传统的文化土壤上滋生出来的,此一点也足以说明中国传统文学并不是不能从传统形态向现代形态转化。

高:我以为只要作家有主见,不听着风就是雨,那么,批评性的意见更有利于他们反省自己的艺术选择。今天的作家最怕的就是一哄而起,以为赶上新潮就能够成为大作家。其实有时候当大作家是很寂寞的事情,曹雪芹如此,鲁迅也是如此。鲁迅后期门前是很热闹了,但是成就反不如前期。

张:荣格(C. G. Jung)一流的心理学家,认为集体无意识中的"原始意象"对后代文化的发展有决定性的影响,而原始意象又可以追溯到古老的历史神话上去,你觉得有道理吗?

高:有一定道理,但是,"原始意象"——神话又是被什么决定的呢? 我还是一个存在决定意识的信奉者。当然,随着生产工具的改进,征服自然能力的提高,主体的能动性就越大,相对而言,现代人受环境的制约就较小了。而在那生产力低下的荒古年代里,环境对人类文化就有决定性的制约。荣格理论有道理的地方在于,一个古文化一旦形成,对后代文化的发展就规定了一个方向,而这个方向很难被改换。

张:我觉得,中国文化的基本定型在三代至先秦这一段,主要是人本主义的农业文化,不太信神而重人,讲求天时地利人和,讲求适应自然,祈求风调雨顺,而西方文化起于科里特岛,定型于古希腊,主要是善于冒险探求的商业文明,希腊的文化巨子几乎都是和富庶的商业城邦联系在一起。虽然蛮族入侵和希伯莱文化对西方产生了重大而深远的影响,但文艺复兴之后又复兴了古希腊。

高:中西文化的差异也可以追溯至中西神话的差异。西方神话出于以幻觉和想象去把握宇宙的认识动机,而较少功利目的;中国神话则具有鲜明的现世功利目的,诸如补天、射日、填海、治水等等。这就预示了西方文化偏于科学,中国文化偏于人文;西方文化偏于真理,中国文化偏于伦理;西方文化偏于超越现世,中国文化偏于现世。也预示了西方哲学偏于形而上学,中国哲学偏于伦理学;西方科学偏于理论探讨,中国科学偏于技术实用。西方神话以奥林匹斯的宙斯为首,建构了一个庞大的神话系统,中国神话则是零散的。这也预示了西方人喜欢建立理论体系,而中国人则喜零打碎敲的格言、语录之类的东西。

三　中国文化对死亡的超越

作为人生道路之终点的死亡，是最容易激发人生无常感的根源之一，也是追求永恒和不朽的宗教、哲学最感兴趣的主题之一。罗素说："追求一种永恒的东西乃是引人研究哲学的最根深蒂固的本能之一。"[①] 的确，死对于每一个执着于大地和肉体生命的人，都是绝大悲哀的事。敏感的诗人曾哀叹"大江东去，浪淘尽、千古风流人物"，连所谓"天子"汉武帝也感叹"少壮几时奈老何！"

意识到人的终将要死，固然可能使人感伤颓废，甚至及时行乐。但是，人只有面对死亡才可能深刻体认到此生的存在价值，才可能创造超越死亡的文化。原始人产生的最初以精神为目的的形式与色彩观念，就是在原始的死亡体验中进行的。卡尔·萨根在《伊甸园的飞龙》中说："伴随着前额进化而产生的预知术的最原始结论之一就是意识到死亡。人大概是世界上唯一能清楚知晓自己必定死亡的生物。"叔本华说："动物的生存不知有死亡"，只有人类才有对死亡的恐惧，而"所有的宗教和哲学体系"，都可以"作为对

---

① 罗素：《西方哲学史》上册第 74 页。

死亡观念的解毒剂"。因此，"死亡是给予哲学灵感的守护神和它的美神，苏格拉底所以说哲学的定义是'死亡的准备'，即是为此。诚然，如果没有死亡的问题，恐怕哲学也就不成其为哲学了"①。海德格尔说："在世的'终结'就是死亡。这一属于能在也就是说属于生存的终结界定着、规定着此在的向来就可能的整体性。"② 可以说，人与其他动物一样都是生存于时间之中的，但是人的文化本性却总想超越死亡。任何文化，都具有超越死亡的共性，其超越死亡的不同方式，恰好就是这种文化的特征。

我们先看儒家是怎样超越死亡的。个体的死亡在儒家那里并未受到重视，因为儒家已经将个体的人纳入了一种伦理整体当中。儒家通过"修身、齐家、治国、平天下"，建构了一个和乐融融的大家庭，一个非常富有系统性的伦理整体。这种伦理整体是建立在一种素朴的伦理情感和生命关系之上的。为什么人应该孝敬父母、敬老尊长？因为个体的生命是他们给的。为什么人应该崇拜祖先？因为包括个体生命的整个家族的生命，都是祖先给的。为什么人应该听命于君主？因为他是按照小家庭比附出来的大家庭的家长。于是，个人要受到世人的尊重，就应该孝敬父母，崇拜祖先，并生养孩子以防止整体生命的死亡。这个伦理整体的建构本来是从个体的生命出发的，然而一旦系统建构起来，却又有抹煞个体生命的倾向。因为"整体大于各部分的相加之和"，整体生命的延续比个体生命的存活更要紧，个体虽然生生灭灭而难以超越死亡，但是在儒家所关注的伦理整体的纵向的生命之流的畅通无阻中，就已经超越了个体的死亡。正如《列子》所言："虽我之死，有子存焉。子又生

----

① 叔本华：《爱与生的苦恼》第149页，中国和平出版社1986年。
② 海德格尔：《存在与时间》第281页，三联书店1987年。

孙，孙又生子，子又生子，子又生孙，子子孙孙，无穷匮也。"个体的生命就在这承上（孝敬父母、崇拜祖先）与启下（生育子女养育后代）的传宗接代中得以不朽了。当然，这种对死亡的超越适合于儒家建构的大家庭的全体成员；而对于士大夫，儒家还有更高的超越标准，就是整个家国社稷的文化血脉的传承，从而以天下为己任，为往圣继绝学，为后世开太平。

中国人生命的极大欢喜，就是个体生命融入家国族类之中，为生命整体大树的枝繁叶茂而浇水流汗。即使是中国现代的与整体分离的个性主义者，也认为只有在为国为民（尽管是"改造国民性"，是"哀其不幸，怒其不争"）的民族自救中，才能获得个体生命的慰藉与超越，否则就会感到生命的孤苦无依。因为中国没有上帝，所以就不可能像西方人那样，与群体对立而在与神的沟通中，得到生命的极大欢喜，并超越个体生命的短暂而获得不朽。所以，中国人以"子孙满堂"、"四世同堂"为乐事。儒家就反对个体生命的背井离乡，而个体本身也不愿离家出走，否则，就会感到"异乡人"的冷酷无情以及存在的偶然性和荒诞性。后世道家之徒的"离家出走"，一般也只是从政治链条上退下来，而并不冲破传统的伦理关系网。佛教要在中国传播和扎根，也只得对孝道让步，乃至出现了所谓的"孝僧"。

在中国文化的大背景下，即使传统的道德价值在"五四"新文化运动的打击之下有崩溃的趋向，中国人也不会像西方人在"上帝死了"之后那样深感生命的孤苦无依和荒诞无比。因为中国传统的族类绵延和国家民族的整体框架还支配着中国人的生活，儒家和乐融融的大家庭虽然已支离破碎，但却潜在地继续给人以温暖。鲁迅尽管揭露"礼教吃人"，甚至让人不读中国书而多读外国书，但是鲁迅也并未摆脱以族类的绵延超越死亡的传统，而是借西方的进化论加以强化了。他说："种族的延长，——便是生命的连续……所以新的应该欢天喜地地向前走去，这便是壮，旧的也应该欢天喜地地向前走去，这便是死：各各如此走去，便是进化的路。"① 他又说："人类的灭亡是一件大寂寞大悲哀的事；然而若干人们的灭亡，却并非寂寞悲哀的事。"②不仅如此，就是"五四"新文化运动倡导的个性解放，也是出于一种以天下为己任的使命感和救国救民的忧患意识，与西方的个性主义以人的解放为目的不同。现代中国的个性主义只是救国救民的手段，国家的兴旺发达才是目的，所谓"个性张，沙聚之邦，由是转为人国"③。张扬个性主义的现代中国人也还是承袭了儒家的传统，而没有真正地以个体的人去面对死亡。

不过，人总有以个体面对死亡的时候，对此，儒家其实也是无法可想。一是追求个人的道德完善与奋发有为从而使其青史留名，这就是所谓的"立德、立功、立言"三不朽。二是以生的执着而忽略死亡，如孔子所说，"发愤忘食，乐而忘忧，不知老之将至云尔"④，"未知生，焉知死"，"未能事人，焉能事鬼"⑤，不去穷诘身前死后事，但惟其如此，儒家也为其他宗教的来华以及鬼神崇拜留了一条后路，这就是所谓的"祭如在，祭神如神在"。三是对整体族类的执着使得个人面对死亡时有一种平均意识：既然连"天子"也不得不死，那么我死自然也就不足惜了，因此，中国人在战

---

① 鲁迅：《热风·四十九》，《鲁迅全集》第 1 卷第 339 页。
② 鲁迅：《热风·六十六生命的路》，《鲁迅全集》第 1 卷第 368 页。
③ 鲁迅：《坟·文化偏至论》，《鲁迅全集》第 1 卷第 56 页。
④ 《论语·述而》。
⑤ 《论语·先进》。

场上甚至在打群架的时候,多有为集体献身的勇士,但却"少有敢单身鏖战的武人,少有敢抚哭叛徒的吊客"①。四是随顺自然,如说"死生有命,富贵在天"②。当然,在死上随顺天命自然,并不是让人在生上也无所作为。然而,如果感受到"老之将至"该怎么办呢?那就感叹没有建更多的功业,从而更执着于生吧!曹操《龟虽寿》诗云:"老骥伏枥,志在千里;烈士暮年,壮心不已"。人虽然不怕死,但不能轻易死。一息尚存,就要奋斗。只有为集体、为族类、为国家、为人民、为正义奋斗而死,才算值得,才算死得其所,如孔孟说的"杀身成仁"、"舍生取义"。这样,才能够做到"虽九死其犹未悔"(屈原)、"捐躯赴国难,视死忽如归"(曹植)、"粉身碎骨浑不怕"(于谦)。总之,中国人的死,如果能有助于族类的发达,就"重于泰山";如果会破坏族类的繁盛,就"轻于鸿毛"。

当然,儒家并不执着于以整体族类去面对死亡。这从其对个体死亡的回避、存疑而不愿讨论,就可证明。在儒家以整体面对死亡的背后,对个体的死亡似乎是取一种无可奈何的态度,而这种"无可奈何"也就是"命"、"天命",而非人力可及的。因此,儒家除了让人汇入整体的生命长河中而获得不朽之外,也并不反对个体的人以其他于整体无害的办法使个体的生命获得不朽。文天祥的"人生自古谁无死,留取丹心照汗青",就并非只是出于有利于整体的考虑,也还有个体的人青史留名的考虑。中国的官僚除了当"民之父母"之外,还要著文作诗,就因为文章是"不朽之盛事"。因此,对儒家来说,即使"重于泰山"的死,能不死也最好是不死。孔子说:"暴虎冯河,死而无悔者,吾不与也。必也临事

---

① 鲁迅:《华盖集·这个与那个》,《鲁迅全集》第3卷第142页。
② 《论语·颜渊》。

而惧,好谋而成者也。"①如果我们探究儒家放弃殉道精神的深层动机,就可以看到,儒家在置重族类的同时,也置重个体,然而儒家却又没有为个体面对死亡找到终极关切的慰藉,就只得以"未知生,焉知死"之类的话加以回避。但是,回避并不能解决问题。面对着社会的黑暗,儒家并不是让人奋起以抗争,而是让人隐居或者躲藏起来。孔子就说:"天下有道则见,无道则隐"、"无道则愚";孟子也说:"可以死,可以无死"、"达则兼善天下,穷则独善其身"。这不仅背叛了为了整体可以牺牲个人的"杀身以成仁",而且为道家以个体的人去面对死亡留下了余地。

从儒家可以引申出道家,然而引申就意味着某种背叛。庄子就认为,儒家的大家庭不但不是个体生命的安乐窝,而且正是吵吵闹闹扰乱生命安乐的根源,是禁锢个体自由的枷锁,是个人不能自由自在地逍遥游的坟墓。因此,在庄学中,个体的人就从整体族类中脱颖而出了。而个体的人生命有限,他不得不去面对死亡。这个问题不解决,所谓生命痛苦的各种解脱都成了一句空话。在先秦诸子中,庄子最执着于对死亡的"超越"。面对死亡,庄子心中充满了深深的悲哀:"人生天地之间,如白驹之过隙,忽然而已。"②这个悲哀过于沉重,致使庄子感到在死亡面前一切"有为"都是毫无意义的,无论是善的"有为",还是恶的"有为",无论是"是"还是"非",在死亡面前变得一样地伤性害命:"小人则以身殉利,士则以身殉名,大夫则以身殉家,圣人则以身殉天下。故此数子者,事业不同,名声异号,其于伤性,以身为殉,一也。"③因此,保身全生是最重要的。而人要保身全生,首先就应

---

① 《论语·述而》。
② 《庄子·知北游》,王夫之:《庄子解》,中华书局1964年,版次下同。
③ 《庄子·骈拇》。

该"不谴是非,以与世俗处"①,"若是若非,执而圆机",马马虎虎,糊糊涂涂,"呼我牛也谓之牛,呼我马也谓之马"。假如人没有自己的主见,与世沉浮,就永远不会与人发生冲突,也就可以保全性命了。当然,这种胡涂并非本来的愚蠢,而是"由聪明转入糊涂",也就是在让人摸不着头绪的情况下以取巧耍滑头保全自身。"人能虚己以游世,其孰能害之?"②"彼节者有间",社会也总是有空隙的,"而刀刃者无厚",得道的人像没有一样,于是,"以无厚入有间,恢恢乎其于游刃必有余地矣"③。庄子认为,人不但不应有主见,而且也不能出头和落后:"不为福先,不为祸始,感而后应,迫而后动,不得已而后起。"④出头于性命有危险,落后于性命也有危险。所以,最安全的是随波逐流,随大流,亦即没有主见地人云亦云。因为出头意味着赞成,落后意味着不赞成,都是有执着的。而一有执着,就有是非,于安身就有危险了。庄子认为要想避害全生,不但不能出头和落后,而且也不能有材有用。与到处都有而毫无用处的小草相比,参天的大树显然容易被人砍伐,争芳斗艳的鲜花显然容易被人修剪、摘取,都不如小草活得安全。然而无材无用有时也会遭到伤害,庄子去做客的主人之雁就因不能鸣叫而被宰杀。怎么办? 庄子的问答是:"处于材与不材之间。"⑤

个体的生命保全得再好,也免不了一死。怎么办呢? 庄子只得泯灭生与死的界限以超越死亡。他说:"察其始而本无生,非徒

---

① 《庄子·天下》。
② 《庄子·山木》。
③ 《庄子·养生主》。
④ 《庄子·刻意》。
⑤ 《庄子·山木》。

无生也而本无形,非徒无形也而本无气。杂乎芒芴之间,变而有
气,气变而有形,形变而有生,今又变而之死,是相与为春秋冬夏
四时行也。"①一切都是如此自然,所谓变化也都是相对的;而绝
对无限的是"自然",是"道",是"一":"天地与我并生,而万物与
我为一。"②从更高的无限绝对的立场来看,"万物皆一也",生和
死本来是一回事。"得其所一而同焉,则四支百体将为尘垢,而死
生始终将为昼夜而莫之能滑,而况得丧祸福之所介乎?"③因此,
你就不应该让死亡来扰乱己心,感叹人生无常,而应该"生而不
说,死而不祸"④。

　　庄子让人们通向永恒绝对的途径是什么呢? 即向后倒退,退
到比老子的"小国寡民"更古的时代里去。"小国寡民",至少还
有划清国界的分化意识。而在庄子的自然主义乐园里,"民居不
知所为,行不知所之,含哺而嬉,鼓腹而游","同与禽兽居,族与
万物并"⑤。庄子让人消融、和合到自然中去,与天地万物合而为
一,从而将知道是与非、生与死的人推入无所谓是非、生死的混沌
中。而人只有达到没有分辨能力的无知无识、糊糊涂涂的境地,
才可能"与万物并",从而解脱人生无常的痛苦而达到永恒绝对。

　　按庄子的逻辑推论下去,生时毕竟还有人为的成分,而人为
就是"分"、"偏"、"亏";死后则归入"一",归入全面而混沌的整
体自然之中,比生时更快乐。"死:无君于上,无臣于下,亦无四时
之事;从然以天地为春秋,虽南面王乐不能过也。"⑥于是妻子死

① 《庄子·至乐》。
② 《庄子·齐物论》。
③ 《庄子·田子方》。
④ 《庄子·秋水》。
⑤ 《庄子·马蹄》。
⑥ 《庄子·至乐》。

后，庄子竟高兴得"鼓盆而歌"。庄子到楚国路遇一具枯骨，就想告司命使他复活。枯骨忿怒地说："吾安能弃南面王乐，而复为人间之劳乎？"①所以庄子说："计人之所知，不若其所不知；其生之时，不若未生之时。"②在庄子看来，只有那种生时也像死后一样自然无为的人，亦即所谓的"至人"，才能够出神入化地逍遥游："大泽焚而不能热，河汉沍而不能寒，疾雷破山、风振海而不能惊。若然者，乘云气，骑日月，而游乎四海之外；死生无变于己，而况利害之端乎？"③因为"至人"已经像死后的人那样无始无终、无知无觉、无生无死，所以任你"大泽焚"、"河汉沍"他也不怕。他已经"与万物并"，与"道"合，归入了混沌的"一"。

庄子对死亡的超越，并不像印度的佛教那样，让人从根本上摆脱生死的轮回，而进入至静绝对的彼岸境界；也不像西方人那样，创造出一种脱离于生生不息的感性世界的理念，或者一个存在于整个时间过程之外的神，让个体的人与理念或神沟通以达到永恒和不朽；而是把有限相对的感性世界与无限绝对的彼岸世界和理念世界合而为一，从而使一切都归于混沌的"天地与我并生，而万物与我为一"，以此来超越个体生命的短暂，使人在有限相对的感性现实中达到无限绝对的永恒。但是这样一来，庄子只好把个体的人降低到自然之中，挖空了人的知、情、意，使人成了"身如槁木，心如死灰"的自在之物。于是，个人一旦与自然实体合而为一，也就停止其为主体。这样，庄子以保身自命，却又取消自我；以求生自任，却又赞美死亡；既执着于有限相对的感性世界，却又想为个体的人寻找无限绝对的永恒归宿。这就是庄子哲学不可

---

① 《庄子·至乐》。
② 《庄子·秋水》。
③ 《庄子·齐物论》。

解决的内在矛盾。

杨朱（《列子·杨朱》中的杨朱）一如庄子，"贵生"而让人遵循自然之道而行。但对庄子那种使人无情无欲的"天人合一"，甚至以死比生还快乐来解脱生命的痛苦，最终取消生命，使人无法享受生命乐趣的避害全生路线，杨朱却不以为然，而是反其道而行之。因为杨朱并不相信人会长生久视，而非常冷静地执着于现世今生："理无久生。生非贵之所能存，身非爱之所能厚。"无论你是谁，无论你长生短命，都逃脱不了死神的宰割："十年亦死，百年亦死；仁圣亦死，凶愚亦死。"杨朱也不相信死后有什么净土、天国："生则尧舜，死则腐骨；生则桀纣，死则腐骨。腐骨一矣，孰知其异？"面对自己将化为什么也不知道的腐骨，怎么办呢？杨朱说："既死，岂在我哉？""且趣当生，奚遑死后？"孔子说：未知生，焉知死？杨朱说：尽乐生，莫管死！"为欲尽一生之欢，穷当年之乐，唯患腹溢而不得恣口之饮，力惫而不得肆情于色；不遑忧名声之丑，性命之危也。"[1]因此，杨朱善桀纣而非舜、禹、周公、孔子。后者虽然有万世名声，但却辛勤劳苦而无一天的快乐；桀纣虽然背上了凶暴之恶名，但却纵欲快乐直至命终。最后，圣贤与无道，不过都成了一堆枯骨而已。面对死亡，杨朱觉得人生用于享乐的时间太少了，因此，主张人应该放纵情欲及时行乐。这样的生活即使只过上一日、一月、一年，也算达到了养生之道；相反，人们受各种束缚而不能纵欲，悲悲惨惨地生活，即使活上百年、千年、万年，也悟不出真正的养生之道。杨朱这种对死亡的冷静态度，以及由此而生的及时行乐的人生观，确实代表了中国上层一部分人的生活态度。且不说拥有三宫六院七十二妃的皇帝，就是

----

① 《列子·杨朱》，严北溟：《列子译注》，上海古籍出版社1986年。

沉迷于仙道的大诗人李白,不也说过"人生得意须尽欢","但愿长醉不愿醒"的话吗?

但是,这种面临着死亡的享乐,正如死囚临刑前喝到的一碗美酒,其味虽美其心甚悲。于是,奉老子为太上老君、道德天尊的道教,就追求生命的长生久视、羽化成仙。

老子是道家,道教为什么要尊老子为始祖呢? 这是因为老子的"道"就是寻求保身并使肉体生命长久的规律的,而且老子之"道"的灵活性、模糊性、神秘性,也很合道教的口味。老子"恍兮惚兮"的道是"一",是"精",是"真",得道的人便能"通道为一",便是"赤精子",便是"真人"。老子说:"道生一,一生二,二生三,三生万物。"①道士张伯瑞在《悟真篇·中》中则赋予这一抽象的命题以血肉:"道自虚无生一无(气),便从一无生阴阳,阴阳再合生三体,三体重生万物昌。"于是,道教认为,要想长生成仙,就必须向后倒退,逆进化之路而行,返本还原,抱一守真,与道同体,亦即刘一明在《悟真直指》中所谓的"归三为二,归二为一,归一为虚无。"葛洪则将一神秘化,认为一有姓字服色,"子欲长生,守一当明。"②老子说:"万物负阴而抱阳,冲气以为和。"③于是,老子便让人"专气致柔",无欲以静,不要躁动不安。道教认为:"神仙之道,以长生为本;长生之要,以养气为先。"④因此,道教追求长生久视的内丹术,乃至由此而产生的气功等,正可溯源于老子。老子说:"天地所以能长且久者,以其不自生,故能长生"⑤,而道

---

① 《老子》第四十二章。
② 葛洪:《抱朴子·地真》,上海古籍出版社 1990 年。
③ 《老子》第四十二章。
④ 《正统道藏》第 36 册《天隐子·序》。
⑤ 《老子》第七章。

教的外丹术,亦即取天地中化学属性最稳固亦即能够"长生"的物质,来坚固人的生命,从而与长生的天地合一,也可追溯到老子。老子哲学的主旨,在于为个人肉体生命的保全和长久寻找根本性的大道。老子说:"名与身孰亲? 身与货孰多?"在生命的死亡面前,名誉和财富显得多么不重要,因而老子就为个体的"身"寻求"深根固柢、长生久视之道"①,而道教则想使这种灵府中的玄想在地上生根发芽。

当然,道教与道家并非一回事,道家是哲学,道教是宗教,道教除了吸收了道家哲学外,其来源还有远古的巫鬼文化和战国之后的方仙之说。长生不老当神仙,是道教的最高追求,也是面对死亡的中国人最大的生命欲求。因此,道教集中体现了中国人安于现世今生的人生观,体现了中国人寻求安乐太平的静态心理以及中国文化无所不包的包容性和似信非信的信仰特点。从纵向的文化根底来看,道教是中国远古的巫鬼文化的直接发展;从横向的根底来看,道教是中国百姓生活不可分割的一部分,并集中体现了中国百姓和皇帝的最高愿望、想象力和神话心理。因此,鲁迅认为,"中国根柢全在道教"②。鲁迅曾对中国人面对死亡的最高生命欲求作了相当概括的描述:"暗中有一个黑影——死——到了身边了。于是无法,只好求神仙。这在中国,也要算最高理想了。""求了一通神仙,终于没有见,忽然有些疑惑了。于是要造坟,来保存死尸,想用自己的尸体,永远占据着一块地面。这在中国,也要算一个没奈何的最高理想了"③。

从中国人对死亡的超越中,我们可以看到中国文化不同于西

---

① 《老子》第五十九章。
② 《鲁迅全集》第 11 卷第 353 页,人民文学出版社 1981 年。
③ 鲁迅:《热风·五十九"圣武"》,《鲁迅全集》第 1 卷第 355 页。

方文化的一系列特点。与基督教文化以灵魂蔑视肉体相比,中国文化向来就不置重灵魂。因而就执着于感性的现世。中国人向来就不相信脱离肉体的灵魂,超越感性的理性;中国人追求的是肉体的长生不老,甚至死了还要挖坟保存尸体以求得不朽。由于中国人不大相信灵魂不朽、精神长存,所以缺乏一种为了精神性的信仰而不顾肉体生命安危的殉道精神,中国人的信与不信,往往取决于信条本身对于肉体生命的利害。鲁迅说:"耶稣教传入中国,教徒自以为信教,而教外的小百姓却都叫他们是'吃教'的。这两个字,真是提出了教徒的'精神',也可以包括大多数的儒释道教之流的信者,也可以移用于许多'吃革命饭'的老英雄。"①

---

① 鲁迅:《准风月谈·吃教》,《鲁迅全集》第5卷第310页。

四　中国本土与异域文化冲突的
　　基本类型及其转换

　　近代以前,中国本土与异域冲突的基本类型,就是将外来文化加以同化,以外来文化的词汇来扩充本土的话语方式,以本土的固有文化对外来文化进行重构,最终汇入中国本土文化滔滔流淌的主潮中,从而使异域文化丧失异域色彩。中原文化与楚文化的融汇显然不符合这一类型,二者都是中国本土的文化。自秦汉之后,中国就不再习惯于这样的话语方式:在本土与异域平等对话的基础上,主动接受异域文化的优点,并用以改造本土的习惯话语。打破中国习以为常的一套话语方式,甚至反其道而行之,用异域的话语方式来批判中国的文化传统,是随着中国民族危机的加深在新文化运动中发生的。不过,这一新的话语方式,很快就被另一种更为复杂的话语方式取代。根深蒂固的中国本土的话语方式,在借着一套外来的新话语说话。

1　中原文化与楚文化的融合

　　要证明中国本土与异域文化冲突的基本类型是本土文化同化异域文化,第一道难题就是中原文化与楚文化的关系。

　　就文学而言,中原文化的代表是《诗经》,楚文化的代表则是楚辞,甚至可以说是楚辞中的《离骚》。将《诗经》和《离骚》加以比较,会发现二者在文化上的差异是很大的。刘勰在《文心雕龙·辨骚》中,就认为《离骚》的"典诰之体"、"规讽之旨"、"比兴之义"、"忠怨之辞"同于"风雅";而其"诡异之辞"、"谲怪之谈"、"狷狭之志"、"荒淫之意",则"异乎经典"。《诗经》多是民歌,个人淹没在群体之中,所以有人以此"经夫妇,成孝敬,厚人伦,美教化";《离骚》则是文人之作,是个人不容于世而面对死亡抒发的愤世嫉俗之辞。《诗经》中虽有天鬼,但其主导倾向是执着于现世,显示人生的沉重和艰难;《离骚》则欲离弃充满谗佞与俗人的现世,所以就具有超现世的世外之音,不着边际的瑰丽奇伟的想象力。当《离骚》中的主人公上叩天阍、下求佚女、在天上作神话般的遨游之时,就与中原文化显示出迥然不同的文化品格。从某种意义上说,《诗经》显示了北方人厚重和现实的品格,《离骚》则表现了南方人浪漫与飘逸的心灵。

在中原文化与楚文化的关系中,中原人显然是以固有文明傲视楚人的。尽管楚人早就沐浴在华夏文化的光辉之中,但在当时的中原人看来,他们还是"蛮夷"之人。但是,中原文化与楚文化的冲突,却并不合乎本土文化同化、吃掉异域文化的基本类型。首先,《离骚》的产生,是屈原接受了中原文化的结果,他祖述的也是尧舜,并自称是颛顼的后裔。郭沫若说屈原是"彻底的接受了儒家思想的人",刘小枫将屈原描绘成儒家的信徒,甚至认为是儒家学说逼死了屈原,固然失之偏颇,《离骚》和《天问》等作品就一反"不语怪力乱神"的儒训,并自由抒发个人的情感和见解,其寻根究底的精神以及自杀以鸣志的操守与儒家也不同;但是,屈原在大的伦理框架上对儒家的突破是有限度的,他的愤世嫉俗与许多文人怀才不遇或被君主疏远而发牢骚,基本上是一致的,其

"香草美人"的言志方式也被后世文人继承了下来,所以《离骚》才被鲁迅说成是"不得帮忙的不平"。特别是《离骚》中以天下为己任的使命感和忧患意识,可以说是典型的中国士大夫式的情感方式。刘勰所谓《离骚》同于"风雅"的,就是受中原文化的影响;而"异乎经典"的,则显示了楚文化的特色。这一点鲁迅也说得很明白:"楚虽蛮夷,久为大国,春秋之世,已能赋诗,风雅之教,宁所未习,幸其固有文化,尚未沦亡,交错为文,遂生壮采。"①

《离骚》是受中原文化影响的产物,反过来,《离骚》和楚辞又对中原文化产生了巨大的影响。由于"楚虽三户,亡秦必楚"的箴言,在秦朝的专制暴政倾覆之后,楚辞之风吹遍了中原。项羽的《垓下歌》,刘邦的《大风歌》,贾谊的辞赋,刘彻的《秋风辞》等等,与《诗经》不同,而是直接继承了楚辞的文学传统。不过,汉赋的出现,是楚文化与中原文化交合融汇的产物。汉赋这一新的文体直接由骚体的楚辞演化而来,但却失去了楚辞抒发个人哀怨之旨;而其铺张扬厉、歌功颂德、劝百讽一等特点,无疑受到了纵横之士的文风以及《颂》诗的影响。

中原文化与楚文化的交合融汇,确实应该排除在中国本土文化同化、吃掉异域文化之外,但是,这一例外并不能摧毁关于中国本土与异域冲突的基本类型的假设。因为中原文化与楚文化的交合汇流,是中国本土文化内部不同地域之间的对话。秦汉以后,北方人已不再将楚人看成是"南蛮子","楚虽三户,亡秦必楚"之语使楚人的身价倍增,楚人的作品非但不受排斥,四方义士还以楚声为尚。事实上,在中国文化后来的发展中,南北方文学仍存差异,在南北朝民歌中,《子夜歌》和《木兰辞》就极为不同,

---

① 鲁迅:《汉文学史纲要·第四篇 屈原及宋玉》,《鲁迅全集》第9卷第372页。

这就是所谓的"铁马秋风塞北,杏花春雨江南",而且北方多君子、多侠客,南方多才子、多商人……直到印度文化进入中国,才真正展开了中国本土与异域文化的冲突。

2 中国与异域文化冲突的基本类型

秦汉以后,中国本土与异域文化冲突的基本类型已经定下来了,就是以本土文化吃掉异域文化的同化方式,对待外来文化。造成这种文化冲突类型的重要原因,就是中国的地理环境。活动在中国周围的游牧民族和蛮人部落,没有一个能够在文化上与中国相提并论,二者之间找不到文化上对话的基本词汇。在文明程度很高的中国人看来,这些人都是一些没有文明的野蛮人。久而久之,就形成了不以平等的话语方式与异域对话的文化心理,使得中国人遇到异域的东西,就加以鄙视、排斥。如果说在汉唐,中国人还有一点看取异域的外向性格,那么在宋代以后,盲目排外的内向性格就成了中国民族的主导性格。

不过,历史上野蛮民族打败文明民族的例子屡见不鲜。罗马后期,许多蛮族入侵疲惫的罗马帝国,这并不表明罗马的文化在蛮族之下。成吉思汗的铁蹄踏遍了大半个欧亚大陆,但以游牧为生的蒙古的文化却并不高明。汉民族自从定居中原之后,就不断受到北方游牧民族的侵扰。所以,尽管以农业为特征的大陆文化在中国有相当高的发展,但是,中国人却经常败在北方游牧民族的手下。长城,这一阻挡北方游牧民族南侵的象征物,事实上也并没有挡住蛮人的铁蹄。汉武帝倾尽全国之力与匈奴交战,虽然暂时将匈奴打败,但是也没有使汉人从此免于游牧民族的祸害,否则,汉元帝时也就用不着用昭君这一美女去"和番"。有宋一代,中国人一直受着辽、金、元的欺辱,并且元的铁蹄最终踏遍了中国。明朝又建立了一个汉人的政权，不久却又葬送在另一个北方蛮族清的铁蹄之下。不过，这一系列的失败并未动摇中国文化举世无双的信念，相反，中国人从失败中更看清了中国文化的天下第一。因为北方的游牧民族一旦进入中原，也不得不沿用中国的文化。于是结果往往是这样：汉民族在军事、政治上失败了，但在文化上却战胜了蛮族，使蛮族不得不信奉中国的文化，从而在更广大的范围内扩展了中国的文明教化，进而扩展了中国领土的版图。伏尔泰的《中国孤儿》，无疑是对中国人以文明教化战胜刚勇蛮野之邦的最好诠释。因此，中国本土与异域冲突的基本类型之话语方式，首先是由于蛮族在文化上缺乏对话的最基本的词汇，使中国对文明低下的蛮族大加排斥。但是，当异族以其武勇侵入中国，中国人在排斥不成的情况下就对异族加以奉迎，用以柔克刚的方式将之同化，使之不但接受了汉民族的话语方式，而且连词汇也未作太大变动。

在中国文化发展的长河中，西方文化并非没有丝毫介入，唐代就有景教的传入，明末清初，基督教在中国文化的长河中也掀起了一丝波澜。但总的来看，基督教文化对中国的影响甚微。在文化上足以与中国文化比肩，并且在中国具有持久影响的，是东汉时传入中国的印度佛教文化。从魏晋南北朝到隋唐，许多一流的中国知识分子放弃了固有文化，而皈依了佛教。慧远甚至声称，"与佛教相比，儒教和道教跟所有其他学说一样，不过是一堆垃圾。"①而玄奘"西天取经"，与"五四"时代向西方寻求真理的知识分子也不无相似之处。在个别的朝代，佛教甚至成了中国的"国教"。佛教文化对汉民族的话语方式有着重大的影响，更不

---

① 克雷维列夫:《宗教史》下册第 343 页，中国社会科学出版社 1984 年。

用说包括诗歌、小说等文体的文学。陈寅恪认为《西游记》之所以不像中国本土产生的文学，而可能源自《罗摩衍那》和佛典《贤愚经》中"顶生王升仙因缘"的故事，就是因为这部乱神飞扬、想象力甚丰的小说，与汉民族的文化心理不合。

印度佛教文化对中国文化的巨大冲击，也没有使中国本土与异域冲突的基本类型得以转换，从而产生一种平等交流的话语方式。因为在不信佛的维护固有文化的人看来，佛教是夷狄之教，自然不能与中国文化相提并论；而在信佛的教徒看来，印度是西方乐土、极乐世界，是终极理想的所在，那么也就非感性现世的中国可比。由于缺乏一种平等的话语方式，佛教在中国与儒、道的关系，从未像中原文化与楚文化的关系那样交汇融合，而是用以柔克刚的同化方式，使佛教文化变得合于中国本土文化。笔者在拙著《生命之树与知识之树》的第八章，比较详尽地论述了佛教在中国的变形，认为佛教在民间逐渐演变成一种与巫鬼文化相结合的拜物教，在上层则逐渐演变为以审美而非宗教为特征的禅宗，在此不再赘述。后来，理学将佛教的精华吸收到儒学的机体之内，就使得印度的佛教文化之光更趋黯淡。鲁迅曾就中国本土与异域文化冲突的方式，说了一段发人深省的话："谁说中国人不善于改变呢？每一新的事物进来，起初虽然排斥，但看到有些可靠，就自然会改变。不过并非将自己变得合于新事物，乃是将新事物变得合于自己而已。"①很明显，中国人不但将佛教同化，由否定世间法变为肯定世间法，完成了佛教的中国化，而且还以佛教的词汇扩充儒学的话语方式，出现了理学这一新的儒学，使佛教最终汇入了中国本土文化发展的主潮之中。

①　鲁迅：《华盖集·补白》，《鲁迅全集》第 3 卷第 102 页。

中国本土与异域文化冲突时的同化方式，还可以从基督教归化中国的失败得到反证。中国文化与基督教文化的冲突，笔者在《生命之树与知识之树》第十四章第四节中有较为详尽的论述，在此仅就中国文化与基督教文化的对话方式作一点余墨。当利玛窦等传教士穿上儒生的服装，为了基督教的传播而在儒教中寻找与基督教可以认同的词汇时，就受到了中国一些文人的欢迎，归化了徐光启等一些上层的中国文人。在中国人看来，既然基督教与儒教有共同的话语，那么，儒教不仅可以同化基督教，而且可以借基督教得到更广泛地传播。但是，传教士对儒教词汇的认同，并非要证明儒教是放之四海而皆准的"世界语"，更非要以基督教的词汇来扩充儒教的话语方式，而仅仅是一种传教策略，以及对儒教的某种误读。随着误读的消失和归化中国的传教目的的暴露，中国人逐渐看到，传教士是想以基督教改变中国文化的语法规则，取代中国人沿用已久的习惯话语。既然不能将基督教同化，更不能容忍传教士"用夷变夏"的归化企图，于是就只有将传教士及其宗教赶出中国。

基督教文化的"归化"与中国文化的"同化"，在对待文明低下的蛮族上是相似的，譬如中国与西方都在蛮族入侵之后，以文明"归化"或"同化"了蛮族。但是，对于文明较高的民族，基督教的"归化"与中国的"同化"就有很大的差异。"同化"是在对异域文化排斥不了的情况下，转而以和合的姿态对其进行认同，并以本土文化的韧性在长期的认同中模糊异域文化的面目，使之向本土文化靠拢，并最终包容、消化掉异域文化。"归化"则是将异域文化看成是必欲排斥的"异教"，只有当人们放弃"异教"而接受基督教的时候，"归化"才能完成。因此，西方文化史上充满了对异端的迫害和宗教战争，而中国则在"同化"的旗帜下推崇"三教合一"。不过,随着"上帝死了"出现了基督教文化的危机,更多的西方人不再以异域文化为"异端"文化,而是以一种相对主义的态度对异域文化进行研究和兼容。但是,这并没有改变西方人以其固有文化为主流文化、以异域文化为边缘文化的态度,除非是异域放弃自己的文化个性,而加入到西方文化的主流之中。不过,既然绝对主义的一元价值论随着上帝的死亡而摇摇欲坠,那么,一个多元共生的文化时代必将到来。就此而言,中国文化的"同化"较之西方文化的"归化"似乎更有生命力。

3 同化模式的现代转换

中国文化与异域冲突时的同化方式尽管与西方文化的归化相比,有其宽容性,但是,由于第一次与武力既强其文化也不在中国之下的对手较量,中国人在茫然失措之余,也在对中国传统的本土与异域对话的话语方式进行解构与颠覆。

可以说,西方列强在近代对中国的入侵,中国传统的本土与异域冲突的话语方式,就被逼进了一种尴尬的语境。试图像同化北方游牧民族那样对待西方列强,是不行的,因为这些列强是西方文化的承担者而非没有文明的蛮族。期望像对待印度佛教文化那样应付西方文化,也不可行,因为佛教是中国人主动拿来的,而当时的西方传教士还想归化中国。试图像康熙、乾隆那样将这些"洋和尚"赶走,也办不到,因为给这些"洋和尚"开路的,是中国没有的"洋枪洋炮"。于是,在义和团以本土文化排斥西方文化遭到惨败而民族生存危机日益深重的形势下,"五四"新文化运动不仅对中国传统的本土与异域冲突时的话语方式进行了无情的反讽与嘲弄,而且对其进行了彻底的解构与颠覆。在某种意义上,新文化运动以西方文化为新的话语方式,对中国的本土文化进行激烈的否定。美国哈佛大学的杜维明认为，即使在对本土文化有好感的"五四"人物那里，中国传统文化也只是词汇，而西方文化才是语法规则。于是，"五四"时期在本土与异域冲突时所使用的话语方式，就与传统中国大为不同，而与西方传统的归化方式有相似之处。只不过西方对中国的归化是送来的，而"五四"时期则是主动而有选择地拿来的。换句话说，新文化运动是想放弃中国的本土文化，而加入到作为世界主流文化的西方文化之中。所以，陈独秀以"庄严灿烂之欧洲"为效法的典范，胡适倡导"全盘西化"，鲁迅诅咒反对"欧化"的人，而将中国的"国粹"比作瘤子和脓疮；只有割掉瘤子而加入到世界主流文化之中，中国才有希望。

不过，"五四"新文化不仅仅是西方文化，即使从西方现代文化的角度着眼，也是如此。愿望与愿望的实现之间，差距是巨大的。首先，"五四"反传统的话语方式本身，就是中国传统的不以信仰为重而以家国兴旺为第一要务的语法规则使然，是中国士大夫的以天下为己任的使命感和忧患意识的传统使然。其次，在否定本土文化的话语方式与振兴本土之间，"五四"人物一开始就有一种心灵的紧张感，这种紧张感消除的代价，就是要在振兴本土与不完全否定本土传统之间达成一种妥协。再次，对于什么是世界主流文化，从一开始就有不同的意见。共产主义虽然是对资本主义工业文明的超越，但是它比资本主义更多地肯定了乡土中国的传统，特别是随着苏联经济建设的成功和资本主义世界的经济大危机，中国知识分子转向共产主义的趋向愈来愈明显。不过，假定没有日本对中国的入侵，那么，中国对传统话语的恢复也不会那样快，从抗战开始，乡土中国的话语方式就愈益明显地在同化着"五四"引进的一整套新话语。同化，作为中国本土与异域冲突的话语方式,在顽强而根深蒂固地起着作用。不过,有一点值得注意,中国传统的话语方式始终没有浮到表面上来,即使像"文革"那样的以中国为世界的中心而排外的文化运动,表面上借用的也是一套新的话语。于是,西方文化对中国的变异与中国文化对异域的同化,就显示出一种复杂的运动结构。其结果是:根深蒂固的中国本土的话语方式在借着一套外来的话语说话。这种复杂的话语方式,直到改革开放的新时期才被打破。本文不拟讨论新时期的话语方式,而是从文学的角度,讨论一下中国本土的话语方式对"五四"新话语的同化。

"五四"之后,与中国传统文学迥然不同的西方文学的各种流派蜂拥中国。浪漫主义、现实主义、自然主义、象征主义以及形形色色的现代主义,都先后登上了中国这块新大陆。但是,楚文学与中原文学的本土背景,使中国在后来的发展中,排斥了其他一切"主义",只选择了与楚文学可以认同的浪漫主义,与中原文学可以认同的现实主义。选择的同时也开始了同化。浪漫主义的基督教背景没有人谈及,个人与群体的对立、自我与社会的分裂也再无人理会,于是,浪漫主义只被界定为执着于理想和浪漫的想象,以及技巧上的夸张和非现实性等等。现实主义的对现实彻底批判和否定的态度在发生变化,丑逐渐被美取代,现实主义的客观性也在被动摇,感时忧国的主体介入在增强,道德说教被强化。而这样一来,中国的浪漫主义、现实主义与其说是像它西方的老师,不如说更像中国的楚文学与中原文学。于是,浪漫主义、现实主义这些在西方近代产生的文学流派,经过中国文学的同化,就丧失了其近代性,而成了中国文学从来就有的规范化创作原则。《诗经》是现实主义的,楚辞是浪漫主义的;杜甫是现实主义的,李白是浪漫主义的……这样一来,就彻底抹煞了史诗与抒情诗的区别——本来,《诗经》是中国抒情诗传统的开创者,与"荷马史诗"开创的史诗传统有别。在中国后来的发展中始终是中原文学为主,楚文学为辅,并且有渐趋融合的趋势。同理,在中国现代到当代的发展中,也是以现实主义为主,以浪漫主义为辅,并且终于出现了"两结合"。"两结合"所谓理想与现实"水乳交融"达到天衣无缝的程度,就是中国文化的整体性使然。这种整体性不让情感、理智、意志的任何一方向极端发展,从而达到围绕着伦理实践的情感与理智、理想与现实完美融合的"大团圆"与"十景病"。

同化,这一中国本土与异域冲突时的中心词,到今天仍有顽强的生命力。它有时是公开的,有时只是暗暗地发挥作用。它对弱者逞强,而对强者则示弱。示弱并非失败,而只是后退一步,在后退中设下准备攻击的埋伏,这就是"以退为进"、"以柔克刚"、"以弱胜强"。

附　录

一　用什么引领中国文化的
　　　未来

——接受《光明日报》记者王玮的采访

　　日前,就中国文化的传统与未来话题,记者访谈了北京语言大学比较文学研究所所长高旭东教授。在他已经完成的《中西文学与哲学宗教》一书中,有相当长的篇幅是与另一位学者刘小枫就基督教在中国的文化位置展开的对话讨论。这个话题引起了笔者的兴趣。

　　高旭东(以下简称高):中国的经济正在腾飞,作为一个人文学者,我所致力的就是怎样以自己的研究成果参与到中华民族的伟大复兴中,去年年底在人民文学出版社出版的《比较文学与20世纪中国文学》,今年将在北京大学出版社出版的《中西文学与哲学宗教》,在探究真理的同时都表现了这种使命感。正是这种使命感,使我在《中西文学与哲学宗教》的最后一章,用了八节的篇幅与刘小枫对话。在《诗化哲学》中刘小枫还是推崇审美的,可是从《拯救与逍遥》初版之后,他就狂热地奔向了十字架,此后的《走向十字架的真》、《沉重的肉身》等著作,几乎就是排斥异己的布道书了。2001 年《拯救与逍遥》的修订本出版,可以说是以他所理解的耶稣的上帝为匕首,逢佛杀佛,逢祖杀祖,将能够代表中国文化的古代精神的孔子、庄子、屈原、陶渊明等,将能够代表中国文化的现代精神的鲁迅等,统统格杀,似乎只有基督教才能够拯救中国人的精神。据我所知,他的观点在一部分青年人中颇有市场,而被他攻击的中国文化界也出奇地沉默,无人对他的观点进行清理。譬如,前几年王朔等人非议鲁迅的文章一发表,就有许多文章加以反驳,而刘小枫对鲁迅的批判比王朔等人要严厉得多,他说鲁迅是"阴冷"、"阴毒"的"无赖",说鲁迅屈从吃人的事实,说鲁迅成了中国精神的黑暗闸门,他想表明,引领中国文化未来的不应该是孔孟老庄或鲁迅精神,而应该是基督的上帝,可是整个文化界面对这种论调却是出奇地平静。这就是我为什么要和刘小枫商榷的原因。

问:刘小枫的著作在一些青年人中确实是有市场的,你是不是认为他在误导青年?

高:当然是。当代的世界正处在一种多元文化语境之中,而多元文化的前提是普世主义文化的破产。刘小枫却置浩浩荡荡的世界文化潮流于不顾,以基督文化一元论归化中国人的精神。于是刘小枫认为比较文化没有什么意义:"中西传统中的精神已成了博物馆中的陈列品,就算找出共同构架又有什么意义?"你想,当一种价值是惟一的价值,其他文化都不能与之相提并论,比较还有什么意义?学人可以有使命感,却是以真理的探求为第一位,可是刘小枫认为真理与正义只在上帝国里存在,在人间并不存在。其实如果刘小枫头脑清醒一点,他就会为自己以他者的眼光对民族文化的否定感到羞愧。在历史上,安土重迁早营农业的汉民族为什么要被刘小枫推崇的上帝的民族蹂躏和掠夺,圆明园的废墟不就是见证吗？郑和下西洋与哥伦布发现新大陆都是航海史上的伟大奇迹，英国学者甚至以为最早发现新大陆的是郑和，为什么郑和的船队对其他民族能够以礼相待，而跟在哥伦布后面的那些受到基督教化的人却将土著民族大肆虐杀，难道自己占了人家的地盘而将那里世代居住的人民赶到丛林中与野兽为伍就是"上帝的正义"？

问：你如何看待刘小枫对中国文化传统的理解？

高：在刘小枫看来，善只存在于上帝国中，而不信上帝的中国文化就是恶的。儒家的历史王道充满了"本然"的恶，道家退出社会历史进程，与混沌的自然合一，应该与恶无缘了吧？不，据刘小枫说，"让世界走向真实的（生生的）实存状态，恰恰使'道'的意义背上恶名。"但事实上，基督教文化似乎必须有一个邪恶的对立面，所以有本体就要有现象，有理性就要有感性，有神就要有恶魔，有灵魂就要有肉体。而在中国，性恶论仅仅在先秦出现过，从来没有占据中国哲学的主流，从孟子到宋明理学，人性本善才是中国哲学的主流。在中国文化中，恶从来没有上升为一个可以与善对抗的概念，譬如像西方文化中的撒旦、梅菲斯托费勒斯、罗锡福之类的恶魔。不错，中国哲学中也有一些二元概念，如阴与阳、乾与坤、天与地、男与女、父与子、君与臣等等，但强调的却是阴阳、乾坤、天地、男女、父子、君臣之间的二元中和而非对立，所以阴、坤、地、女、子、臣并不就是恶的概念。按照黑格尔的说法，善代表一种肯定性的力量，恶代表一种否定性的力量，那么，中国文化显然要比基督教文化更善。所以中国的美学和诗学侧重于伦理的善，而西方的美学和诗学则侧重于认识的真。当然，由于中国文化中缺乏一种恶的否定性的力量，虽然使得中国文化具有巨大的稳定性和连续性，善于保存文化而很少使文化血脉中断，但是也带来了中国文化发展缓慢甚至停滞的缺憾。正是从这个意义上，鲁迅推崇恶魔派诗歌，给过于推崇肯定性、和谐与善良的中国，输入了一个否定性的恶魔，但是刘小枫却又以鲁迅不信上帝将其一棍子打死。这种对上帝的迷信，使刘小枫检验艺术的标准就是信不信上帝，所以从莎士比亚到萨特，都遭到了他的否定，对中国文学家的否定更是残酷无情。他对屈原的否定尤其离奇，他说屈原是儒家的信徒，并且是被儒家逼死的。其实，如果屈原能够按照儒训"不在其位不谋其政"而独善其身，也绝不会自杀。刘小枫不但误读了屈原，还误读了他所推崇的陀思妥耶夫斯基，因为陀思妥耶夫斯基对上帝的怀疑要超过其对上帝的信仰。

问：既然你赞成文化的多元化，反对以基督教归化中国人的精神，那么，你对中国文化的未来是怎么看的？

高：中国文化的世俗精神和务实品格，可以在接受西方现代的文化成果的基础上，在没有上帝的语境中使文化血脉延续下去。我认为基督教文化不可能引领中国文化的未来，中华民族的伟大复兴也不可能抛弃我们悠久的文化传统，孔子、屈原等文化伟人都会因中国的崛起而更具有世界意义。另一方面，强调中国文化的主体性并不意味着排外，相反，对于基督教文化孕育出来的成果，我们应该大力地吸取。"五四"一代人对待西方文化的态度至今仍是值得重视的，那就是把西方文化中的基督教信仰及其孕育出来的辉煌成果区分开来，重点看取基督教文化的现代成果——个性自由和民主科学，而将基督教的神话信仰留给西方人自己消化。"五四"时代，西方还没有出现像第二次世界大战之后那样的对上帝的普遍怀疑，但是向西方学习的"五四"人物仿佛是具有先见之明地将基督教的上帝与基督教文化孕育出来的果实区别对待，确实是体现了中国文化的老成以及看取西方文化的主体选择性。

（原载《光明日报》2003 年 7 月 17 日，

收入本书时略有删改。）

二　在网络上谈文化与文学

——做客央视国际网站

前　记

　　20 世纪是科技迅猛发展的一个世纪,在这个世纪的上半叶产生了影视,在下半叶出现了网络。影视和网络的出现对现代人的文化生活产生了重大的影响,甚至在改变着人们的生活方式。如果说在 20 世纪,影视已经成为一种最为流行的文化样式,那么在 21 世纪,网络必将走出文人的书斋和网吧,成为整个人类生活的一个重要组成部分。

　　影视作为无可争议的流行文化,对于传统的传播媒介、艺术欣赏乃至整个社会生活的冲击,无论怎么估量似乎都不为过。在政治生活中,许多传统的书面文件被电视讲话取代了。电视不仅可以像电台那样将世界上最新发生的事件在第一时间告诉你,而且可以将感性的图画直接呈现给你。在影视出现之前,文学文本是艺术欣赏最重要的一个方面,但是现在,影视已经取代文学成为艺术欣赏的主导文体。人们一回到家,往往不是读诗读小说,而是看电视。特别是有线电视开通后,新闻台、电影台、电视剧台、娱乐台、综艺台、体育台……五花八门,应有尽有。有一个现象值得注意,即一部文学名著往往只得到研究文学的少数人重视,但是改编成电视剧之后,却吸引社会上许多人去买这部著作。一些书商在由某一文学名著改编的电视剧播放之前,就开始大量印刷这部书,试图在播放之后发一笔横财。

从文化价值的角度看,从影视刚刚取得对于文学的胜利时,人们就开始了对它的批判反思。尤其是西方马克思主义的批评家,对这种流行文化进行了最为激烈的批判。当法兰克福学派的成员从德国来到美国的时候,他们对于美国以影视为主导的消费异化感到深深的震惊。阿多诺、本雅明等人认为,影视是一种机械复制,它已经使过去时代艺术的生动性与完满性不复存在,甚至人类最可贵的批判反思能力,在影视中也消失了。当我们听音乐会的时候,可以根据音乐的旋律展开遐想;当我们读小说的时候,可以根据文字的描绘张开想象的翅膀。但是,我们现在面对的是感性直接呈现的影视,它为我们选择了一个林黛玉,无论这个林黛玉在我们的意识中是多么别扭,我们也要接受她。从这个意义上讲,影视这种机械复制的艺术又是排斥想象力的。它一方面通过英雄美人吸引观众,让人们顺流而下地观看,观看完了感到什么收获也没有;另一方面,它作为一种权力话语,在不知不觉中向观众灌输其价值观念,让观众无可选择,不得不接受它的话语暴力。

相比之下,网络比影视更顾及参与者的主体性,给了参与者更大的自由空间。网络爱好者可以浏览别人的网站,也可以建立自己的网站,至少可以制作自己的网页。人们喜欢上网聊天,在网上寻找情感的寄托。尽管网络具有虚拟性,但是从另一个角度来说,这种虚拟性正好为自由拓展了空间。所以在现实中戴着假面的人,在网络上可以摘下假面,坦然地呈现自己。在新闻传播方面,电视台不管你爱看不爱看,它都按照自己的步骤进行新闻播报;而在网站上,浏览者可以只点击自己关注的新闻。在艺术欣赏方面,电视台只要求你成为一个接受者,你最大的能动性就是选择你爱看的影视节目;而在网站上,你不仅可以欣赏影视,阅读网络文学,而且可以对此进行批评,甚至可以创作诗歌与小说文本加到网站上去。这种接受、批评与创作在网络交流中的融合,无疑是一次人类文化史上的革命,可能会真正实现艺术与审美的民主。

马克思曾说过,到了共产主义,随着异化劳动的扬弃,职业的诗人、作家与画家都将消失,因为他们都是片面分化的结果;到了每个人都将劳动当作审美创造性活动的时候,每个人就都是诗人、作家与画家。随着市场竞争的展开与学科的越分越细,马克思的理想似乎隔着我们还很遥远,但是,网络的出现却让我们看到这种实在的远景。因此,2003 年 1 月 8 日与 2003 年 7 月 3 日央视国际网站两次邀请我去做"特邀嘉宾",我都欣然前往。

1　做客"电视批判"谈节日文化

2003 年 1 月 8 日 19 点 30 分

【网络主持人:罗石曼】各位网友大家好!今天的论坛由我来主持,很高兴又有一些新网友加入到我们当中来了,欢迎你们!今晚来到我们《电视批判》论坛的专家是来自北京语言大学比较文学研究所的高旭东教授和李庆本教授,我们探讨的话题是:我们需要什么样的节日电视?下面请两位专家做个开场白。

【特邀嘉宾:高旭东】各位网友,你们好!很高兴与你们在网上见面,我希望通过我们在网上的真诚交流,坦诚地交换看法,希望我们共同努力把这期《电视批判》栏目做好,而且更希望大家

有一个如意的 2003 年。刚才说的 2003 年应该改为羊年,因为
2003 年是根据耶稣降生而定义的西历,而羊年是中国传统的阴
历纪年方法。

【网络主持人:罗石曼】高旭东老师,您的老家是山东,并在
山东生活和任教多年,对山东的传统文化比较熟悉和了解,作为
孔子的故乡,山东过节的传统仪式与内容有哪些?请您以春节为
例谈谈好吗?

【特邀嘉宾:高旭东】那里的春节几乎整整一夜不睡觉,在寒
冷中迎春的气息特别浓厚,崇拜祖先与希望发财的仪式是中国传
统文化的集中表现。我的老家在山东胶州,在我很小的时候,那
里还基本上保留着传统的春节仪式。除夕之夜二更天的时候,要
朝着祖坟的方向把祖先接回家,到五更天的时候,再去接财神,接
过财神之后,要供在家里,焚香祭拜,还要给祖先供祭,然后吃水
饺。这时候,天就快亮了,而拜年的人就来了。初一和初二两天
要在全村拜年,到了各家之后,都要给这家的祖先跪拜,长辈给晚
辈些微的压岁钱或糖果之类。初二晚上就把祖先送走了,然后才
能串亲戚。

【山东是我家】高旭东老师,就您自己的感受而言,以往的过
节仪式中哪一项对您最有吸引力?

【特邀嘉宾:高旭东】因为我那个时候还小,我记得当时最喜
欢的还是放鞭炮,但是今天看来,当时的祭祀祖先、对财神的崇拜
更能表现中国文化的特征。

春节是中华民族的传统节日,在中国所有节日中放假时间最
长,即使在"文化大革命"中也不例外,尽管那时叫做"过一个革
命化的春节"。这么一个隆重的节日,其中必然蕴涵着文化,而在
今天,春节已经变成和家人相聚、看看春节联欢晚会、走走亲戚的

一段时光,她蕴涵的文化反而不为人所注意。

今天的年轻人还喜欢过西方节日,譬如愚人节、情人节,尤其是圣诞节。前几天有人告诉我说,圣诞节在中国越来越火了,再这样下去可能要和春节分一点春色了。我说,这正是中西文化融合和交流的结果,你没有看到,当中国人热衷于过圣诞节的时候,美国也在讨论是不是将春节列为美国的节日?而事实上,西方的节日和中国的春节有可比性的,也只有圣诞节。这两个节日,代表着中国文化与基督教文化的重大差异。如果从电视批判的角度看,那么需要从文化的角度好好批判一下春节联欢晚会。因为现在的晚会几乎都是一些应时的歌唱和搞笑的小品,很难将我们民族这个传统节日的文化底蕴表现出来。在我看来,我们的春节联欢晚会应该有一些更恢弘大气的集体节目,像奥运会的开幕式或者闭幕式,从而能表现出中华文化的气势和特征,并为男女老幼所喜闻乐见。因为春节是全球华人的节日,春节联欢晚会应该担负起凝聚全球华人的重大使命。

【网络主持人:罗石曼】高旭东老师,您曾经用月亮比喻中国民族的阴柔性格,用太阳比喻西方民族的阳刚性格,您认为中西节日传统习俗的形成与不同的民族性格有什么样的关联?

【特邀嘉宾:高旭东】我们中国人是农业民族的传人,农业民族讲究风调雨顺,和风细雨,性格也比较平和,即使大暴君秦始皇也要修筑长城,长城作为中国文化的象征是防御性的,而不是侵略性的。而游牧民族比较强悍,经常侵略别国。中国从古以来,历受游牧民族之害,从匈奴到满族,中国总是受北方的强悍民族的侵略,中国版图的扩大往往不是靠侵略别人,而是靠自己较高的文化同化侵略者,而我们的春节正是一个农业民族的象征,一年之计在于春,从这个角度讲,中华民族不以侵略,而以融合的国际关系姿态应该在当今世界得以弘扬,从而使各民族能够平等相处,取长补短,而不是以霸权的姿态在文明冲突的旗帜下动辄侵略别人。关于中西的民族性格,我已经在我的论文里进行了详细的阐发,在此不再具体说明。只是结合春节来说明中国民族性格的当代意义。

【网络主持人:罗石曼】中国最盛大的节日是春节,西方最盛大的节日是圣诞节,能具体谈谈这两个节日间的异同吗?

【特邀嘉宾:高旭东】作为宗教民族的最大节日,圣诞节并不是关于圣诞老人的节日,而是关于耶稣降生的节日,因为在基督教看来,人类在伊甸园里因为偷吃了树上的禁果,犯了原罪,背离了上帝,所以被上帝赶出了伊甸园,并且有了死亡和痛苦,而耶稣基督本身是没有罪的,但是他却为达成人和上帝之间的和解,不惜以自身钉死在十字架上带走人类的罪恶,使人得以永生,所以纪念耶稣降生的圣诞节就成为相信基督教的西方民族最盛大、最隆重的节日。而中华民族是一个世俗的农业民族,从先秦开始,就相信天道远,人道近,相信国将兴听于人,将亡听于神。孔子就"不语怪力乱神",并让人"敬鬼神而远之"。我认为,如果在东汉佛教没有传入中国(道教是作为佛教传入后的反动而出现的),中国压根就不会产生宗教,所以,从总体上看,中国的文化是伦理的和审美的,而不是宗教的。而作为一个不怎么相信上帝的世俗民族,其超越个体生命的方式就是靠着族类的延续。所以中国人特别讲求孝敬父母,崇拜祖先,同时又很看重生育子女,以接续生命之流,这就是孟子之所以说"不孝有三,无后为大"的原因。而中国作为一个农业民族,又特别看重春天在四季当中的作用。

【特邀嘉宾:李庆本】我来问高老师一个问题:你是从事比较文学的,您如何看待中西文化的差异性?

【**特邀嘉宾：高旭东**】当然，每个民族都有共性，否则人类就不会有人性了。比如，人和社会的关系，人和自然的关系，人和时间的关系是无论哪一种文化都要面对的。但是，在不同的文化当中，面对的方式却不一样。比如，就人和社会的关系来讲，中国人更讲究群众观念，就是让个体纳入整体当中，在总体的发展当中来照顾个人。而西方人更强调个人的独立性以及和社会的对立，我们看美国电影，经常看到个人主义英雄在嘲弄整个社会。再比如，就人和时间的关系来讲，东西方的人都追求一种永恒、不朽；但是，西方人是以个人直接面对上帝，在与上帝的沟通当中，使自己的生命得以不朽；而中国人则是把个人纳入群体当中，在整体族类当中得以不朽，就是说，人的生命是一条长河，而个体不过是一个浪花，浪花消失了，生命之河还在流淌；人的生命是一棵大树，而个体只不过是一片树叶，单独的树叶消失了，整棵大树仍能枝繁叶茂，树叶和浪花的消失也就不足惜了。因为在总体当中，个体的生命已经得到了永恒和不朽。

【**特邀嘉宾：李庆本**】你强调文化的个性是不是绝对了？

【**特邀嘉宾：高旭东**】其实我说的一点也不绝对，因为西方的个体可以直接在和上帝的沟通当中得以完善，正如托马斯·阿奎那所说的"即使是单独一个灵魂，即使他没有一个亲邻，只要他自为地享受到上帝，那么他就是福乐的"。所以，崇拜上帝的西方人就可以跟上帝在一起来反叛整个国家，耶稣就是一个反叛群体的典型，他把家乡人和耶路撒冷人都看成是迫害他的对象，所以被犹太人钉死在十字架上。拜伦之于英国，海涅之于德国，斯汤达之于法国，都具有这种反叛整个国家、群体的个性精神。"五四"新文化运动学西方的主要是这种个性精神。而中国传统儒家是不承认个体的独立精神的，所以讲人才要讲栋梁之材，讲修身齐家治国平天下,因为栋梁不用在房屋的建筑上自身是没有意义的。

【网络主持人:罗石曼】高旭东老师,您曾在《走向二十一世纪的鲁迅》这本书中提到鲁迅先生的文本对 21 世纪的中国有着巨大的现实意义,您认为当前我国在面临外来文化的冲击下,对鲁迅先生的"拿来主义"应该有什么新的诠释?

【特邀嘉宾:高旭东】首先我对"拿来主义"进行正确的诠释。鲁迅在"五四"时期西化意味非常浓重,可是到了后期,对于传统文化也比较辩证了。所以,作为鲁迅后期提出的拿来主义,既包含了对于西方文化的拿来,也包含了对中国传统文化的拿来。当前整个地球成为一个村庄,如果在这种全球化的浪潮之下还是闭关自守、夜郎自大,无疑是作茧自缚,即使是霸权主义压迫我们,我们也仍然要对他们的长处实行拿来主义。此外,拿来与送来是不同的,大家还记得钱锺书在《围城》当中说过,海禁大开之后,人家给我们送来的是鸦片和梅毒,而鲁迅反对送来,强调拿来,就显示了我们民族对待外来文化民族选择的主体性。

【网友嘉宾:靳路遥】请问高老师,您不过圣诞节,那您的孩子过吗?如果他要过的话,您持何种态度呢?宽容?淡然?还是苦口相劝?

【特邀嘉宾:高旭东】虽然我自己不信耶稣基督,不过圣诞节,但是如果我的儿子信耶稣基督,过圣诞节的话,我并不反对。如果他不信耶稣基督,还要过圣诞节的话,我也不会反对。所以,我对别人不违害社会的一切行动,都持一种宽容的态度,人生是很悲苦的,多一种乐趣有什么不好呢?

【网络主持人:罗石曼】高旭东老师,春节联欢晚会应有哪些改进?如何才能更好地体现民族文化?

【特邀嘉宾：高旭东】我觉得真正天才的导演不应该在节目形式、表现内容上来迎合众口，而应该发现一些众口都能接受的艺术形式。春节是我们民族敬天礼地、祖先崇拜、辞旧迎新的大节日，就应该有恢弘的气度，演出一些能够体现这种精神的壮观的节目，既振奋人心，又弘扬了中华文化，而且给全世界的华人以凝聚力。在这方面，奥运会的开幕式和闭幕式，以及张艺谋电影的某些技巧值得借鉴。尽管我本人对当下《英雄》的主题很有意见，但是其大场面的观赏性是不能抹杀的。而这些年的春节联欢晚会总的感觉是小巧的机灵，不大气。体现民族文化不应该是外加的，而应该在优秀的节目中自然而然地表现出来。

【热情薯片】好！很久没有听到过说民族文化是恢弘的了，我想我今晚会特别难忘！

【电视圆舞曲】在除夕夜，我们的电视节目形态过于单一，除了晚会我们几乎别无选择，您认为应当如何改变这种现状？

【特邀嘉宾：高旭东】我认为，改造现状需要你我他的努力，你本身就是一个创造主体，可以跟朋友一起组织更多的集体活动，如果你是领导，那就更有责任把春节过得生动完满。比如，听听音乐会、跳跳舞、在数九寒天搞点篝火晚会，等等。

【高正奎】谈到节日电视，我想起了维也纳的《新年音乐会》，这个节目一直得到观众的喜欢，这其中的奥秘是什么？作为春节联欢晚会应该学习它的什么？

【特邀嘉宾：高旭东】维也纳音乐晚会一直是作为高雅艺术存在的，这位网友是高雅艺术欣赏者，所以喜欢。但是，据我所知，那些不懂西洋音乐的人根本就不看这个节目，而更喜欢中国传统的戏曲，尤其是老人。而春节联欢晚会必须做到雅俗共赏，男女老少喜闻乐见，这本身就给春节晚会的策划带来了很大的难度。因此,只注重一种艺术形式来变更春节晚会是行不通的,必须要总体上加以变更。

【电视圆舞曲】现在人们过节几乎都以看电视为主要内容了,怎么看待这个现象?

【特邀嘉宾:高旭东】我个人觉得,除夕晚上全家围坐一起看春节联欢晚会还是很合适的,因为任何别的活动都可能把家人分离,而春节的一个重要特点就是家人团聚,大家一边看电视,一边品评电视,一边唠家常,这样,能够达到一种祥和的节日氛围。而初一初二之后,应该有一些更多主体参与的活动,使大家不仅是接受主体,而且是创造主体。

【猫咪 mm】是否节日电视就意味着晚会、贺岁片这些形式上的东西呢?

【特邀嘉宾:高旭东】春节电视节目并不仅仅是春节晚会,还有其他许多形式。作为辞旧迎新的一种节目,春节电视节目担负着总结过去,展望未来的使命。另一方面,一些重要的电视剧也会在春节期间播放,包括比较优秀的贺岁片。但是,除夕夜是春节最重要的时刻,是家人团聚在一起的时刻,所以,作为男女老幼共同观赏的春节联欢晚会,无疑是春节电视节目中最重要的。

【灵犀 e 点通】中华民族五千年的灿烂文化在给我们带来无比骄傲和自豪的同时也给我们带来了无比沉重的思想包袱。为何西方人过圣诞节时非常轻松,也没有非得搞什么晚会,不是照样非常开心么?

【特邀嘉宾:高旭东】这位灵犀朋友,我们是心有灵犀一点通呀。一个民族没有文化固然很悲哀,但是也没包袱,正如毛泽东所说的,一张白纸没有负担,能画最美最好的图画。而对我们这样有着几千年文明的民族,这种文明在使我们脱离野蛮的情况下也丧失了许多野蛮人的生力,以至于弱化到经不起野蛮民族的打击。所以,怎样弘扬中国的传统文化,同时又不让其作为包袱阻碍我们民族的现代发展,是一个很深刻的命题。

【灵犀 e 点通】听您一席话,胜读十年书,茅塞顿开,谢谢您。

【2003 年的幸运小羊儿】高老师,您往常通过什么方式过节?您看电视的时间多吗?为什么?

【特邀嘉宾:高旭东】我的节日都是在我自得其乐的方式中度过的,这当然主要是指我的学术研究与写作活动,有的时候也要照顾一下老人和孩子的情绪,看电视的时间并不多,因为我把很多时间用于我专业方面的思考和写作。也许这在别人看来是很苦的事,可是,当你把很苦的事变成自己乐趣的时候,就一定能把很苦的事干好,这就是孔子所说的"知之者不如好之者,好之者不如乐之者"。所以我劝各位网友,当你上大学或者选择职业的时候,最好是将你的兴趣和专业结合起来。

【电视圆舞曲】高旭东老师,春节为什么要选择在最寒冷的冬天,而不选择在春暖花开的阳春过呢?

【特邀嘉宾:高旭东】中国传统文化主要是以农业为特征的一种文化,而对农业来说,春天是一年四季最重要的,俗话说一年之计在于春。但是,在中国人的观念中,总是在最炎热的时候看到阴气,而到了最寒冷的时候看到了阳气,这就是《周易》告诉我们的。所以,在最寒冷的时候,中国人看到了春天的到来,这也就是所谓中国传统观念中的乐极生悲、否极泰来。

【特邀嘉宾:高旭东】请问网友:你们过圣诞节是因为看着别人过还是知道是耶稣降生,带走人类的罪恶而过呢?

【灵犀 e 点通】先是因为圣诞老人的传说,后来才知道是耶稣的生日。

261

【热情薯片】我是喜欢春节的,我觉得没有必要现在就把圣诞节和春节放在一起比较。

【特邀嘉宾:高旭东】薯片网友,你很热情,我也很热情地回答你的问题。其实,我们将春节与圣诞节进行比较,只是认为圣诞节和春节在中西两个民族生活当中的位置是相似的,并不认为这两个节日的具体内容有什么相同,所以圣诞节你拿不到压岁钱也别埋怨耶稣,春节你拿不到贺卡也别埋怨我们的老祖宗。此外,我要告诉你,圣诞节在西方是放假的,而春节在西方不放假,不过,随着中西文化的交流,也许这两个节日将来在中国和西方都会放假,据说美国已经在讨论将中国的春节列入美国的假日。

【特邀嘉宾:高旭东】我今天晚上感到很高兴,第一次和网友们讨论一些学术问题以及电视节目问题,过去我只给我的博士生和硕士生讲授这些问题,但那毕竟局限于很少的人,今天能够与广大网友一起聊天,探讨学问是件很愉快的事情。我认为,应该以较高的层次来批判电视艺术,从而逐渐地提高整个中华民族的文化水平。我相信,今天参与我们讨论的网友都是水平较高的,或者希望自己水平较高,我祝愿你们将来都是整个中华民族文化水平提高的促进者。祝网友们春节快乐!

2 做客"中国网络媒体论坛"谈网络文化

2003 年 7 月 2 日 19 点 30 分

【网络主持人:张青叶】各位网友,大家晚上好!非常高兴和大家见面,我是网络主持人张青叶。今晚是中国网络媒体论坛第三讲,主题是:网络传播的文化冲击与人文反思,我们特别邀请到清华大学外语系博士生导师王宁教授、北京语言大学比较文学研究所所长、博士生导师高旭东教授、清华大学国际传播研究中心副教授史安斌。很多网友对他们很熟悉,现在先请他们跟大家打个招呼吧。

【特邀嘉宾:高旭东】今天非常高兴和各位网友讨论网络传播的文化冲击和人文反思,我觉得这个问题是在网络发展中非常重要的。网络是一种机械,怎样来承载文化,弘扬人文精神,是我们每个上网的人都需要关心的,所以,请大家多提问题,让我们和而不同地进行对话和切磋。

【网络主持人:张青叶】人类跨入 21 世纪,迈入一个信息数字化的新世纪。随着数字化技术的发展,网络在世界范围延伸和普及,以 Internet 为标志,网络文化正在全球兴起。首先请专家们介绍一下网络文化的具体涵义。

【特邀嘉宾:高旭东】我认为网络很难轻易改变一种文化的价值内核,但是网络不仅仅是一种工具,或者说任何工具都对人的社会生活有巨大的冲击,网络正在改变人们的生活样式,尤其在将来,网络购物、在网络发表文章都会使人们感到网络在改变着人们的生活方式。如果说文化是像有些人所说的那样,是一种人的生活样式,那么,随着网络的普及,这种生活样式将会大大地改变,尤其是在当前的全球化时代,网络的作用就更大。同时,作为一个中国人,我们也希望我们的民族文化和中文通过网络在全球得到更好地弘扬和传播,为我们民族的伟大复兴做出贡献。

【网络主持人:张青叶】嘉宾已经对网络文化进行了概念性的阐释,现在请继续谈谈网络文化具有什么样的特征呢?

【特邀嘉宾:高旭东】有比较才有鉴别。与影视相比,网络具有更大的主体选择性,比如:在看新闻的时候,你必须按照电视的时间安排观赏,而在网上,对自己不喜欢的新闻可以不点击。另外,影视的优点是具有感性的直接性,但是这种直接性往往却又抹杀了人的想象力,而网络既有文字又有感性图画,兼具文学与影视的优点。网络还具有民主参与的优点,在看电视、读报的时候,即使有感想,往往也无可奈何,但是,如果是在网络上,则可以立刻把感想加到帖子上发送出去。因此,与一般书刊和影视新闻相比,网络具有更广阔的文化空间和更民主的监督作用。而且,这种监督职能已经在发挥作用,一些社会不公正的事件,就是因为网络的报道和评论而引起了政府的注意,从而消除了这种不公正。有人说,网络是虚拟的,言下之意似乎网络不值得信任,但是,这种虚拟性也导致了许多人在具体的社会环境当中不敢流露的思想感情,可以在网络上流露,这正是网络的虚拟性所带来的思想情感的本真性。将来,随着网上购物、网上发表文章等的实现,网络作为现代的信息高速公路,将极大地改变人们的社会生活。

【嘉宾主持:史安斌】给王教授和高教授提一个问题,您二位也是 CCTV.com 的常客。你们也多次提出中国学术界与国际学术界的前沿进行对话,请你们结合与网络"亲密接触"后的体验,谈谈网络媒体能在多大的程度上促进中华文化与世界文化的交流与对话?

【特邀嘉宾:高旭东】Internet 是全球性的,所以,如果我们能通过英语网站将我们的学术成果送出去,再把他们的学术成果接进来,这样,会更好地利用现代的信息高速公路,使中外学术直接对话。但就目前而言,只有在英语网站上才能做到这些,所以我们的目标就是尽快地复兴我们的民族,使我们的中文也能够参与到与世界的对话中。

【嘉宾主持:史安斌】王教授和高教授都是我国从事比较文学和文化研究的著名学者。曾有人提出比较文学消亡论,还有学者提出要建立比较文学的中国(东方)学派,我不知道在网络文化兴盛的今天,你们认为上述两种说法还有没有一定的合理性?

【特邀嘉宾:高旭东】我认为,只要各民族文学正在沟通和交流,各民族文化正在撞击和融汇,比较文学就不会消亡。现在我们要警惕的是,英语正在全球化的浪潮中冲击、抹杀各民族语言文学的特征,将他们的话语霸权强加给其他民族,正是在这种文化语境下,强调建立比较文学的中国学派还是有相当价值的。但是,这里要注意两点,第一,在反对文化霸权的时候,不要将其优秀的、合理的文化一起给反掉了,因为英语现在已经成为一种国际语言,我们在许多方面还要与国际惯例接轨。第二,中国学派的建立要靠实实在在的研究成果,扎扎实实的研究特色,而不能靠口号来建立。18、19 世纪是英国的世纪,20 世纪是美国的世纪,这是导致英语文化霸权的主要原因,所以,我认为,一个国家若不能崛起,仅仅靠语言文学上的反对霸权话语也是没有用的。随着我国在经济上的崛起,综合国力的强大,中文的前景将是非常灿烂的,中西比较文学的前景也将是非常灿烂的,这种比较会直接参与到我们民族的伟大复兴中。

【yq117】信息时代的到来,网络文化的发展,积极的作用和消极的负面影响可能同时存在,我们应当如何博采众长,既积极努力改造落后文化,又坚决抵御腐朽文化的渗透和侵蚀?

【特邀嘉宾:高旭东】如果就网络而言,我认为应该更多地从文化提高的角度来普及文化知识,对于一些腐朽文化应该给予清理和批判,尤其是对青少年,我觉得我们的网站有责任不让一些带有色情的东西进入他们的视野。

【特邀嘉宾:高旭东】给网友们提个问题:你们上网的时候,是用网络作为一种消遣的工具,还是作为一种知识资源?你在上网之后更多是感受到精神的失落还是精神的满足？

【古天草竹】好像不能一概而论，都有可能出现。网络作为娱乐和信息库的作用都很明显。

【eric0413】本人上网的目的性特别强，一般在开机之前我就确定好了是要娱乐还是要学习，但不论怎样我都是要浏览新闻的，网络带给我的是一种精神的满足。我的生活已经离不开网络。

【红军后代】我上网的目的是想看看中国人在想些什么，做些什么，自己学点什么，为了本民族利益维护点什么，通过媒体贡献点什么。我上网之后有过失落，也有过满足。更多的是满足。

【特邀嘉宾：高旭东】"红军后代"就是不同凡响！

【红军后代】夸奖了，谢谢。

【漫游世界】这要因人而论，如果是学者的话，那肯定是作为知识资源，如果是玩家的话，那就只能作为一种消遣工具了，比如说青少年群体中为数很多的游戏迷和聊天客就是如此吧。

【yq117】网络的开放度和自由度，给了人们更多的空间，在某种程度上将会改变人们原有的思维方式和实践方式，给人们搭建了技术平台。

【漫游世界】有了这个平台，人们创造的空间也就更大了。

【eric0413】1.请问高旭东教授，一提起中国的传统民族文化，我们就会想起老子、孔子、庄子……儒释道三教，武术，书法，等等，在今天的网络时代我们该如何弘扬和传播呢？譬如说书法。2.网上90%的信息都是英文资讯，在今天的中国，能上网的是少数，能流利使用英文的就更少了，如何才能使中国不在这一次发展潮流面前落伍，我们知识分子应该提出怎样的对策？

【特邀嘉宾：高旭东】每一种文化都有其核心人物，比如西方文化就有苏格拉底、柏拉图、亚里士多德、耶稣、康德等，而在中国文化中，孔子、老子、庄子、孟子也是核心人物。换句话说，要了解中国文化，了解这些人物比了解其他人物更能把握中国文化的精神实质。当然，文化有许多表现形式，书法也是中国文化不同于西洋文化的一种表现形式，因为网络有图像、有文字，所以，通过网络对书法的传播比其他媒体有更大的便利处，不知道这位网友同不同意我的看法。

【eric0413】请问高旭东教授，当今的鲁迅研究圈内热闹，圈外寂寞，作为知名鲁迅研究专家，您认为我们该如何通过网络这种传播手段使大众走近鲁迅，了解鲁迅，从而更加热爱鲁迅？

【特邀嘉宾：高旭东】其实，鲁迅并不是圈内热闹，圈外寂寞，最近十大文化名人的投票当中，鲁迅名列第一，说明无论金庸的拳法如何神通广大，毕竟不能威胁到鲁迅在 20 世纪作为首席文化名人的位置。我记得有些网站曾经把鲁迅的讨论列为专题，而许多网站都可以下载到鲁迅的作品，这对于通过网络使大众走近鲁迅、了解鲁迅都是很有意义的。我现在担心的是，鲁迅在网络上很热闹，但是，对鲁迅深层的文化内涵知之者甚少，如何通过网络使人们能够与这位文化巨人的精神内涵更加接近，倒是一个值得探讨的问题。尽管鲁迅为中国的人民大众的福乐贡献了一生，但我总认为，鲁迅精神当中，一些深层的、深刻的东西总不会为大多数人所理解，也许我的看法是偏执的。

【eric0413】请问高旭东教授，王宁教授：二位教授都是文学研究专家，当面对网络冲击时，我们传统的精英文学研究（古代、现当代、比较文学等等）应采取怎样的对策或者说以一种什么样的姿态来顺应这种时代发展的潮流？

【特邀嘉宾：高旭东】我认为，网络对文学研究的冲击是有限的,因为文学研究本来就局限于专家、大学生、研究生和一部分文学爱好者,而由于网络的传播,倒可以使更多的人注意文学研究的问题,尤其是观点比较新颖的论著,会受到更多网友的注意。

【嘉宾主持:史安斌】我给王教授和高教授提一个问题:现在学术界对网络资源在学术研究中的使用存在着不同的意见。有人反对在严谨的学术论文中使用任何网络媒体上刊载的文献资料,但也有一些前卫学者通篇都是从网上引用的数据文献和其他的材料。请问二位教授在你们的学术研究中如何使用网络媒体?你们对上面两种不同的态度有什么看法?

【特邀嘉宾:高旭东】在网络的时代如果忽视了网络这一学术资源,显然是一种极大的疏漏。就目前我的情况而言,我很少从网络上引证什么资料,这不是因为我不相信网络的资料,而是因为我所使用的资料都是在网络上很难找到的,只能到国家图书馆等地去寻找。但是,网络对我的学术研究还是有极大的帮助,通过网络我可以了解某种资料在国内哪个图书馆里,这比亲自跑到图书馆去查资料要节省许多时间。我的博士生曾经写过《网络鲁迅》、《网络金庸》、《网络张爱玲》等,像这种著作引证的肯定都是网络上的材料,我也是赞成他这种引证的。

【toyland】请问高老师,你对人文精神的定义是什么? 人文精神在 21 世纪的内涵与文化热的含义有何区别?

【特邀嘉宾:高旭东】对于人文精神,向来理解就不尽相同。我认为,人文精神应该是人类区别于科学文化的注重文化价值、生命存在、审美直觉的文化精神,所以,它和文化热有交叉的内涵,如果文化热剔除了科学文化,那么它和人文精神"热"也就没有多少差别了。不过,如果从历史上看,人文精神有时候也包含科学文化,比如在西方的文艺复兴时代,那个时候人文精神是指和神本主义相对立的东西。

【古天草竹】网络的互联和博大使人际关系的概念得以不断扩张,网络匿名制又使得这一概念在变得越来越简单的同时也越来越复杂。人们在网上似乎可以畅所欲言,同时却又不得不相互提防,考虑哪句真,哪句假。因为个人信息的自由上传无法保障其准确性。另外,长期迷恋网络会导致现实中人际关系的失衡和缺失,过于热衷网络的人会忽略生活中人际关系的处理,忽略身边人的情感感受,忽略从肢体和物质的方式表达感情,导致整个社会关系的崩塌。

【特邀嘉宾:高旭东】在一个现代竞争的社会当中,人们整天忙着工作,显得非常孤独,而网络作为现代的信息高速公路,可以通过聊天、交友消除这种孤独,当然,网络上有欺骗,但是现实中就没有欺骗了吗? 不能因为网络上有欺骗就诋毁整个网络,正如不能因为人类当中有欺骗就诋毁整个人类一样。至于网络的真和假,其实,网络的虚拟性可以导致人们在交流的时候放弃伪装,显露出更加本真的状态。据我所知,北京大学的几位具有博士学位的年轻教师就是通过网络而恋爱结婚的。因为你强调了网络的缺憾,我这里更多地强调了网络的优点,也许我们两个人的观点合在一起更接近真理。

【yq117】网络文化的传播,进一步加快了社会知识化进程,将成为人类社会活动的一种重要趋势,我们应如何审视和应对网络传播文化所出现的"人文缺失"?

【特邀嘉宾:高旭东】你认为网络的"人文缺失"表现在哪些方面?

【yq117】比如人们习惯的说法,在价值取向方面、伦理道德方面,人们的生活方式及行为准则等方面。

【特邀嘉宾:高旭东】马克思认为,人类一切活动都是争自由的活动,就此而言,网络对于人的自由是有极大的助力的,包括人的精神自由,与人交往的方便,难道这是人文缺失吗?所以我请你具体指出网络是如何导致人们在价值取向、伦理道德方面、人们的生活方式及行为准则等方面的人文缺失的。你所说的人文缺失是否是指通过网络而导致的情欲放纵?你想象一下,如果没有网络,想放纵的人不是照样放纵吗?事实上,我们国家正在对一些黄色网站进行封闭,所以,关于网络的人文缺失不能由网络本身来负责。

【古天草竹】专家、主持人,大家好,很高兴再次参加讨论,我已经连续参加多次了,真觉得受益匪浅。网络对我们语言文字的影响很大。一方面网络使我们的文字语词不断拓展,许多新的词汇都是伴随着网络的发展出现的。而另一方面,外国早就有学者提出,从印刷文化向电子文化的转变会导致一种"电报式"的苍白语言。他甚至预言,我们将看到诸如模糊预言,反话,戏谑这样精巧的语言形式会日渐减少。请问专家如何看这个问题?网络会对我们的文字产生怎样的影响?

【特邀嘉宾:高旭东】我对这位网友的观点很感兴趣,因为我看到了像痞子蔡《第一次亲密接触》那样的小说,那种小说确实无法发展成像陀思妥耶夫斯基、托尔斯泰、詹姆斯·乔伊斯那样伟大的小说,但是,事在人为,用网络写作并不必然导致电报体,而且即使把电报体处理好了,只要表现出人类深层的精神和时代变迁的轨迹,比如海明威的某些作品,照样可以创作出伟大的作品。

【网络主持人:张青叶】有人说:网络技术、核技术、生物技术等一些 20 世纪最前沿的技术,在带给人类财富、舒适和便捷的同时,也增加了不安全感和生存环境的恶化,各种社会问题与生态问题交织在一起,构成了我们这个时代最严重的生存危机。请嘉宾们谈谈对这个问题的认识好吗?

【特邀嘉宾:高旭东】作为一个人文社会科学工作者,对于科学技术可能给人类造成的威胁有深切的认识。就目前而言,对人类威胁最大的莫过于核武器、克隆技术和电脑,因为核武器可以毁灭人类,如果人可以被克隆,那么人的价值究竟何在,如果电脑将来能够自我复制,这种机器就具有了主体性,将会对人类造成巨大的威胁。所以,在近代西方人本主义和科学主义一直对立地发展着,从尼采、柏格森到海德格尔等存在主义者一直都对技术的发展有一种反叛精神。斯诺的“两种文化”表明了科学主义与人本主义在现代的巨大对立。我们中国在科学上是落后国家,如果我们过早地跟从人本主义理论家来反对科学,是不符合中国国情的,但是,我们在发展科学的时候,一定要注意生命与审美的价值,弘扬人文精神,只有这样,才可以克服科学技术的缺憾,减少科学技术对人类的危害,更好地造福于人类。

【漫游世界】高教授你好,网络技术促进文化的进步与发展,不同文化形式通过网络更广泛地交流,有同化作用也有异化作用,这就是文化冲击吗?

【特邀嘉宾:高旭东】所谓文化冲击是对非网络文化而言,在网络时代,如果人们发表文章的形式,接受信息的渠道,购买物品的途径,都因网络而改变,能说网络对传统文化不是一种极大的冲击吗?

【网络主持人:张青叶】今晚各位嘉宾都对网络文化对文化冲击与人文反思进行了具体的阐释,论述了网络的发展开拓了文化传播的“第三空间”,现在请各位嘉宾谈谈你们认为中国网络媒体的社会责任是什么？

【特邀嘉宾：高旭东】我认为，网络有责任提高人们的文化素质，因为就目前而言，上网的人还是有相当的文化层次的，将来也许大多数公民都会使用互联网，那么，让网络承担起提高人民的文化素质的使命，为中华民族的伟大复兴做出贡献，不是网络媒体应该承担的社会责任吗？我认为央视国际网站在这方面就做得很好，而没有纯粹从经济效益上考虑问题。其次，我认为，网络媒体也应该承担起主持社会正义的使命，通过网络对一些不公正的事件进行批评，对于邪恶的东西进行鞭挞，对于腐败的权力进行监督，事实上，网络已经在发挥这种作用。将来，网络也可以作为一种民意调查和测验的工具，使得政情能够上行下达，使社会更加和谐稳定。

参与跨文化的文学对话

——代后记①

20 世纪 80 年代初，我虽然听说过"比较文学"这个概念，但这个概念对于我，却似云中之月、雾里看花。出于对这朵学苑新葩的向往，1982 年下学期，我就在我的研究生导师孙昌熙先生的安排下选修比较文学课，此后也研读了一些比较文学论著，并开始发表有关鲁迅与拜伦的比较文学论文。当时，虽然我还是现代文学的研究生，但对比较文学这朵学苑新葩，已经是一往情深了。1985 年夏天，听说要在深圳成立中国比较文学学会，并在会前办一个规模空前的比较文学讲习班，更令我振奋异常。那时我研究生刚刚毕业，留校在山东大学执教。在孙昌熙先生的支持下，学校同意我去出席这次将载入史册的盛会，并参加会前的比较文学讲习班。初生牛犊不怕虎，我写了一篇提交大会的近 2 万字的论文，题为《论中西比较文学》，在临行前寄往深圳大学。倘若在今天让我在 2 万字以内的篇幅中，来处理这么大一个题目，我会"失其魂魄，五色无主"。当时，

---

① 这篇文字之所以称为"代后记"，是因为原来是应《中国比较文学》杂志的"学人谈自己"而写的，原载《中国比较文学》2000 年第 2 期，如今作为"代后记"收入本书，有所增删。

273

是青春年少，是改革开放不久的百废待兴，给了我写这篇论文的勇气和胆量。

到了深圳，发现深圳的年少与开放同我的心思颇为相投，也给了我参与比较文学对话的信心。记得我听了北大陈力川先生的学术报告，其观点不能让我信服，于是，我就一面写海报，一面让乐黛云先生在大会上宣布，搞了一次别开生面的学术论辩会。

讲习班期间，我先后听了乐黛云、Yves Chevrel、Fredrich Jameson、Owen Aldridge、叶维廉等先生的学术报告。在比较文学与接受理论、结构主义、符号学、解构主义、西方马克思主义的广泛联系中，发现了这门学科的开放性。

晚上，青年人办学术沙龙，论辩气氛比当时深圳的天气还热烈。王一川、王宁、王岳川、许子东、艾晓明、刘小枫、刘晓波、李书磊、张旭东、张法、曹顺庆、商伟（按照姓氏笔画排列）等同辈的年轻人，都积极介入了这次讲习班或学会成立大会。

我还发现，在香港中文大学的一种资料中，我的论《狂人日记》接受《该隐》影响的比较文学论文，被列为"二十世纪比较文学中英文主要资料"。我想到了以文会友，但我提交大会的论文却迟迟未邮到。学会成立大会之后的学术讨论会快要结束时，我才从邮局取到论文。乐黛云教授见到论文后，立刻安排我在大会闭幕式上发言。我简单阐发了"中西比较文学"作为比较文学的重要分支学科的基本框架，指出"中西比较文学"作为跨文化的文学对话，还要在中西比较文化的研究上下工夫。

这篇近2万字的《论中西比较文学》被与会的《批评家》

副主编蔡润田看中，不久在《批评家》上全文发表，并被《评论选刊》1986 年第 9 期全文转载。由比较文学到比较文化，在现在已成为经常性的话题，但在 20 世纪 80 年代中期，却还不多见。

1986 年 10 月，在北京的芙蓉宾馆举办了一次纪念鲁迅逝世 50 周年的规模盛大的国际学术讨论会，我提交大会的 24000 多字的《论鲁迅的中西文化比较观》在大会上宣读，受到了中外学者的重视。这篇论文一分为二在《鲁迅研究》与《文史哲》上发表。

1987 年，上海文艺出版社的编辑林爱莲女士，在读到《批评家》上发表的《论中西比较文学》之后，来信让我将这篇论文扩充、改造一下，交给她作为"牛犊丛书"中的一种出版。按照当时写书的规范，要先写一个大纲交给责任编辑，责编若是没有意见再交出版社有关领导审阅同意，然后就可以开笔写作。当时我交给林女士的两万字的写作大纲已经社里同意，林女士多次来信鼓励我，并且给我寄来已经出版的"牛犊丛书"的二种——陈思和的《中国新文学整体观》和吴亮的《艺术家和友人的对话》。也许是因为山东人的侠气在我身上还有遗传吧，我觉得心理上压力很大，写不好对不起器重我的林女士。而这个论题又实在是太大，为了写好它，我想有必要对中西文化进行深入地反省。于是，我写了一本 19 万字的《生命之树与知识之树》，与人合著了一本 16 万字的《孔子精神与基督精神》，于 1989 年由河北人民出版社作为"中外文化比较丛书"中的二种出版。

20 世纪 80 年代末的风波之后，"小牛犊"流产了，我的《论中西比较文学》一书也胎死腹中。我确实是想写一本好书不让林爱莲女士失望，却未想到是这么一个结果。如今拿出大纲一看，虽觉大而无当，但当时一些思想的火花也非今天的我所能及。本书的上编，就参照了当年的大纲。

《生命之树与知识之树：中西文化专题比较》与《孔子精神与基督精神：中西文化纵横谈》出版后，国内不少报刊与香港《大公报》等都发表了一些评论，前者获得了全国比较文学图书评奖著作二等奖。面对着专家的器重，我更多地感到了惴惴不安，自己不足的东西太多，而且只要多改几遍，本来还可以写得更好。但我至今不得不佩服孙景尧教授的眼力，他在《高校文科学科文摘》1990 年第 5 期发表了一篇综述比较文学研究的文章，认为拙著等"对今后的比较文学指出了一个新的研究方向"。1994 年在加拿大 Edmonton 的国际比较文学大会之后，比较文化确实是在更明显地渗透着比较文学，甚至有人慨叹比较文化有取代比较文学之势。16 年后的今天，读者似乎也没有忘记《生命之树与知识之树》，"阅读文化网"将之与古今中外的大家之作放在一起成为"向文史哲爱好者推荐的五十种书籍"之一，"彩虹网"将之列为"北京青少年读书计划"图书。

1994 年，我的另一部专著《文化伟人与文化冲突：鲁迅在中西文化撞击的漩涡中》出版。与前两部著作的宏观比较不同，这部专著是从鲁迅的心灵矛盾来看中西文化的差异与冲突，从鲁迅的文化选择来观照中西文化撞击的激烈性，从中西文化对鲁迅的塑造来剖析文化传统与文化创新。出版不久，《人民日报》、《文艺研究》、《博览群书》、《中国比较文学》、《鲁迅研究月刊》、《中国现代文学研究丛刊》等十几种报刊都发表了专评，认为拙著对于比较文化与文学研究、鲁迅与中国现代文学研究"都有重大的贡献"。这些过誉之辞并不能冲淡我心中的悲凉,前2种书的印数都在7000册以上,这部书的印数却只有1000册。看来,执着于学术追求而不为外界的诱惑所动,还需要有一种自甘寂寞的恬淡之心。

我关注比较文化较早,甚至以为要搞好中西比较文学需要首先搞好中西比较文化。在《论中西比较文学》中我是这样主张的,为了写作《论中西比较文学》一书而先研究中西比较文化,去撰写《生命之树与知识之树》、《孔子精神与基督精神》等,表明我也是这样实践的。然而自比较文化取代比较文学的倾向出现之后,我又感到了疑惑:如果比较文化能够取代比较文学,那么,比较文学不是就被消解了吗?跨文化的文学对话之所以要重视比较文化,是为了文学之间的对话能够更深入,而不是以文化对话来取代文学对话。于是,我停止了比较文化的研究,又投入到比较文学的研究中。

有了比较文化研究的实践,在比较文学研究中就会充分顾及到不同文化的巨大差异,以及文学传播时的文化变异与文学接受时的文化心理需求。我改写了以前在《中国比较文学》、《苏州大学学报》、《湖北大学学报》等刊物上发表的探讨鲁迅与拜伦的论文,又写了一些鲁迅与雪莱、萧伯纳等的论文在《外国文学评论》、《鲁迅研究月刊》、《东岳论丛》等刊物上发表,这些论文加上后来补写的鲁迅与莎士比亚及英国小说等,就构成了1996年陕西人民教育出版社出版的《鲁迅与英国文学》一书。

这些文章及最后成书都是坐冷板凳坐出来的,没想到出版后的反响并不太冷。《中华读书报》、《新闻出版报》、《作家报》等都给予较高评价,长期研究鲁迅与外国文学关系的王吉鹏、李春林在其近著《鲁迅世界性的探寻》一书中，认为《鲁迅与英国文学》"能将相近的文学现象置于不同国家、民族的历史文化背景中考察，审其同异，观其流变"，"研究格局的设计、研究领域的开辟、研究方法的确定，不独对于今后鲁迅与英国文学的比较研究，而且对于鲁迅与其它国家文学的比较研究，都有一定的启迪意义。它堪称鲁迅与英国文学比较研究的里程碑"（P. 440—442）。同行专家出于偏爱而有溢美之辞，然而，想想自己坐冷板凳时偶有牢骚之言，就尤感惭愧。不过，对我辛勤浇灌的花朵的这种赏识，无疑会鼓励我将冷板凳继续坐下去，既无牢骚之言，也不为时俗所动。

此后，我又出版了《五四文学与中国文学传统》（山东大学出版社 2000 年）与《走向二十一世纪的鲁迅》（中国文联出版社 2001 年）。虽然从书名上看，这是中国现代文学与鲁迅研究的成果，但是比较文学的视野与跨文化意识是渗透到这两种专著之中的。在我看来，"五四"文学之所以为"新文学"，正是西方文学的影响所致，但是，仅仅是指出"五四"文学所受西方文学的影响，这还是比较文学的浅层研究，我试图探究中国文学与文化传统对外来文学的深层变异，探究"五四"文学看取西方文学的深层语法。鲁迅作为新文学的闯将，将西方文化以批判性与否定性为特征的恶魔精神输入到讲求性善平和的中国，我在将之与尼采进行比较的同时，又注意到鲁迅与尼采在很大程度上又受到了各自的文化传统的制约。

在深圳举行的第一届年会之后，我没有成为中国比较文学学会的匆匆客串者，而这种客串对于比较文学学科而言却是经常发生的。学会的第二（西安）、第三（贵阳）、第四（张家界）、第五（长春）、第六（成都）、第七（南京）、第八（深圳）届年会，我全都参加了，由此也能看出我对这门学科的钟情。与别的学会的年会相比，从 1985 年到现在的比较文学年会有一个一以贯之的特点：出席会议的代表平均年龄要小得多，外国学者也多。这就充分体现了这门人文学科的开放性与生机勃勃。这不是王婆卖瓜、自卖自夸：中国比较文学学会是全国文学学会中惟一一个与国际协会"接轨"的学会，是事实；中国比较文学学会有一个一直在活跃着的青年委员会，也是事实。

深圳会议之后不久我就开起比较文学的选修课来，尽管我在山东大学的讲堂上讲授的基础课是中国现代文学。随后的 6 年内，我被破格评为讲师、副教授、教授，为培养比较文学的研究生创造了条件。开始因为没有比较文学硕士点，只好在中国现代文学硕士点上招收研究生，但我拟定的研究方向是比较文学。然而，让一个二级学科被另一个二级学科包含，我总有点不甘心，于情于理也不合。送走两届研究生之后，我就努力争取比较文学专业的硕士点。努力的成功加上机运（获准一级学科博士点授予权），1998 年在拥有比较文学硕士点的基础上，又获准建立比较文学专业的博士点。我成为山东大学比较文学博士点的带头人，并且建立了比较文学教研室。在 2001 年 1 月山东大学首次岗位评定中，我作为比较文学学科的带头人被评为一级教授。

2001 年 9 月，北京语言大学因为申请到一个比较文学博士点而带头人调走了，让我到北京做这个博士点的带头人。记得1985 年我研究生毕业的时候，就想到北京工作，当时我的研究生导师孙昌熙先生惨然地说："旭东，你不留校，我以后再不招研究生了。"为了先生这句话，我在山东大学工作了 16 年，自信为母校做出了一点贡献，调走也是正常的。不过母校的盛情是令人感动的，尽管我 2001 年已经到北京工作，母校 2003 年 2 月才准许放走我的档案关系，这就是说，我在北京做了一年半的"黑人"或者说"北漂"。我也很感激母校山东大学的盛情，2003 年初拿走档案关系时，我带的 10 位博士生和 3 位硕士生还没有毕业，所以我经常回母校指导研究生，给他们上课，仔细阅读学位论文并提修改意见。到 2005 年 10 月，已经使其中的 6 位博士生获得博士学位，3 位硕士生获得硕士学位。我的朋友说我傻："现在北京的学者出去挂职，一年去不了几次就给几万元，而你经常往山大跑，又是上课，又是指导论文，却是一分钱不拿，傻不傻？"他不了解我对母校的感情，不了解校长挽留我的盛情，我的无偿服务是一种报恩。当然，对培养我的母校更大报恩是在北京更好地发展自己，所以我在参与跨文化的文学对话上比以前似乎更勤快了。

2002 年我在人民文学出版社出版了《比较文学与二十世纪中国文学》，2004 年我在北京大学出版社出版了《中西文学与哲学宗教》，2005 年我在文津出版社出版了"跨文化个案研究丛书"的一种《梁实秋：在古典与浪漫之间》。其中《比较文学与二十世纪中国文学》被《文艺报》、《中华读书报》、《中国比较文学》、《中国现代文学研究丛刊》、《外国文学》等报刊给予较高评价，此书还获得北京市社会科学优秀成果二等奖。《中西文学与哲学宗教——兼评刘小枫以基督教对中国人的归化》的反响更是强烈，《光明日报》记者以《用什么引领中国文化的未来》为题专访了作者，《北京大学学报》、《中华读书报》、《文汇读书周报》、《科学与无神论》等报刊都给本书以很高评价，《中国图书评论》刊发了三篇争鸣性的文章，并且在刊物"导读"与"编者按"中说："关于儒家的'乐感文化'与基督教的'罪感文化'的优劣比较、高下分析在中国学术界引起了争论。代表人物分别是刘小枫先生和高旭东先生。"本书的出版还引起了国外学术界的注意，瑞典斯德哥尔摩大学 Fredrik Fall-man 的博士论文《救赎与现代性》，就是在本书出版后第一时间引述其中观点的著作之一。本书出版半年后，已经第二次印刷。

在北京语言大学这个中外文化交汇的国际性大学，参与跨文化的文学对话有着得天独厚的条件。我刚到，就将原来浮在各院系之间的比较文学研究所建成为实体研究所，并且将比较文学学科成功申报了北京市重点学科。如今，北京语言大学的比较文学博士点有四个方向招收博士研究生，争取为跨文化的文学对话做出较大的贡献。

研究生问我为什么最终选择了比较文学专业，并且要致力于"跨文化的文学对话"。我说，也许是出于一种使命感吧。我总想在世界文化的大格局中反省我们民族的文化，总想中国人能够参与到世界文学发展的主潮中，总是希望中华民族在文化上也不落后于任何其他民族。我知道，我的比较动因有点不客观，很难如现象学那样将世界放到括号中而直观本质。我也知道，从我的知识结构来看，也许选择现代文学抱住鲁迅能够做出更"纯"的学问来。然而，我对于自己选择比较文学非常执着，而且无怨无悔。因为我更知道，当太阳没有升起的时候，小星星的亮光也可以给黑夜中寂寞的人们一些光明。如果本书能够充当一颗小星星，那么，吾愿足矣。

2005 年 10 月 5 日高旭东于北京天问斋